之 1 冒險一搏

目錄

第一章

天上掉下來的機會

生活的艱辛告訴他，生活是柴米油鹽，談情說愛只是調劑。
說到底，要想讓人家愛你，就得先自愛，就得有讓人青睞你的本錢。
現在機會來了，知道要開發橋西的人還沒有幾個，
這個機會如果能抓住，自己的一生可能就會因為這個無意的發現而改變，
從此走上完全不同的道路。
張勝在心裏暗暗發誓：「只要肯拼，我也能贏！
我不會永遠這麼卑微，這個機會，無論如何，我一定要抓住！」

天氣實在太熱，道路兩邊高大的楊樹都無精打采地低垂著葉子，偶爾有一絲風吹過，才懶洋洋地擺動幾下，這是一九九六年的夏天，今年的夏天異乎尋常的悶熱。

張勝坐在樹蔭下，正和對面的中年男人下棋。

他穿得很樸素，上衣看起來像件破舊的電工服，頭髮比較長、一根根倔強地挺立著，相貌長得挺帥，可惜他的衣著和髮型把這唯一的優點都給遮住了，使得一個二十四歲的年輕人顯得有點邋遢。

對面的中年人四十多歲，身材高大，大背頭，肚腩溜圓，一身價格不菲的服飾，上衣口袋裏插著一支派克筆，手裏搖著一把畫滿銅錢的紙扇，兩人的身分看起來頗有差距。

旁邊是一家小飯店，大熱的天沒有顧客登門，一個半禿的胖子坐在門裏，毫無形象地叉著腿，有一下沒一下地拂著蒼蠅，一副昏昏欲睡的樣子。再裏邊坐著個繫圍裙的小女孩，一看就是鄉下來的，黝黑的皮膚，臉蛋上帶著兩暈健康的深紅。她手裏拿著面小鏡子，正在臉上東按西摸。

張勝是這家小飯店的老闆之一，另一個老闆就是正坐在屋裏打瞌睡的郭胖子郭依星。兩人原來都是三星印刷廠的員工，工廠被外商兼併大裁員時，兩人都失業了，便用資遣費合夥開了這家小飯店。

張勝對面的中年人叫徐海生，是三星印刷廠主抓財務的副廠長，旁邊停的那輛桑塔納就是他的座駕。今天他辦事路過這裏，見到老棋友，便下車和他敘敘舊，殺上一盤。

「喏，來根煙！」徐廠長笑眯眯地給他遞過來一根七匹狼。

「哎喲，謝謝廠長！」張勝連忙雙手接過：「我的煙不好，吉慶的，沒好意思給您敬，呵呵，還抽上您的煙了，謝謝廠長、謝謝廠長。」

他接過煙嗅了一下，夾在耳朵上，繼續和老廠長下棋。兩人是棋友，原來在一個廠時，徐廠長一得閒便把他叫過去陪自己殺上一局，彼此還算熱絡。

廠裏裁員時，張勝也曾想過走走徐廠長的路子，興許能把自己留下來。但轉念一想，自己除了陪徐廠長下下棋，還真沒有更深的交情，徐廠長未必能把自己這麼一個小工人放在心上，那時的張勝性格靦腆、過於敏感，不像現在經過生活的掙扎和磨煉，於是便理所當然地成為一名失業員工。

兩人下棋時日已長，彼此都熟悉對方的套路。徐廠長下棋喜歡大開大闔，勢如泰山壓頂，獅子搏兔，攻勢凌厲，但凡起棋，必定雙炮先行，善攻。

反觀張勝則截然不同，第一步必跳相，第二步必出馬，對方的「車」都攻進大本營了，他可能尚無一子過界河，但是自己這方必定佈置得滴水不漏，防守極嚴，然後才步步為營，逐步反攻。

張勝的打法和徐廠長截然相反，屬於那種未慮勝、先慮敗的人，而徐廠長的自信心顯然比他強得多。此時徐廠長雙車一炮已經逼近他的老帥，但是張勝也已暗伏殺機。

他的一隻炮架在老帥旁，看住一側，前指對方，過了界河的只有一隻馬，一枚小卒。可是徐廠長急於進攻，他的防線存在許多漏洞，要是他再攻一步而不後防，那麼張勝臥底一將就能逼出他的老帥，這時那枚過河小卒就起到必殺的作用。

可徐廠長顯然沒有注意到這個危機，或者說他太熱衷於進攻了，張勝的半壁江山中，他至少有四套精妙的組合殺法吃掉張勝的老帥，這局棋太讓人興奮了，他拈著棋子只想著怎樣漂亮地贏這一局。

或許，張勝的那招殺棋他已經看到了，因為張勝注意到他的目光一度停在自己那匹看似孤軍毫無殺傷力的馬上，但他最後還是一笑移回了目光。因為張勝始終不曾看過那匹馬一眼，他緊鎖眉頭，一直盯著自己眼前的棋面，似乎在苦思解圍之道。

徐廠長就算看出了那步棋，他也不認為張勝看出來了，低估敵人有時會犯大錯，當徐廠長提車準備進將時，他終於嘗到了輕敵的滋味，一匹臥槽馬、一枚過河卒、一隻海底炮，任他千軍萬馬，都來不及救援了。

「行啊，小子！」徐廠長哈哈大笑起來：「上當了，上當了，上了你小子的大當了，你這小子，夠陰的啊，裝得夠像，連我都瞞過了，哈哈哈……」

張勝笑嘻嘻地道：「不裝不成呀，廠長的棋下得太好，不偷襲我可贏不了。」

徐廠長笑著擺手道：「願賭服輸，願賭服輸。」

他抬起手腕看看那只歐米茄金錶，說：「哎呀，不行了，不能再下了，我去前邊證券交易所看看行情，然後還得趕回公司去。」

他站起來，走過去打開車門，又回頭道：「小張啊，我先走了，哈哈，看我下次怎麼收拾你小子！」

「好啊，廠長有空常來！」張勝客氣地站起來道別。

郭胖子打了個哈欠，掀開簾子從裏邊走出來，張勝正在那兒撿棋子，郭胖子在他屁股上踹了一腳。

「我靠！」張勝立即跳起來追殺。

郭胖子身材肥胖臃腫，別看他體胖，卻是個多愁善感的男人，他身體不好，心臟經常偷停，據他自己說，有時午夜心臟偷停，忽然醒來，望著淡淡的月光，想像萬一自己一睡不起，嬌妻就要改嫁別人、寶貝胖兒子就會被後爹欺負，經常想著想著便會黯然淚下。這樣的男人雖不至於感時花濺淚，恨別鳥驚心，如林妹妹那般情緒化，可是作為男人也夠敏感了。他見張勝跳起來和他鬧，忙笑道：「別鬧別鬧，我站著就嘩嘩淌汗，可受不了！」

張勝笑道：「不行，犯我菊花者，雖遠必誅！」

「要誅隨你，這個月的房租你一個人付！」郭胖子使出了殺手鐧。

一聽房租，張勝頓時就蔫了。兩個毫無經商經驗的人，頭腦一熱便跑來開飯店，守著醫學院的後門，學生倒是不少，可吃得簡單吶，頂多一個炒麵、一個馬鈴薯絲。每逢有球賽這邊才熱鬧些，學生們會一直坐到球賽結束，一人一碗麵條。

唉，三室一廳的房子，光是房租就兩千，大廚一千二，水案八百，兩個服務生一人五百，開業半年了，每個月把賬一結算，賺的錢勉強夠支付這些費用，合著兩人是來做義工的。

在這地方開飯店，啥時才能賺錢吶？想起目前的窘狀，兩人都換上了一臉愁容。

郭胖子沉默半晌，說道：「勝子，其實我一直在合計，咱們這飯店，是鐵定不賺錢了，聽說醫學院年底要開二院，調走一批學生，那時就更完了，你說呢？」

張勝歎口氣，問道：「郭哥，咱倆有話直說，你啥打算？」

郭胖子苦著臉搖搖頭：「咱們是倆愣頭青啊，當初怎麼就鬼迷了心竅呢？現在，黏在手上了，想脫手都不行，我一想起來就心急火燎的。咱們兩個月以前就貼出兌店告示了，可就是盤不出去。人家做買賣都猴精猴精的，派了家裏人蹲咱門口數顧客，看吃啥，計算一天的營業額。請了親戚朋友來扮顧客，人家都看得出來，我是沒轍了。」

他一拍大腿說：「店盤不出去，開著只能賠錢，咱倆一天家都不回地忙活，可總這麼著也不是辦法，我合計……要不咱停業吧，東西賣一賣吧，只要回本就成。」

張勝經歷了一次次挫折，已經不像當初那麼天真幼稚、做事衝動了，小飯店的窘境其實他早就想過，只是沒到最後一步，他總是抱著一線希望，盼著能把店兌出去，儘量挽回損失，可是出兌告示貼了兩個月了，根本無人問津，反倒影響了生意，實在是沒有辦法了。

他坐那兒想了半天，歎氣道：「其實我也想過，唉，越想越洩氣，要不……下午把房東請來，炒幾個菜喝頓酒，和他商量商量，咱……不幹了！」

生活就像是在走迷宮，你永遠也不知道下面會發生什麼，就像你不知道你最後能不能走出迷宮，又或者這個迷宮根本沒有出口。命運就像一盤棋，如果已經走成死局，那麼除了擲子認輸另起爐灶，還能怎麼辦呢？對這兩個難兄難弟來說，他們現在就是一局死棋。

「那可不成！咱們一碼是一碼，兩位弟弟，大哥我不是難為你們，咱們是親兄弟明算賬，對吧？咱們簽的合同是兩年，你們這才幹了半年，你說不幹就不幹了，我這店怎麼辦吶？你們要是兌得出去，照原合同給我交房租，我二話不說，可你們停業……不行不行！」

房東葉知秋三十五六歲年紀，個頭不高，黑瘦黑瘦的，額上頭髮稀疏，只得用幾綹長髮從側面撥過來，蓋住那紅潤得連髮根都看不見的前額頭皮。他喝一口酒，夾一口菜，吃得挺開心，可不管兩人說得多可憐，就是不鬆口。

郭胖子急了，氣得直喘：「我說葉哥，你這麼說也太沒意思了吧？我們哥倆這半年是白替你打工你知道不？我們賠得稀哩嘩啦的啊，我們也有老婆孩子要養，你這房子還是你的，你有啥損失？做人可不能太絕！」

葉知秋「啪」地一撂筷子，冷笑一聲道：「二位，我也沒逼你們吶，咱們的合同白紙黑字在那寫著，你們真的要停業，我也管不著，不過房租得照繳，不然就是違反合同，就得賠我違約金一萬元，這可是早就訂好的。」

郭胖子氣急敗壞地道：「哪有你這樣的啊？噢，合著我哥倆必須賠錢幹兩年，白替你打工？我不幹了，把房子賠給你都不行？天下哪有這樣的道理，你這不是逼良為娼嗎！」

張勝沒說話，他在一旁冷眼旁觀，想摸清房東的底線，找機會盡可能勸他解除合同，可是房東的話讓他心裏一沉，這房東……不是簡單人物啊。他也不說別的，繞了半天，只拿那一紙合同說話，什麼人情全然不講，這還怎麼談？

論為人處事、社會經驗，他倆怎麼跟人家比呀？要有這房東一半精明，他倆剛失業的時候也不會被這個姓葉的騙得兩眼冒金星，生怕別人搶了風水寶地似的訂合同租房子了。

葉知秋微微一笑，絲毫不在意郭胖子的態度，很冷靜地說：「什麼道理？咱們一切按法律辦、按合同辦，這就是道理！」

他按著桌子掃了二人一眼，說道：「二位不知道吧？我小姨子可是政府官員，以前還學過法律，我這合同就是小姨子幫我起草的，保證合理合法滴水不漏，你有脾氣就去打官司，看看誰贏！」

郭胖子發了半天怔，一屁股坐了下去，壓得那椅子吱呀一聲，他側過身子，耍賴說：「葉哥，你還別拿這事兒壓我，我就是幹不下去了，你愛怎樣就怎樣吧！」

葉知秋輕蔑地看了二人一眼，淡淡地道：「咱們兄弟平時低頭不見抬頭見的，這半年下來怎麼也算有點兒交情，太絕情的話我還真說不出來。可你們這態度，要潑扯皮到我頭上了，那可是你們不仁，怪不得我不義。實話告訴你們，我小姨子一個電話，就能叫工商局的來封了你們的店門。看你們這一臉奸相，要說不偷稅漏稅，誰信呀？」

房東說著，拿起那塊黑磚頭似的大哥大，按了幾個號碼，親切地說：「焰焰啊，我是姐夫，嗨！你能有幾個姐夫啊？我是葉知秋，對，對，你在哪呢？哦？要去市政府辦事，現在到哪兒了？太好了，你順道拐到老房店面來，有人想找碴兒呢。」

「對，我也在這兒呢。是這麼回事，租我房子那倆小子想毀約不幹了，法律上的事你比我明白，對，對！就是這樣，好，我等你！」

葉知秋放下大磚頭，神氣地瞟了兩個可憐蟲一眼，伸手撥拉了幾下頭髮，把額頭正前方那彷彿開了光似的頭皮蓋住，然後提起筷子，夾起一塊九轉肥腸扔進嘴裏，又抿了一口五十六度的高粱燒，自顧吃了起來。

張勝看著那張為富不仁的笑臉，忽然有種一拳把它砸成紅燒獅子頭的衝動！

一會兒工夫，一輛紅色小奧拓停在小飯店門口，車門一開，一個三十歲不到的年輕女人從車裏走了出來。

淺粉色的職業套裝，卻難掩前凸後翹的豐滿體型。一副金絲眼鏡，高高盤起的髮髻，在額前垂下幾縷瀏海，看起來既幹練又嫵媚。

兩瓣紅唇豐滿潤澤，唇膏是水晶色的，潤澤誘人，讓男人看了就忍不住逡巡幾眼，想來那性感的紅唇用來接吻，感覺一定不錯。不過，此時那年輕女人唇角下彎，粉面帶煞，鏡片下那雙杏眼著實有些盛氣凌人。

她一撥門簾兒，「嘩啦」一聲就闖了進來，後邊門簾兒尚在劇烈地晃動著，她已經出現在張勝和郭胖子面前。

粉紅職業裝的都市麗人對著郭胖子和張勝，眼光卻微微上瞟，皺著眉頭對二人頭頂的空氣說：「是誰想毀約呀？知不知道毀約是要承擔違約責任的？要想毀約，先拿一萬塊違約金出來。哪兒來的法盲，一點兒都不懂法律常識！」

葉知秋在一旁用感性的聲音念著旁白：「知道眼前這位是誰嗎？她就是……市計經委的崔知焰崔主任。」

其實他小姨子只是市計經委辦公室副主任，而且剛提拔沒多久，對這兩個土包子說話，當然官兒說得越大越好，再說，副字誰愛聽呀。

一見人家這趾高氣揚的架勢，張勝兩人的氣勢便為之一挫，待這女人像機關槍似的，滔滔不絕地講了一堆契約、合同、法律的專業術語之後，兩人便只有瞠目結舌的份兒了。

看兩個小工人完全被震傻了，崔副主任很滿意地扶了扶眼鏡，帶著一種優越感總結說：「因此，你們要是繼續營業，或是轉租出兌，這都沒有問題。你們停業也是你們的自主行為，和我姐夫無關。但租房期是兩年，你們必須繼續履行合同，如果因你們違約影響了我姐夫的經濟利益，那麼你們要負法律責任。我姐夫的合法權益是受到合同保障的，這份合同，是受法律保護的，我希望你們考慮清楚，否則，我會起訴你們。」

郭胖子這時嗖地一下站了起來，嘴歪眼斜地扯住那婦人，哆嗦道：「你……你們……不能這麼欺負人啊！你們這是……往死裏逼我們吶！」

崔知焰厲聲道：「放手！不要和我拉拉扯扯的，否則我要告……」

「撲通！」郭胖子搖晃了兩下，兩手胡亂抓了兩把，一下扯掉了崔主任的皮包，然後一頭栽倒在地。他落地的造型非常壯觀，碩大的肉軀忽地向前一倒，重重地砸在地上，地皮都為之一顫。

「這……這是怎麼了？」威嚴無比的崔主任見此情景也慌了。

張勝知道郭胖子這是氣急之下心臟偷停了，忙撲上去叫道：「不好，他有嚴重的心臟病，一急就容易犯病！」

張勝知道郭胖子衣袋裏有藥，急忙在他身上翻起來。

崔知焰也慌了，她雖瞧不起這倆臭工人，可要是逼出人命，一旦上了報紙，哪有她的好話？自己是什麼身分？多少人盯著她的位置呢，這才上任三個多月，犯得著為這麼兩個小人物壞了前程嗎？

她急忙蹲下來，對著郭胖子的頭臉一陣亂拍。張勝從郭胖子衣袋裏摸出「慢心律」給他拿水灌服了，又不斷地撫胸壓胸，忙得一身臭汗，郭胖子總算悠悠醒來。

崔知焰一見，不由得鬆了口氣，旁邊葉知秋也連拍胸口，這一會兒工夫，他汗都下來了。這要是逼死人命，少不得纏上一場官司，再說這房裏要是死了人，誰還敢租這房子做買賣？不吉利呀。

張勝見此情形，心中忽然一動，知道自己的機會來了，他不求訛人，只希望能藉此擺脫這家飯店。此時郭胖子剛醒，不能動他，張勝便幫崔知焰撿起皮包和散落在地上的文件，想緩和一下彼此之間緊張的關係，然後再用郭胖子的病做做文章。小人物無論知識、見識、地位還是能量都居於弱勢，就只能充分利用小人物的智慧來擺脫困局了。

他往皮包裏塞文件時，看到一份文件上寫著《關於設立橋西高新技術產業開發區的立項報告》。這種政府大事和他張勝無關，他也沒往心裏去，直接把文件塞回去，然後把包遞到崔知焰手上，崔知焰冷哼一聲，接了過去。

張勝穩定了一下情緒，陪著笑臉對崔知焰說：「崔主任，你也看到了，我倆都是失業員工，生活本來就艱難得要命，又不會做生意，他又有嚴重的心臟病，我們真的快被折磨瘋了……」

崔知焰皺著眉頭望了眼店外，見店裏冷清，此時沒客上門，除了店裏的大廚、水案和服務員，沒人看到這一切，這才冷冷地說：「做買賣就要有承擔風險的勇氣，你們這個樣子，我很難和你們說話。我還要去市政府辦事，跟你們可耗不起。」

張勝聽她的話裏有了鬆動的意思，馬上趁熱打鐵道：「您就當發發善心，畢竟這房子您本來就閒置著，其實再租也不是租不出去，再租租不出這價我倒承認，可這地段不賺錢，它確實不值一個月兩千啊。」

「不瞞您說，我自從開了這小飯店，對這方面也比較注意，電力學校那地段比這熱鬧，可人家同樣的房子一個月才一千二，您這價我們真的是有賠無賺呀！」

郭胖子躺在地上像垂死的豬一樣，呻吟一聲表示贊同。

崔知焰差點兒逼出人命，口氣也不再那麼凌厲了，她看了看姐夫，放緩了語氣道：「你們的困境……我們也是瞭解的。不過我們也是按合同辦事嘛，又沒有強租逼租。」

「我現在還有急事……這樣吧，晚上我和姐姐、姐夫再商量商量，明天給你們答覆，你們也別著急上火的，我們不是不通情達理的人。」

張勝一聽心裏一塊石頭落了地，忙道：「是是是，崔主任畢竟是政府裏的人，能體諒我們小工人的難處，那我這先謝謝您了！多謝崔主任、多謝葉哥，您二位大人大量……」

張勝眼角一瞟，見郭胖子要坐起來，心裏不由暗罵一聲：蠢豬，現在就指望著你裝死呢，你著急起來幹嘛呀？

他忙趁人不備在郭胖子腰眼上輕輕踢了一腳，幸好豬也有靈光一現的時候，郭胖子接到指示，剛剛離開地面的後背馬上抽搐了幾下，做出一個氣息奄奄的造型，吧唧一下又躺了下去，倒把那崔主任和她姐夫弄得又是一陣緊張。

張勝忙說：「吃了藥得緩一會兒才能平靜下來，我看著他就行了，您崔主任是貴人，工作忙，我就不留您了，明天我等您的好消息！」

崔知焰和葉知秋腳底下躺著個不知道啥時候咽氣的胖子，早就坐立不安了，巴不得聽到這句話，一聽張勝這麼說，兩人趕忙撂下幾句場面話，匆匆離開了飯店。

送走了崔副主任和房東葉知秋，張勝歡天喜地的跑回來，扶著郭胖子說道：「郭哥，我的親哥唉，你今天這病犯得可真是時候，當初咱怎麼就沒想到用這一招呢？我聽他們的口氣是服軟了，咱倆說不定就要解脫了。」

郭胖子呻吟一聲，淚水漣漣地往懷裏摸東西，那模樣活像要交最後一次黨費。

「先不說這個了，兄弟啊，我剛才是在鬼門關上轉了一圈兒啊，那時候不知道怎麼，腦筋特別清楚，我就一直想，一直想……我要是死了，我那麼漂亮的老婆會便宜了誰呢？我兒子可怎麼辦呢？想著想著我就想哭！」

郭胖子身體不好，工作一般，可他老婆確實漂亮。

張勝見過郭家嫂子，郭家嫂子的名兒挺俗氣，叫趙金豆，名字雖俗，可卻是掐一把都出水兒的大美人。只因她是農村戶口，郭胖子是城市職工，才娶了這麼個嬌滴滴的娘子，要不然他做夢也攀不上人家，難怪他整天惦記著。

此時張勝心中歡喜，倒還有心思和他開玩笑，便笑道：「放心吧郭哥，咱倆誰跟誰啊，你要是去了，你兒子就是我兒子，你老婆就是我老婆，我一定把大的餵得白白胖胖，小的餵得胖胖白白！」

「去你的！」郭胖子白了他一眼，因為飯店結束有望，他的心裏也輕鬆了許多，一時便生起閒心來，也不忙著起來，他緩緩坐起來，先從上衣口袋裏摸出一張相片，非常慈愛地看著說：「你看，我兒子，和我多像。」

張勝一看，郭胖子抱著兒子照的半身照，郭胖子還穿著袁大頭的帥服，爺倆的確像是一個模子裏刻出來的，忙道：「是啊，長得太像了，對你兒子來說這真是一種悲哀，不過對你來說，卻是莫大的安慰，要不就憑嫂子那麼漂亮，你怎麼判斷這兒子是不是你的呀，嘿嘿嘿。」

「我說你別鬧行不行？」郭胖子瞪他一眼，撫摸著照片感傷地道：「你呀，心裏不會有我這種感覺。真的，勝子，我告訴你，要是一個人不知道自己什麼時候就會死掉，他就特別珍惜眼前的一切，特別愛他親近的人，真的，特別特別地愛。」

張勝沒多理會郭胖子的心思，把倒了的凳子扶起來，對一邊看熱鬧的服務員說：「行了，今天也沒啥客人了，咱提早打烊，大家收拾一下。」

因為聽說要停業，服務員對老闆馬上就沒了以前那種恭敬，懶洋洋的不愛動彈，這扶一把，那挪一下，根本就是應付差事。張勝看了也不說破，只是歎了口氣，自己收拾起屋子來。

他拿著抹布，慢慢地擦著油膩的桌面，心裏想著：「飯店開不下去了，就算房東肯放一馬，以後幹點兒啥呢？」

「唉！」他歎了口氣，抹布在桌上劃著圈，擦著擦著，一幅畫面忽然電光火石般躍上心頭：他拿起皮包往裏塞文件時無意中看到的那個標題《關於設立橋西高新技術產業開發區的立項報告》。

這句話什麼意思？橋西現在是郊區啊，那裏只有兩個村和大片的荒灘，政府要在那裏設立經濟開發區？記得前幾年政府在太平莊旁邊修了條國道，沿路的房價馬上飆升起來。那麼，橋西郊區的地……

張勝的眼睛亮了起來……

飯店事件因為郭胖子的「死諫」得以順利解決，房東一家人大概也仔細商量過了，這個地方確實不景氣，周圍開飯館的大多是個人私產，沒有房租壓力，賺一分是一分，即便有租房的也在一千元上下。

當初也只有張勝和郭胖子這對毫無從商經驗的白癡，聽信了葉知秋描繪的美好藍圖，又不會砍價，這才以這麼高的房租把房租下來，還被騙得一簽就是兩年。

這兩人沒有飯店經營經驗，社會關係又少，真讓他們開下去，只能坐以待斃，萬一逼出人命那就得不償失了。再說，兔子急了還咬人呢，這兩年報上沒少報導一些被逼得無法生存的小人物，一怒之下殺人自殺的消息，這倆小子可知道他葉知秋的住處，要是這倆人不想活了，跑來把他給捅了，那時找誰喊冤去呀？

所以葉知秋權衡一番，接受了小姨子的勸告，終於鬆了口，同意解除合同。

不過張勝還是領教了崔副主任的厲害，儘管郭胖子有心臟病，崔知焰小姐還是充分發揮了她的鐵口鋼牙，和他們從中午一直談判到晚上，錙銖必較，直說得兩人精神崩潰，答應桌椅板凳全部留下，砌的灶台搭的直到樓頂的煙囪也雙手奉送，這才得以脫身。

遣走了雇工，兩位窮老闆一算賬，幹了半年，一人賠了三千八百塊錢，本錢各拿回了九千。兩個苦哈哈雙手空空地走出了為之奮鬥了半年的小飯店，漫步在街頭，簡直恍若一夢。

張勝思索著橋西開發區的事是真是假，如何利用這條重要資訊致富，郭胖子卻在尋思是否回郊區和岳父岳母一塊種地務農，只是……唉，媳婦好不容易跳出農家，她那一關怕是難過。

前邊立交橋下一個短褲熱衫，長腿細腰的美女翩然而過，大夏天的，穿得少，淡黃的衫子有點透明，露出裏邊白色胸罩的顏色，那胸罩薄薄的，胸前高傲地頂起兩團，隨著那悠長的大腿邁動，顫顫巍巍，極富質感。

郭胖子雙眼放光，頓時拋開了煩惱，眼珠子癡癡地追隨著美女的倩影，大發感慨道：「這麼熱的天，她們女人還戴胸罩，也不嫌熱。」

張勝拍了他一巴掌：「她要是不戴，你就會熱啦！怎麼樣，想好以後幹點啥了嗎？」嘴裏說著，他的眼睛也直勾勾地盯著美女白花花的大腿和被紅色小熱褲繃得緊緊的挺翹美臀。

開發區的事，張勝倒不是有心瞞著老朋友，只是這事八字還沒一撇，而且他只是憑直覺覺得這是一個難得的機會，還沒有想出什麼頭緒，不知道該如何運作、如何利用，風險也大，自然不便和郭胖子說出來。

當初開飯店就是他先提議的，可那只是腦門一熱想出的主意，連考察都沒做，就迫不及待地把安置金投進去了，雖然早就說好風險自擔，他還是覺得愧對郭胖子，這回風險更大，他可不敢隨便把哥們拉進來了。

郭胖子歎口氣道：「還能幹啥？我是富貴身子窮人命，啥也幹不了，回去和媳婦商量一下，不能坐吃山空，先去幫著媳婦擺攤，再不然去鄉下幫著岳父種種菜啥的，然後慢慢想辦法，你呢？」

張勝苦澀地一笑：「我？我還沒有目標，慢慢找，總有辦法的！」

郭胖子點點頭，默然半晌道：「我先回去了，媳婦在二路小商品市場擺攤呢，我去幫幫忙，順便和她說說！」

張勝嗯了一聲，說道：「行，去吧，我也考慮考慮前程。咱們找機會再聚！」

兩個人握了握手，各自騎上車，反向而去。

頂著火辣辣的太陽，張勝無精打采地走著，他想先回家，又想去橋西走走，那邊幾乎從未去過，他想先瞭解一下那邊的情形，再琢磨自己的機會在哪裏。

張勝心思搖擺不定，騎著車朝家裏走了一陣兒，想想又拐向橋西，走一陣又拐回來，這麼折騰了一陣，他終於下定決心，先去橋西郊區看看。

騎過幾條街，張勝忽然在路邊看到一個熟悉的身影，她穿了一身淡黃色的連衣裙，正輕盈地走著，蠻腰一擺、長腿錯落，天氣雖熱，可是看了她的美態，卻讓人心底如同掠過一片清爽的風。

她的小腿曲線纖秀，裙擺搖曳過處，白皙的後腿看了都能讓人感覺出她的大腿是多麼修長標緻、骨肉勻稱。還有她連衣裙下纖腰細細、酥胸高挺，走過時有一種似動非動的軟彈感，讓人望而銷魂。

「鄭小璐！」張勝下意識地叫出聲來，這一聲出口，立即有些懊悔。

前邊的女孩一回頭，瞧見是他，臉上頓時露出了甜甜的笑容：「張哥，這麼巧呀，你這是去哪兒？」

張勝從自行車上下來，有點結巴地說：「哦，我……沒……什麼事兒，隨便逛逛。」

鄭小璐和他同是三星印刷廠員工，廠子成為合資企業後，改名為大三元彩印廠。張勝被裁員了，鄭小璐被留下來。她是個很善解人意的女孩，一見張勝的窘態，立即乖巧地岔開了話題。

兩個人聊了一陣兒廠裏的變化，鄭小璐低頭看了眼手錶，她梳著馬尾辮，這一低頭，便露出一截修頸，頸子滑潤白皙，給人一種異常細膩的感覺，張勝不禁貪戀地掃了一眼。

鄭小璐抬起頭，淺淺一笑，頰上又露出那對迷人的笑渦：「張哥，我約了朋友一塊逛街，改天有機會再聊吧，我走了！」

張勝忙道：「你忙你的，有空再聊！」

看著鄭小璐遠去的背影，張勝的眼中流露出一絲落寞。

鄭小璐一直不知道張勝在暗戀她。對鄭小璐，張勝有種很特殊的感覺，鄭小璐很美很清純，但是同她一樣可愛的美女並不是沒有，可是看了都不能給張勝這麼深的感覺，一種觸動靈魂的感覺，這大概就是一見鍾情吧。

後來，財務處長麥曉齊開始追求鄭小璐，麥處剛剛三十歲，儀表堂堂、年輕有為，雖說他離異過，可這絲毫無損他的魅力。他是一個成熟灑脫的男人，在他面前，張勝只是一個男孩。

從那天起，一對天造地設的戀人出雙入對，張勝連暗戀的幻夢也破滅了。

想起這些往事，張勝心酸地笑了笑。

人家確實般配，鄭小璐已經找到她的人生幸福了，可自己呢，還一無所有。

如果，自己當初不是那麼卑微，會沒有勇氣對她表白、追求麼？

今後，總會遇到第二個讓自己心動的女孩的，如果那時又有一個條件優越的競爭者怎麼辦？什麼叫真愛無價？如果一個富翁和一個乞丐都是很真心地愛著同一個女孩，那麼這女孩就算是把真情放在第一位，她會選擇誰？

你可以嘲笑有錢人以示清高，可是一無所有的你，拿什麼來證明你是一個有能力的大人？大言不慚地說一句「我愛你」，就能給人幸福了麼？

生活的艱辛告訴他，生活是柴米油鹽，談情說愛只是調劑。說到底，要想讓人家愛你，就得先自愛，就得有讓人青睞你的本錢。

現在機會來了，知道要開發橋西的人還沒有幾個，這個機會如果能抓住，能利用好，自己的一生可能就會因為這個無意的發現而改變，從此走上完全不同的道路。

無意中遇到心儀的女孩，激發了張勝的雄心，更堅定了他一搏的鬥志，他在心裏暗暗發誓：「只要肯拚，我也能贏！我不會永遠這麼卑微，這個機會，無論如何，我一定要抓住！」

高暴利高風險

張勝著急地說：「徐廠長，這真是千載難逢的機會啊，等消息傳開了再去買地，那還買得到？能先富起來的人，都是先行一步的人吧？」

徐廠長聽了這句話似乎有些心動，他抬眼看了看張勝，沉思起來。

不同的可能、不同的結局在他心裏反覆交鋒，徐廠長忽然停下腳步，眼中露出一股猙獰的殺氣，心想：「寧殺錯，勿放過，這個機會不能放棄！可是，風險實在是太大了，我不能出頭，張勝那小子……本想一腳把他踢開，現在想來，他倒是可以做一隻馬前卒！」

走到西站盡頭，在狹窄殘破的柏油馬路上再騎十來分鐘，才能看到橋西郊區那一大片空曠的土地。

站在高處往前看，除了被分割得凌亂不堪的菜地，就是完全荒棄的空曠地了。近公路的地方，被偷偷拋置垃圾的企業傾倒的工業垃圾堆得像一座座小山。

再遠些，是一條小河，河水烏黑黏稠，看起來像石油似的，散發著惡臭。原來這河應該很寬，因為兩邊的地面看得出來原來也是河道，只是現在已經乾涸了，河底被挖沙的人挖得像癩痢頭似的，深深淺淺都是坑。

這裏有兩個村莊，大王莊和小王莊，照理說城郊的房子不該這麼破敗，可是站在坡上看，莊子都不大，到處都是高矮起伏的破房子，村落毫無生氣。倒是貼著公路邊開著的一些小飯店和修車鋪子還有幾分人氣。

張勝心裏有點兒發涼：這個地方……真的會開發麼？如果市政府改變主意了怎麼辦？

那時開發建設還不像現在這麼完善，現在從立項、規劃、審批、拆遷、開發各個步驟既科學又嚴密，要經過反覆論證再三研討，最後拿到市委常務會議上討論多次才能通過。那時候制度不完善，程序不科學，一些領導為了政績，常常一拍腦門想個主意就匆匆上馬，工程進行到一半，發現可行性太低便半道擱置的專案，屢見不鮮。

所以儘管張勝並不懷疑那份文件的真實性，但他擔心政府會改變計畫，立項報告還不是正式規劃，只是提供給領導層的一個建議，不一定會審批下來，更無法確定什麼時候才能批得下來。要說快，只要主要領導拍板同意，一個月後平地出現三層樓也辦得到，要說慢，等上十年還是它，這條訊息到底有多少價值？

張勝站在那兒沉吟半晌，蹲下來抽了根煙，然後把煙頭一丟，沿著一條歪歪斜斜的小道走了下去。前邊幾畦大白菜長得挺不錯，看得出來，如果這一帶不是離城市太近，被工業垃圾污染嚴重，河道又斷了水，原本應該是很肥沃的一片農田。

菜地旁有一個農民，旁邊停著一輛運水的三驢蹦子，那老農正用桶接了水灌溉。張勝便和他搭訕：「大爺，這一帶怎麼這麼荒涼啊？」

那個滿臉皺紋的老農抬頭看了他一眼，一邊舀著水澆地，一邊說道：「可不是嗎，我們村的人都受不了，有點兒能耐的人都遷到蔡家屯那邊去住了，青壯年沒地可種，大多外出務工，這老莊都沒啥人住了，我是不捨得這塊地就這麼廢著，這兒坡高，還沒被污染呢，才在這種點兒菜，不過得大老遠地拉水來澆地，唉，我也就是閒不住，要不也不擺弄這地了！」

張勝點點頭，若無其事地叉著腰四下看看，隨口問道：「大爺，要是在這地方買塊地皮……得多少錢？」

老漢驚訝地看了他一眼：「這地方還賣得出去？買來有啥用？要水沒水，要收成沒收成，整天守著聞這臭味呀？你買來幹什麼？」

張勝忙順口胡扯道：「是這樣，我吧，想搞個高科技蔬菜大棚，離城近點兒，運輸方便。」

老農笑道：「這兒連水都沒有，你怎麼種菜？」

張勝說：「這個……打幾口深井，採用滴水灌溉，高科技嘛，肯定不能用傳統方法種。」

老農哈哈大笑，說：「深井也不行，污染太嚴重，用自來水還行，就怕那樣種出來的菜本錢太高，你也沒幾分賺的。」

他頓了頓，往遠處一幢房子一指，說道：「挨著河那處瓦房，就是我家的，前後院的菜地加起來小一畝，再加上三間瓦房，只要給我一萬元，我就賣給你。」

張勝吃驚道：「這地……哦，這房只賣一萬元？」

自打昨天存了買地的心思，他和別人閒聊時順口問過郊區的地價，一般來說，當時一畝地在一萬五到三萬不等，具體價錢要看是生地熟地、瘦地肥地，還得看用途和環境。

他當時估計橋西郊區的地至少也得兩萬多一畝，想不到這兒工業垃圾、工業廢水硬是把大片良田變成了垃圾場，結果連帶房子的地都這麼便宜。這老漢說是一萬，再講講恐怕還能把價降下來。

老農哈哈笑道：「你當是市中心的房子呢？這兒的破房不值錢，看這環境嘛，瞞你也瞞不住。」

張勝看了看他這一大片菜地，咽了口唾沫說：「那這菜地……多少錢一畝？」

老農又接了桶水，搖著頭說：「那我可沒權賣，村裏重新分了地的，這兒沒人管，我才回來種種，你要買大片兒的地，得和村支書還有鄉裏領導去談。」

「鄉裏領導？」張勝心想：「就我混成這樣，鄉官也懶得和我談生意呀。」

張勝快快地點點頭，說：「嗯，謝謝你啦，大爺，我再……四下考察考察。」

老農提著桶灑了幾勺水，直起腰來望著張勝的背影咂咂嘴，咕噥道：「啥高科技種菜啊，這孩子怕是個找不到活路的失業勞工吧？我們農民有工作能活，沒工作也能活，這些城裏孩子沒了工作，就不知道怎麼活，怪可憐的！」

張勝四處轉了一陣，踱到一家飯店的後院兒，挨著那破磚頭和石頭壘的牆尋思著心事：

「這村兒這麼沒落，又緊挨著城區，就算我當市長，也不會任由城邊上荒著一片地當垃圾場，計經委的那份立項報告不會是無的放矢，說不定就是哪位領導決心開發橋西，授意他們起草的報告。」

「我看開發的事兒八九不離十，如果帶房的地一萬一畝的話，那這片近乎荒廢的土地估計也就五六千一畝了，我手裏的現款估摸著能買一畝半地，要是轉手，怎麼也能翻幾番，可是……那也不夠吃一輩子呀，老天爺給了我一個難得的機會，就讓它這麼從手裏溜走，那我可真成廢人一個了！」

張勝不禁想起了兒時的玩伴，原來和他住在一個大院的二肥子。二肥子小時候整天拖著兩道鼻涕，盡受小夥伴欺負。長大了也邋邋遢遢，老遠就能聞到他身上一股汗餿味兒。可人家現在混得如何？

自己老爸挖關係走後門、請客送禮地把自己安排進國營廠子當電工時，二肥子曾找他合夥經營一家外地啤酒在本地的代理，當時覺得還是有個穩當工作保險，沒答應。結果幾年下來，人家現在早搬到市中心去住了，自己不就是看到機會沒膽子抓嗎？

張勝想到這裏，輕輕地歎了口氣。

這家飯店經營的是農家殺豬菜，後院裏正有一頭大肥豬快活地哼唧著，絲毫沒有屠刀臨頸的煩惱，牠低著頭歡實地吃著飯店的殘湯剩飯，不時還快樂地搖搖小尾巴。

張勝看著那頭不知愁的大肥豬，心想：「我要是光想著混，就跟這頭豬一樣，也不是活不下去，可是我能像豬一樣活著，能像豬一樣快樂嗎？」

他忽然狠狠一捶牆頭，轉身便走。

「風險不是沒有，可是……拚了！」張勝站在大路上想。

遠遠的，「農家殺豬菜」的後院兒傳來一聲女人的咒罵：「這是哪個缺了大德的，把石頭推下來砸了我家的豬食盆啊？」

張勝吃過晚飯就回了屋，坐在陽台上，打開窗戶望著滿天星辰，一根接一根地抽煙，想著自己的心事。他現在已經有八成把握確定市政府開發橋西的意向了，現在要考慮的就是啟動資金的來源。

這種機遇，一輩子可能只有一回，一定要盡可能地從中牟得利益。僅靠手裏不到一萬元的本金，哪怕再和父母借點，也是小打小鬧。要想幹一次大買賣，這錢從哪兒來呢？

張勝把他認識的人仔細思考了一遍，這些人裏有能力拿出一筆錢去買地皮的只有兩個，一個是從小住一個社區的二肥子，一個就是徐廠長。二肥子現在發達了，早就搬離了社區，已經聯繫不上。幾年不見，彼此早就疏遠了，就是找上門去，對方怕也很難答應。

第二個就是徐廠長，現在認識的有權有勢的人好像只有一個徐廠長關係親近些，可是……要怎麼請他幫忙呢？借款？紅口白牙的，什麼東西也沒有，誰敢借這麼大一筆款子給他？要不然拉他入夥？他會不會相信？肯不肯合作？如果聽了消息，拋開自己單幹怎麼辦？

張勝苦笑一下，身處社會最底層的他，即使機遇就在眼前，想要抓住，也很難很難……

張勝在徐廠長辦公室門口站了半晌，才鼓起勇氣敲了敲門。

徐廠長抬頭見到張勝，有些意外，但隨即站起來，熱情地說：「小張來啦，哈哈哈，快請進，快請進，今天怎麼有空兒回廠啊？來，坐坐！」

他摸了摸頭，陪同張勝笑瞇瞇地走回座位，抓過香煙點燃一根，然後把煙盒丟給張勝。

廠子合資之後，廠長辦公室的環境也改善了許多，徐廠長原來主抓財務，外資到位後，外資方派了主管財務的副廠長，他現在主抓供銷，不過很多訂單都由總廠直接發下來，他們只是按單生產，所以不是很忙。

張勝在他對面坐了下來，說道：「哦，先不抽了，謝謝廠長。今天來，的確是有點兒事要和您商量。徐廠長，我的小飯店經營不善，昨天我把它停了……」

徐廠長吃驚地道：「前天我路過不是還開著麼？怎麼說停就停了？喔……小張啊，你是想讓我幫幫忙回來找份工作吧？這可難辦啊，現在廠子裏的事都是外資方的幾位領導拍板。」

他為難地撥拉著頭髮：「這個……傳達室打更的……哎呀，辦公室的老方安排了他老舅，麻煩呀……」

張勝連忙擺手道：「不不不，徐廠長，您誤會了，我不是想回廠找活幹。實話對您說吧，我聽說了一條極有價值的消息，能賺大錢。我沒有什麼有能力的親戚朋友可以幫忙，我想……認識的人裏既有本事，對我還挺關照的，也就是您了，所以……」

徐廠長一聽失笑道：「極有價值的消息？哈哈，小張啊，你是挺穩重挺踏實的年輕人，怎麼也學會開皮包公司對縫了？哈哈哈，你說說，是什麼消息？」

張勝臉有點紅，訥訥地道：「要說對縫……還真差不多，我既沒本錢，又沒人脈，說起來，要辦成這事還得靠您。我唯一能做的就是提供這條能發大財的消息給你，只是……您要是知道了，把我甩開自己幹……徐廠長，您別生氣啊，我不是懷疑您，這也是在商言商，咳！不瞞您說，我讓小飯店的租房合同給噁心怕了。」

徐廠長哈哈大笑起來：「行了行了，有什麼消息，你儘管說，你在廠子時，我是廠長、你是員工；你離開廠子了，咱們也是交情不錯的棋友。在社會上，我徐海生也是條響噹噹的漢子，過河拆橋的事那是人幹的？你放心，真有價值，少不了你那份兒！」

張勝一咬牙，心想：「不找他，我唯一能做的就是拿自己的本錢去賭，買上一畝地，翻他幾番，賺個三五萬到頭了。說給他聽，就算真甩開我，我照樣是這結果，只能賭了，再磨嘰下去，徐廠長怕還不愛聽了。」

想到這兒，張勝爽快地說：「行，那我就說給你聽。徐廠長，前天我和郭胖子合計歇業不幹了，請了房東來談，他的小姨子是市計經委的一個主任……」

徐廠長聚精會神地聽著，等張勝說完，他夾著香煙出神地想了半晌，這才目光一閃，撣撣煙灰，抬眼看了看他：「你確定？這麼說，你的依據就是……那位崔主任皮包裹的一份文件？你……只看到了一個標題？」

張勝點點頭，說：「是！但我相信，這條資訊是真的，我還趕到橋西去看了，那裏兩個村子從去年開始就在陸續搬遷，村子現在特別蕭條。在城市邊上，那麼一大片土地空著，政府不利用，難道拿來當垃圾場嗎？所以，我敢確定這消息的真實性！」

徐廠長微微搖頭：「你想得太簡單啦，不止是開不開發橋西的問題，還要考慮什麼時候開發，要是現在買進一大片地，一放十年，拖不起呀，你當是個人家裏那點兒存款嗎？」

張勝著急地說：「徐廠長，這真是千載難逢的機會啊，等消息傳開了再去買地，那還買得到？能先富起來的人，都是先行一步的人吧？」

徐廠長聽了這句話似乎有些心動，他抬眼看了看張勝，沉思起來。

以他對張勝的瞭解，這個年輕人很誠實，絕不是那種聽風就是雨的毛躁小子，他說出來的消息，肯定是他親眼看到的。問題是他知道的消息實在太少了，那是政府的一個意向？還是一個已經決定實施的項目？現在還無法確定。

政府部門的很多意向，時常會因為各種因素而變更，如果這個意向取消怎麼辦？如果政府開發橋西的計畫延遲幾年，或者因領導層的變動而擱置怎麼辦？這可不是一筆小數目，如果大把的資金砸在那兒，橋西還是一片荒蕪的爛地，那時想脫手保本都難。可是……如果這消息確實呢？暴利啊，頃刻之間翻幾番甚至十幾番的暴利，那是多大利潤？

立項報告遞上去，市政府一旦審批同意開始規劃，那麼特權階層、背景複雜消息管道靈通的人就會得到消息，不必等政府決定正式宣佈，那裏的地就會被瓜分一空了，那時再想擠進去分一杯羹，談何容易？

想了許久，徐長廠抬起手向下壓了壓，示意張勝坐下，然後拿起電話撥了一個號碼，片刻工夫，電話接通，徐廠長臉上露出笑容：「老侯啊，是我，海生。呵呵呵，哪裏哪裏，你是大忙人嘛，無事豈敢打擾啊？哈哈哈……」

他的腰直了直，身子向前傾過來，臉上變得嚴肅了些：「老侯啊，我聽說政府有意在城市周邊地區建設一個經濟開發區，你聽沒聽說類似的消息啊？」

「在哪兒設立？哈哈，我也是道聽塗說了一點傳聞，這才向你打聽嘛，你是政府官員，你都不知道，我哪兒知道呀。什麼？你沒聽說過這方面的消息？嗯……現在謠言滿天飛，是不能輕信，好好，那你先忙，改天咱們吃飯再聊。好好，再見！」

徐廠長放下電話，雙手十指交叉，目不轉睛地看著張勝。

張勝著急地道：「這種消息，政府公開宣佈前肯定屬於絕密，如果風聲早傳開了，咱們現在去買地都晚了。徐廠長，我真的確信這是個千載難逢的機會，能獲得的回報值得冒一次險！」

徐廠長吸了口氣，又點起一根煙，站起身來在辦公室裏踱起了步子，張勝坐在那兒看著他，等著他最後的決定。

「小張啊，資金的問題，我是能幫上忙，不過這畢竟不是一筆小數目，你得容我好好想一想，是吧？這樣吧，你先回去，我再考慮考慮，考慮清楚了我給你打電話，你有手機沒有？」

張勝一聽，心頭便是一沉：「徐廠長這麼說，不是想甩開自己單幹，就是不相信自己的話。想借東風的計畫，看來是沒有希望了。」

不過徐廠長最後和他要電話，又給了他一絲希望，張勝忙說：「我沒有，我把傳呼號給您寫下來，哦，對了，我家樓下小賣部有部電話，你就說找我，一定能找到，我這幾天都在家。」

張勝匆匆地把傳呼號和樓下小賣部電話都抄下來遞給徐廠長，徐廠長笑道：「那就好，這件事我晚上想清楚，回頭再聯繫。」

「好，徐廠長您忙著，我先告辭了。」

「好好，那我不遠送了。」

房門一關，徐廠長便淡然一笑，將那寫著電話的紙條順手一團扔進了紙簍。

徐廠長冷冷一笑，回到座位上翻開名片冊開始打電話。

「馮區長，我是小徐啊，對對對，三星印刷廠的小徐。您好您好，對對……」一番寒暄之後，徐海生話鋒一轉，問道：「對了，我聽人說市政府要在郊區有一項比較大的開發專案，您聽說過這方面的消息嗎？什麼？從沒聽說？哦哦，好像聽人提過，順嘴問一句。沒啥事兒，就是有日子沒聯繫了，給您打個電話問候一下，好好，改天請您喝酒。」

撂下電話，徐廠長又撥了一個號碼：「呂秘書，我是老徐啊！哈哈哈……」

「季局長，我是徐海生啊，哈哈哈……」

電話打了一通，始終沒有消息，徐海生撂下電話，皺著眉頭在屋裏走了幾圈，又抓起了電話。他本來不想打給計經委的朋友，因為關係一般，他怕打草驚蛇，可是現在他已經沒有別的消息來源了。

「喂，計經委嗎？請鄒科長接電話……小鄒啊，你好你好，我是徐哥，對對，有件事向你打聽一下，聽說市政府要在郊區搞一個大專案，你聽沒聽到這方面的消息？什麼，你聽說過，快說說，快說說……哦，哦哦……」

撂下電話，徐海生難捺激動的心情，立即又抽出一根煙叼在嘴上。鄒科長瞭解的情況也不多，不過多少說了一些情況，計經委的規劃立項報告的確打上去了，但是市政府批不批、何時執行，就不是他能掌握的情況了，這麼說來，張勝的消息是真的。

可這樣一來，也預示著風險是無法避免的，如果等到市政府批准這項計畫，恐怕消息早就洩露給耳目更加靈通的人了，政府一旦立項，土地所有權上收，國土局丈量造冊，那時再大規模買地，怕是誰也沒有那個膽子賣給他了。

想發財就得搶在政府的最終決策出來之前，也就是要自己判斷大勢，依據遠期目標來確定是否投資。一旦判斷準確，在政府公佈開發計畫之後，就可以用至少翻幾倍的價格賣給政府。

政府把使用權轉售給土地開發商，然後經房產商再開發，最後轉手給企業或個人，在這個過程中，土地所有權從集體變成國家，使用權也完成了一個完整的轉移過程。

在這個轉換的過程中，從農民手中買地的時候價錢非常低廉，而經過房產開發後再賣出去時，價錢是當初的十倍甚至百倍，這中間的差價利潤大得驚人。哪怕只享用前期的轉賣利潤就有兩倍到三倍，他還有房產開發界的朋友，完全可以參與後期運作，那樣的話，暴利之大……

可是……風險啊……市政府批不批准立項要賭，批准立項的話，什麼時候執行還要賭，現在這世道，手中只要有資本，賺錢的門路多得是，如果在這片地皮上長期佔用一筆鉅資，那可得不償失。況且，自己能動用的資金現在都派著用場，要投資這一塊兒只能貸款，為了一個虛無縹緲的消息，風險是不是太大了些呢？

「風險、暴利，暴利、風險……」

不同的可能、不同的結局在他心裏反覆交鋒，徐廠長忽然停下腳步，眼中露出一股猙獰的殺氣：「寧殺錯，勿放過，這個機會不能放棄！可是，風險實在是太大了，我不能出頭，張勝那小子……本想一腳把他踢開，現在想來，他倒是可以做一隻馬前卒！」

張勝一宿翻來覆去睡不好覺，私下估計怕是自己的宏偉計畫要泡湯，可是除了徐廠長，實在想不出誰有本事搞到一大筆錢。第二天坐在家裏正犯愁，十點多傳呼忽然響了，打過去一聽，竟是徐廠長要他回廠子一趟，研究研究如何投資，張勝喜出望外，顧不得天氣炎熱，蹬上車便奔向單位。

「徐廠長……」張勝一進屋便喚了一聲。

徐廠長滿臉笑容地迎上來，說：「小張啊，我對你很瞭解，別人要是這麼和我說，我還真信不過，不過從你嘴裏說出來，那絕對錯不了。你這個忙，我決定幫了！」

張勝心中一喜，徐廠長又道：「機遇嘛，抓得住的人是人才，抓不住的是蠢才。能抓得多卻放過大魚捉小魚的，那就是庸才了。既然要幹，咱就幹大的。」

張勝喜道：「對，我就是這個意思。」

徐廠長笑笑，說道：「我的經濟狀況肯定要比你好，可能用來買地皮的，也沒多少錢。不過……我在銀行有朋友，政府部門裏也能說得上話。這樣，我幫你聯繫，從銀行貸筆款子，橋西區政府方面，我也負責幫你接洽聯繫，總之呢，跑關係、跑資金，全由我來，但我現在還是廠領導，無法出面，事情要由你來牽頭。」

張勝一怔，立即明白了他的言外之意。張勝雖不如他歷練豐富，可不代表缺心眼，也就是說所有風險由自己來擔，事成徐廠長分一塊肉吃，事敗自己兜著。

他本來是想借助徐廠長的關係，自己提供消息，再鞍前馬後地跟著跑腿，就算只拿個小頭，那也是一筆相當龐大的財富，可是萬萬沒想到徐廠長竟提出這麼個方法。由自己來掛名貸款？如果消息不確實，這麼龐大的一筆債務，自己以後怎麼活？

可是話說回來，他除了事先知道這個消息，其他的事都辦不了。徐廠長這麼做，等於是他出力運作全過程，作為合作者，張勝要擔負起失敗的全部風險。雖然心裏不舒服，可是除此之外，他能付出什麼？要有所得，總得付出代價。

自己一直以來都是循規蹈矩，結果又得到了什麼？這個險冒不冒？值不值得冒？想了半晌，他猶疑的目光漸漸堅定起來，眼中放出熾熱的光芒。

徐海生見了，微微地笑起來，他很熟悉這種目光，他不只在許多商界朋友眼中見過這種目光，他年輕時，多少次猶豫、掙扎，做出最後的決定時，眼中流露出的一定也是這種目光，破釜沉舟、背水一戰、大冒險、大富貴！

那是只有賭徒才會露出的目光……

其實張勝本不是一個喜歡投機冒險的人，相反，他內向、靦腆，直到高一時女生和他說話還會臉紅，直到工作了，在電工班待了幾年，才被電工班的老白、胡哥和郭胖子幾人帶得有點兒壞。

如果可能，他會一直平凡地生活下去，絕不會幹出這種冒險的事，但是命運弄人。學無所成、失業待職、一無所有，已經把他逼上了不得不拚死一搏的絕路。

輸急了的人，大多會有一種急於翻本的強烈願望，這時，本來被壓抑的想法和勇氣，就會爆發出來，原來沒有勇氣去嘗試的事，這時就會以超出常人的膽略和決心去做，張勝就是被生活推到了這種尷尬的窘境，卻不甘沉淪下去的一個。

他人生中遭受的第一次重大挫折，還不是小飯店的停業，而是發生在一年前。那時三星印刷廠正處於風雨飄搖之中，廠子還沒有合資的消息，半死不活地經營著。車間難得開動機器，他在廠電工班工作，更是無所事事，有點兒門路的人都在活動著調走，沒什麼社會關係的人就在這條行將沉沒的船上坐以待斃。

有一回電工班的老白讓他陪著一塊去證卷交易所，那是他頭一次踏進證交所的大門。當時正是中午時分，證券交易所裏滿地報紙、資訊單、交割單、委託單的碎紙，還有煙頭、煙盒。

中午人少，有些人正躺在坐椅上睡覺，還有些人圍在一塊打著撲克。交易所四周各有一台空調，可是那冷氣根本無法照顧這麼大的空間，煙氣濃重的空間裏嗆人欲嘔。

張勝從來沒炒過股票，對股票這東西一竅不通，那一排排紅的綠的數字他根本看不懂。

老白看了一會兒交易螢幕，哈哈地笑起來：「看到沒有，青啤，我才買了不到半個月，賺了五千多了，哈哈哈，再漲兩天我就把它賣了。」

「啥？你買了多少賺這麼多？」張勝有點兒吃驚。

老白得意洋洋地道：「買了兩千股，漲了兩塊多了，厲不厲害？」

張勝吃驚地問：「買股票能賺這麼多錢？」

老白看他有點兒動心，指點道：「你看那邊那一版，是基金，廣東廣信、廣東海鷗、廣東廣發，還有瀋陽的『四小天鵝』：富民、久盛、農信、興沈什麼的，都一塊多錢一股，你要是錢少，先買點那個練練手。」

「一塊多錢一股，我手裏有四千多塊錢存款，能買差不多四千股，這要是一股漲兩塊，就是八千塊錢，這靠掙工資得多少年呀？」張勝的心怦然一跳。

張勝從此開始關注起股市來，天天中午跑證券交易所，他什麼也不懂，也沒有人可問，每次去了就盯著廣發、廣信和海鷗三支緊挨著的基金，看它們的價格升降。看了大約半個月，他漸漸摸出了規律，這幾支基金每次只要跌到一塊一毛多錢，用不了兩天，肯定要升上去。到了一塊四左右再次降下來，中間足有三毛錢的差價，如果買一萬股，幾天就能賺三千，比他四個月的工資還高。

張勝心動了，在廣信再次跌到一塊一毛四時，他果斷地取出全部存款，開戶、存款、填委託單，買下了他生平第一筆基金。填單子的時候，他的心怦怦直跳，好像把身家性命都押上了一樣，提心吊膽地看了一個星期後，他賺了一千四百元。

從這以後，張勝迷上了炒股，但他從不打聽消息，對於股票的一些基本知識也是全然無知。他只盯著廣信和廣發兩支基金，到了他瞭解的歷史相對低位就買進來，漲上兩三毛錢就立即賣掉，然後耐心地等它再跌下來，正趕上整個市場大勢也配合，這種傻子炒法居然讓他一直有賺無賠，到了快年底的時候，他的資金已經翻了一番。

那時很多人都配了ＢＢ機，可以傳遞股票資訊，可ＢＢ機太貴了，張勝不捨得買，只能勤跑證券所。漸漸的，他發現股票升降的幅度要比基金大得多，那時還沒有漲跌幅限制，抓對了股票，一天翻倍也易如反掌，他開始關注股票了。

他買了份報紙，根據報上推薦的個股，發現一支蜀長紅不錯，當時價位十一元，收益幾毛錢，比許多負收益，卻值二三十塊錢的股票要強很多，於是便盯上了它。當時垃圾股仍在瘋漲，這支績優股卻在下跌，觀察一段時間後，它跌到了八元左右，張勝按捺不住心中的激動，果斷地拋出基金，全部買入蜀長紅。

然而，他買入不到一個星期，正日夜盼望蜀長紅一路長紅的時候，這支股票卻突然停盤了。懵懂無知的張勝見過有些股票會偶爾停盤，但是一般下午或第二天就開盤，這支蜀長紅連續三天都沒開盤，張勝慌了。

他性格靦腆敏感，特別好面子，自己私下買的股票，生怕賠了讓同事恥笑，所以閉口不言，不但別人全然不知，就是對老白他也守口如瓶，這時自然不好意思去問。

一天中午，他盯了半天盤，實在忍不住了，就向幾個正在打撲克的股民詢問。

「大哥，請問一下，那個……蜀長紅怎麼不開盤啦？」

一個滿臉貼著白紙條，輸得只剩下一對眼睛的男人抬起頭來，不耐煩地看了他一眼，粗聲粗氣地問：「幹啥？你買啦？」

張勝臉有點兒熱，連忙道：「我……沒買，就是好奇，怎麼好幾天不開盤了？」

那人一瞪眼，嘴巴上的紙條都飛了起來：「沒買你打聽個啥？蜀長紅不開盤了，因為非法交易退市了，成廢紙了，知道不？」

張勝的腦袋轟地一下，當時就變得失魂落魄，他喃喃追問：「你說退市？成廢紙啦？那……那那……那買它的人呢？」他的聲音都開始發抖了。

那人重重地一甩撲克：「老K！」

然後翻了他一眼道：「股票有風險，入市須謹慎，大門口貼著呢，願賭服輸，這麼多股票，誰讓你選它啦？」

張勝眼睛都直了，他邁著太空步向門口走去，整個身子都像被掏空了一般。打撲克的一個絡腮鬍子甩出一張牌，問對面的那人道：「你說什麼呢，不是說蜀長紅有莊家非法交易要停牌調查嗎？誰說退市了？」

一臉紙條的人抓著紙牌嘿嘿笑道：「嗨，就這傻子還炒股呢，不騙他騙誰啊？」

可惜，張勝沒聽到這句話，他整個人失魂落魄得就像死掉了一樣。

這種事讓現在的人聽起來可能覺得匪夷所思太過荒誕，但在當時並不稀奇，投資者什麼稀奇古怪的人都有，還有人賠了錢要求證券所賠償的，因為他一直把股票當成保本保息只升不降的國庫券。

張勝也是這些無知者中的一員，其實他只要向玩股票的同事訴說一下不幸，就能明白那不過是別人騙他的一句話，但他那時過於敏感，自尊心太強。自己輸得這麼慘，一旦向人打聽，很快就會在廠裏傳開，他丟不起那人，不願意被人恥笑，於是這份痛苦就只能深埋於他的心底了。

那天，張勝失魂落魄地回了單位，晚上自己都不知道怎麼騎車回的家，一晚上工夫，他就起了滿嘴的水泡。一朝被蛇咬，十年怕井繩，從此但凡有股票資訊，或是有人談起股票，他就立刻走開，聽都不聽。

這件事對他的打擊真的是太大了，整整半年都沒緩過氣來。

當時正是國有企業轉型，大批工人失業的年代，大多數工人的腦子還固囿在舊的思想裏面，沒了正式工作對那些一本老實的工人來說就像天塌地陷一樣，對生活充滿了迷茫。三星印刷廠在這個大時代也不可避免地經歷著打破舊有體制、改制改型的階段，每個人都經受著這種改革的陣痛。

在這風雲變化的年代，新舊體制有破有立，人們普遍有一種迷茫和無力感，找不到人生的目標，只能隨波逐流，靜靜地等候著命運的安排，誰也不知道自己的未來如何，所以格外珍惜現在所擁有的，一下子賠光了所有，對張勝的打擊不可謂不大。

一個人來到世間，從滿身棱角和鬥志，至踏入社會，在命運的大河中像一枚不斷被沖刷的小石子，最後磨成圓滑的鵝卵石，如果沒有特殊的機遇、特殊的命運，很多人身上的閃光點就會漸次消失，最後平庸渾噩地度過一生。

張勝如果不是經歷了賠光全部積蓄、失業、創業失敗的一連串打擊，作為一個普普通通的工人，今天又怎麼會有勇氣破釜沉舟，背水一戰？

現如今，作為一個普通人，他沒有其他可以借助的關係和勢力，他所認識的人裏，唯一能指望得上的只有徐海生，也只有拉上徐廠長，他這隻小螞蟻才可能吞得下這條大魚。

天下熙熙，皆為利趨，當這種機會對他來說已不只是牟利，還是謀取生存權利的時候，也就更富吸引力了。

「我同意！」張勝一字一字地說，心頭頗有種「風蕭蕭兮易水寒」的悲壯。

張勝已經想得很清楚了，這個機會他不能錯過，不想錯過就要借助徐海生的力量。否則，他只能眼睜睜看著橋西萬座高樓平地起，儘管事先得了消息，也只能做個看客。

而且，由他來牽頭貸款未必全是責任，同時他也可以掌握主動，因為貸款買的地皮必定是落在他的名下的，一旦消息屬實，徐海生沒辦法甩開他獨享勝利果實。如果現在自己連這風險也不擔，而是全部由徐海生來運作，開發橋西的消息一出來，徐廠長隨時可以自己賣掉地皮，他仍一無所有。

徐廠長聽他答應了，展顏笑道：「這就對了，年輕人，得有點闖勁、幹勁。做什麼事都需要擔風險，風險越大，利益越大。光想著坐享其成，是不會有人把大蛋糕送到你嘴邊上來的，既然你同意，那事情就這麼定了。」

張勝說：「好，不過利益分成咱們也得先說明白，如果投資成功，如何分成？」

徐廠長笑吟吟地說：「我自然不會虧待了你，四六分成，我六你四。小張，除了提供資訊，你可沒有別的可以投入呀。」

張勝微微一笑，搖頭道：「徐廠長，現在資訊才是發財最重要的因素，況且……我並不是沒有別的投入，我承擔了全部風險，對您來說，這是一筆有賺無賠毫無風險的買賣。」

徐廠長微一蹙眉，問道：「那你說，要怎麼分？」

張勝直視著他，毫無畏縮：「五五分成！成了您可是白拿一半，輸了我要擔上銀行債務的！」

徐廠長靜了靜，忽地豁然大笑：「哈哈！聽起來很有說服力呀。」

他摸摸下巴，狡黠地說：「小張啊，你要考慮到，離了我，你根本沒有可能去做這件事啊。一旦成功，這四成已經是一筆天文數字了，做人……不能太貪啊！」

張勝吸了口氣，頭一回這樣認真地討價還價：「徐廠長，我明白您的意思，也明白您在其中起的重要作用。可是既然是做買賣，我覺得就該按照付出獲取報酬，你的付出我知道，我也知道離了你我自己辦不成這事，但是……我擔的風險，我覺得值這個價。」

徐廠長眉頭一緊，忽然又展開雙眉，哈哈大笑：「好！好好，小張啊，你很會說話，我喜歡和聰明人共事，行！我不囉嗦了，五成就五成，沒必要買賣沒做，咱們先傷了和氣。」

他指指沙發，示意張勝一起坐下來。他點起一支煙，吐了個煙圈兒說：「那好，今晚我便開始聯繫，第一步就是給你搞到一套文件，一套和橋西區簽訂的購地建設棚菜基地的合同，有了這些東西才好向銀行貸款。」

張勝聽了暗吃一驚，現在才知道所謂貸款原來也要用其他名義來貸。他雖不懂什麼叫騙貸罪，但是也知道這些文件必然是假的，一旦投資失敗可就不僅是擔上銀行債務的事了，而且要負刑事責任。難怪徐廠長見他明白其中的關節後只是哈哈一笑，沒有在利益分成上過多糾纏。

徐廠長又說：「當然，回頭咱們和橋西區領導談判購地的時候，也要打著這個幌子，就是建設棚菜基地。因為現在市政府開發橋西的指令還沒下達，土地所有權尚未上收國家，目前仍歸橋西區政府管轄，屬集體用地。」

「雖說橋西老區已經基本上成了荒地，可在政府檔案裏還是農用地，沒有農用地轉用計畫指標或者超過農用地轉用計畫指標的，他們是無權批准轉賣成建設用地的，還得上報區裏、市裏。」

「我估算了一下，要買最多買它三五百畝地，再多了咱們吃不下，可三五百畝的規模也不算小了，說是建棚菜基地，就仍算是農業用地，只是使用權的轉移，不需要上報，這樣阻力就小多了。」

對於這些用地政策，張勝一竅不通，聞言疑道：「如果說是建棚菜基地，將來一旦賣給房產開發商，不就違背合同了？」

對於不按合同辦事，張勝仍然心有餘悸，那位房東的小姨子崔知焰崔大主任給他的刺激著實不小。

徐廠長哈哈笑道：「我們賭的是什麼？賭政府要開發橋西，如果政府要把整個橋西地區建設成一個高新技術開發區，他們會樂見在區中心出現一片菜地嗎？整個區的用地都轉變了性質，作為土地使用權的所有者，我們改變它的用途或者出授所有權當然順理成章。」

張勝點點頭，不好意思地笑笑：「這方面的知識，我瞭解得太少，讓你見笑了。」

徐廠長說：「這樣一來，只要疏通了村幹部、鄉政府，我們就能把地拿下，雙方合同一簽，到區裏不過是辦理一下土地使用權轉讓、核發土地他項權利證，其他的就沒什麼問題了。」

張勝聽得雀躍不已，如果事敗，貸款本息還不上，暴露了製造假合同假文件騙取貸款的事，他就犯了經濟詐騙罪，蹲大獄是勿庸置疑的，可他心裏偏偏有一種興奮感，渾身的熱血都在沸騰。

這一番他賭的真是夠大的了，可是古往今來誰不是在賭？多少王侯將相的榮華富貴不也一樣是拿身家性命在賭？元朝末年的一個放牛娃拿一條爛命賭到了萬里江山，他不過是想賭到一份好日子過罷了。

張勝本以為徐海生會和他簽訂一份購地出售獲益的分成協議，不料徐海生直接談起了貸款和購地的詳細打算，根本沒提此事。張勝想了想，便主動提出來，徐海生凝視了他一眼，微笑道：「不必，我信得過你，分成條件嘛，我們訂個口頭協議，把它記在心裏就好。」

張勝不知道徐海生真是這麼相信他的人品，還是不願意在整件事中留下隻言片語的書面證據，他做人坦誠得很，已經打定主意一旦事敗就獨自承擔責任，絕不胡亂攀咬；一旦成功也絕不會見利忘義，毀約背誓。他心中坦蕩，見徐海生不願簽訂書面協定，便也不再堅持。

兩人又說了一些細節，徐廠長看看錶說：「馬上該吃午飯了，今天小麥吃訂親飯，就在廠食堂包間，我得去捧捧場，就不留你了，咱們一塊兒喝酒吃飯的日子還在後頭吶。今晚我就開始張羅，隨時保持聯繫，你等我的消息。」

張勝隨之站起，聽了這話一呆，訝然道：「麥處……訂親了……」

徐廠長一邊和他往外走，一邊說：「是呀，小麥和小鄭今天吃訂親飯，你知道，小鄭是孤兒，無依無靠的，廠方不就是她的娘家人？廠領導、廠工會，還有她所在的孤兒院院長今天都過來……」

徐廠長後邊還說些什麼，張勝已經充耳不聞了，他的一顆心晃晃悠悠，彷彿一隻斷線的風箏，隨風飄搖，不知道該飄向何方。雖說他自始至終都只是單戀，可驟然聽了這消息，心裏還是有些疼痛。

第三章

觥籌交錯間的各自心機

你可不要小看了他們，他們或許少點見識，
穿著談吐土了點兒，可不代表他們的智商比別人低。
敵人是大大地狡猾啊！
要不是看出你急於購地，他們是不會這麼穩如泰山的。
怕是和你觥籌交錯的工夫，人家已經掌握了你的底細，
不怕你不出更多的血，這才沉得住氣……

走出徐廠長辦公室，再出了辦公大樓，行不多遠，恰好看到麥處長和鄭小璐站在食堂門口正說著什麼。麥處長個子很高，儀表堂堂，鄭小璐那窈窕的身段兒往他面前一站矮了一頭。她仰著頭，甜甜地笑著，一雙水靈靈的眼睛望著麥處長，兩人說了幾句什麼，麥處長溫和地一笑。

張勝親眼看到這一幕，心裏就像打翻了五味瓶，酸甜苦辣一齊湧上心頭。每一個情竇初萌、曾經暗戀過女人的男孩，大概都嘗過那種失落的滋味。空空落落的。

麥處長一手插在褲兜裏，隨隨便便一個姿勢，都透出一種說不出的瀟脫。此刻，麥處長與鄭小璐說了幾句什麼，鄭小璐便巧笑嫣然地白了他一眼。張勝從未看過鄭小璐用這種柔美的表情笑過，那是一個正處在戀愛中的女孩才能露出的笑，甜蜜，美麗，出奇的動人。

張勝的心往下沉了沉，一股難言的情緒在胸中左衝右突，攪得他心神不寧，徐廠長和他說了一聲，舉步走過去，張勝立即一扭身，從另一條通道繞了過去，他沒有勇氣看到那一對幸福的畫面。

「勝子，你啥時來廠的？」以前的同事，電工班的老白笑嘻嘻地對他嚷著。

張勝一見，強笑著仰上去：「白哥，你這是……拎得什麼呀？」

老白揚了揚手中油乎乎的塑膠袋，說道：「沒啥，買了幾個豬蹄，用單位的鍋爐蒸爛乎了，回家再一瞥，我女兒愛啃。」

兩人朝大門口走，老白開心地講著他女兒有多乖，上學多麼努力，似乎那是他全部的希望和幸福，說得滿臉是笑。

張勝心中頗為感慨：「是啊，窮人有窮人的快樂，命運就給我洗了這麼副牌，怨？怨有用麼？盡最大努力把它玩好，未必不能反敗為勝，如果現在認輸，那就真的輸了。」

老白陪著張勝朝大門口走，因為電工班就在傳達室旁邊。老白說：「剛才看到郭胖子了，聽說你倆的小飯店不幹了，他想弄段電線、燈炮，晚上好擺個地攤啥的，正在班裏劃拉線呢，難得聚聚，一會兒去吃個飯不？」

他剛說到這兒，忽聞一串急急的警笛聲起，一排閃爍著警燈的警車急急駛來，到了廠子大門口便停住了。一個員警開門下車，對裏邊喊道：「把大門打開，我們要執行公務！」

這時剛剛打響下班鈴聲，除了電工班這種輕閒部門，車間部的員工還沒出來，傳達室老劉正要打開大門，一見這架勢頓時傻了眼，那員警又吼了一聲，他才慌忙上去拔開插銷推開大門。

警車開了進來，頭一輛車緩緩停在張勝身邊。方才喊話那個員警並未上車，直接走過來上下打量張勝幾眼，問道：「你們廠子財務處長麥曉齊今天在單位吧，他在什麼地方？」

張勝莫名其妙地抬手一指食堂門口，那員警一看，這麼近倒不需要帶路，便點點頭，走過去俯身對頭一輛車裏的人說了什麼，車上的員警手裏拿著對講機，高聲地向隊友們介紹著情況，車子朝食堂駛去。

老白愕然看著，對張勝說：「小張，出啥事了？員警擺出這副陣仗找麥處，可不像好事呀！」

這時郭胖子地動山搖地從電工班跑了出來，手裏提著一團電線，興高彩烈地問：「員警來幹啥？出啥事了？喲，勝子也來啦，是不是你非禮良家婦女，讓人找上門來了？」

張勝瞪他一眼，笑罵道：「要非禮也是非禮你的小金豆。」

郭胖子對老白說：「看看，看看，沒人性啊，我早知道他惦記我老婆。」

老白快四十的人了，居然為老不尊地笑道：「不是哥哥不是人，實是弟妹太迷人，不瞞你說啊兄弟，大哥我也早就惦記上了。」

他們雖在說笑，可眼睛都盯著食堂門口，張勝尤其在意，一個還無法明晰的念頭讓他不由自主地緊張著，心也沒來由地怦怦急跳起來。

那些員警下了車衝進食堂，一會兒工夫就有兩個十分魁梧的員警一左一右挾持著麥處長走了出來。

張勝的眸子瞪大了：「他們……是來抓麥處長的！」

麥曉齊雙臂被兩個員警端著推到警車旁，他扭頭還想對追上來的家人說什麼，員警已經拉開車門把他推了進去。

麥曉齊的父母、姐姐、姐夫還有鄭小璐搶在前邊，徐副廠長、廠工會領導以及孤兒院領導走在後面，一個個都是滿臉震驚。

車子開始調頭向廠外開，麥曉齊的姐姐、姐夫攙著他的父母追了上來，他們只來得及攔住最後一輛車，只聽他的母親哭喊著：「員警同志，你們一定是搞錯了，可不能冤枉好人呀。我家曉齊那可是個老實孩子，他怎麼可能犯經濟問題啊？」

最後一輛車上的員警從車裏探出頭來，沉著臉指著她大聲喝道：「經濟問題用得著出動我們嗎？是經濟犯罪，犯罪！懂嗎？我們不會冤枉一個好人，也不會放過一個壞人，別阻礙我們執行公務！」

麥曉齊的姐夫忙把岳母攙開，在她耳邊小聲嘀咕著：「媽，你別上火，不就是拘押調查嗎？回頭我找司法局的朋友幫著去問問到底怎麼回事，弄明白了咱再想辦法，這麼攔著人家也沒用。」

張勝的目光一直盯著鄭小璐看，小璐的臉上滿是驚訝和難以置信的表情，那總是充滿陽光般燦爛笑容的俏臉上掛滿了淚珠，此時此刻她都不知該說什麼了，滿臉都是倉惶無助的表情。她那悲傷的神色讓張勝生不起一點幸災樂禍的心情，只是看著她心疼。

她是個無依無靠的孤兒，可是她一直那麼樂觀，有個學歷高、事業有成、儀表堂堂的男人追求不是她的錯，人人都有嚮往幸福的權利，可是她的幸福卻在訂婚這天破滅了，這叫她情何以堪？

後邊的諸位領導中，徐副廠長站在最前邊，那大背頭仍然光亮，可臉卻陰得像烏雲。他的心情肯定最差，他原來是主管財務工作的，現在他手下第一員大將出了事情，指不定會不會牽連到他，心情哪裏好得了？

後邊的幾位領導，工會和孤兒院的人竊竊私語，而廠方的幾個領導的表情卻很是耐人尋味，等到警車全都駛離了工廠，他們才走上來對麥曉齊的父母寬慰幾句，說廠方一定會關注此事，如果麥曉齊沒有問題，決不讓自己的同志遭受委屈云云，然後由麥曉齊的姐夫開著麥曉齊那輛桑塔納載著一家人離開了。

工會和孤兒院領導安慰了鄭小璐一番，也都搖頭歎息著走掉了，廠方幾個領導匆匆返回辦公室，研究這件事的對策。

張勝見鄭小璐像失了魂兒似的站在那兒沒有人管，心中一軟，忍不住上前勸道：「小璐，別傷心了，只是拘押審查，說不定過兩天就啥事沒有給放出來了，你別擔心了。」

鄭小璐的臉色一片慘白，毫無血色，她勉強擠出一個比哭還難看的笑容，幽幽地說：「張哥，謝謝你……我……想一個人靜一靜……」

郭胖子知道張勝暗戀鄭小璐的事，見張勝仍盯著鄭小璐消失的方向發呆，便拍拍他肩膀，把他拉到屋簷下遞過一根「白三塔」，說道：「麥處長家的人真不像話，這就走了，好像小璐和他們家啥關係沒有似的，連句話都不說。小璐這孩子可憐吶，剛剛訂親，就出了這麼一檔子事，換誰都得難過死。」

「嗯……」

郭胖子瞄了他一眼，繼續道：「要說小璐這孩子真不容易。無父無母，這樣的人我見過多少都學壞了，可她呢，為人、處事、工作、人品，全都沒得挑。你說一個無依無靠的孤女，忽然有個事業有成的男人追求，那能不動心嗎？」

「嗯……」

「咳！可她到底年輕呀，所托非人。你別看現在員警只是調查，我估摸著，八九不離十，麥處平時穿著打扮全是名牌，出入開的是私家車，你說現在社會上有幾個人有私家車？

人家就有！憑工資？不可能嘛。麥處是完了，小璐以後……唉！」

張勝掃了他一眼，說道：「郭胖子，你有話就說，不用吞吞吐吐的。」

郭胖子捂著嘴咳嗽一聲，眼珠賊溜溜地四下一轉，壓低了嗓門道：「我說兄弟，你喜歡小璐，老哥早看出來了。這麼好的女孩，要我還沒結婚，我也有想法。可喜歡就得去追呀，是！咱條件比人家差得太多，可現在機會不是來了嗎？」

他一攬張勝的肩膀，神情詭秘地道：「哥是過來人，我告訴你呀，女人最容易失身的時候，一是環境極其浪漫，感動得她迷迷糊糊的；二是情緒極度激動，有點難以自控；三呀，就是傷心難過、感到孤獨無助的時候。」

「什麼叫趁虛而入？這就叫趁虛而入，此乃孫子兵法。你要是在這時候去關懷關懷、體貼體貼、照顧照顧，那是事半功倍啊。女人越是脆弱的時候越需要安慰，那時是最容易向你敞開感情了。然後你時不時地拉她出去解悶看個電影啥的。」

「混熟一點兒了，你就找個機會把她往你家裏一領，哭著對她訴說你的真情，記著，臉上要有淚啊，像小璐這種女孩最容易心軟了，你臉上一定要掛上眼淚，實在哭不出來，就弄點洋蔥熏一下……」

張勝愕然地看著郭胖子，郭胖子越說越興奮，滿臉的肥肉都在顫抖，好像那個實施行動的男主角已經變成了他，極其亢奮地一咽唾沫，繼續意淫道：「你哭著哭著就撲上去扒她的褲子，嘴裏還得不停地喊『我愛你，愛得死去活來，就算回頭崩了我，我也要你！我為你死了都行！』」

「就這麼著，來個霸王硬上弓，等生米煮成了熟飯，像小璐這樣潔身自愛的女孩，而且已經對你有了好感，除了嫁你就沒第二條路走了。當然啦，你占完便宜得接著哭，女人的眼淚讓男人心軟，男人的眼淚讓女人失身啊，嘿嘿嘿嘿……」

郭胖子笑得一個下巴晃成了三個，下巴上的肥肉哆嗦了半天，猛抬頭看見張勝的表情，忙托住下巴，問道：「你這麼瞅我幹啥？」

「這太損了點吧，郭胖子……」

「有啥損的啊，為了愛，就要不擇手段，再說了，你又不是占完人家便宜就不要她了，你以後娶她，對她好，讓一個無依無靠的孤女有個可以依靠的肩膀，現在用點手段算啥啊？不是我說你，勝子，你有啥啊？工作一般，家境一般，一朵鮮花似的女孩不用點手段就跟著你了？做夢去吧，除非她腦子有病。」

張勝硬梆梆地道：「我家沒地方，爸媽整天在家！」

郭胖子一拍胸脯：「沒事，老哥白天在小市場賣貨，晚上還得夜市裏練攤，房子借你，不過你要自備床單啊！你呀，以前就是太保守了，中言情片的毒太深了吧你？水靈靈的小姑娘，你啥也不是，就一張嘴整天白話愛愛愛的，人家就跟你了？你拿什麼愛呀。」

「生活是柴米油鹽醬醋茶，成了兩口子還抱著孩子整天坐空屋子裏談情說愛？那不是扯淡麼！所以呀，追求幸福光憑自身條件辦不到，那就得充分利用周圍的一切有利條件。光坐那兒暗戀，失戀了你活該。」

張勝呵呵一笑，拍拍郭胖子的肩膀，歎了口氣說：「郭胖子，我知道你對我好。只不過……你說得對，生活是柴米油鹽醬醋茶，談情說愛談不了一輩子，我養活自己都不成，拿什麼去追人家，這麼做不是坑人嗎？」

他推著郭胖子道：「行了，你快回去吧，要不回去太晚，嫂子又得罵你。」

郭胖子搖著頭取來自行車，肥碩的屁股往上一坐，壓得皸裂的車座吱呀一聲慘叫，然後就全部淹沒在他的肥臀之中。

郭胖子一腳踩在車蹬上，有點生氣地說：「行，你別聽我的，一門心思等你的緣分吧，一個蘿蔔一個坑兒，跑不了你的，媳婦早晚能說上一個，啥歪瓜裂棗的就不知道了。」

張勝苦笑著說：「行行行，我就等我那坑兒了，別瞎操心了。」

郭胖子一本正經地道：「就你這不主動出擊的主兒還想當蘿蔔呢？你就老老實實當那坑

兒吧！」

張勝長歎一聲，黯然說：「胖子，其實我哪有那麼清高、那麼多原則啊？可是強扭的瓜兒不甜，用手段得到的女孩，人是得到了，這日子怎麼過？整天喝西北風，再深的愛也沒了，就算人家肯跟你吃苦，等將來有了孩子呢？柴米油鹽醬醋茶，多深的愛都磨沒了，我正是不肯相信那些狗屁言情小說，才不願意幹這樣的事。」

一聽這話，郭胖子春光燦爛的胖臉一下子黯淡下來，是呀，不說別人，就說自己吧，自從失業以來，老婆對自己就少了那股熱乎勁兒，那時至少還有個小飯店可以指望。自前天連小飯店也關掉之後，他的好日子就徹底到頭了，除了陪老婆練攤，家裏的雜活都被他包了，還換不來老婆的一個笑臉。

老婆並沒有異心，只是被生活的重擔消磨了感情而已，每天睜開雙眼，想的就是柴米油鹽、想的就是水費電費，想的就是利用那一點可憐的本錢進貨、賣貨，能賺多少錢養家糊口，他們還有多少激情和精力談情說愛？

愛的根源就在柴米油鹽醬醋茶上，就在實實在在的生活上，愛，不是談出來的。

被張勝勾起了心事，他好不容易才興起的一點貧嘴的興致也被打擊得煙消雲散，耷拉個腦袋，像個霜打的茄子。

張勝見一句話勾起郭胖子無限幽怨，忙歉意地拍拍他的肩膀，說：「胖子，我知道你對我好。可一個男人要是連養活自己都成問題，卻軟磨硬泡地要了人家，那不是坑人嗎？我承認我喜歡小璐，可我要是沒有足夠的能力與自信站在她面前，我寧可選擇遠遠地祝福她。」

郭胖子扶正了車把，又想了想，喟然歎道：「勝子，是個爺們！」

張勝笑了笑，郭胖子滿腹心事地騎著吱嘎吱嘎的破自行車走了，大院裏許多職工正在議論紛紛，張勝略一思索，轉身悄然鑽進了廠辦公樓。

廠領導辦公樓是一座東西廂房的老建築，三層樓，一二樓是機關，三樓全是廠長、書記辦公室。一條長長的走廊，走廊一側是窗戶，窗外貼院牆是一片林地，內側就是一間間辦公室。

張勝踮著腳尖走得輕快，他只是想聽聽廠領導們的談話，說不定能多瞭解一些情況。他喜歡鄭小璐不假，但是還沒心胸狹隘到對人家的不幸感到幸災樂禍，如果有可能，他想盡自己所能幫幫忙。

剛拐進走廊，就是男洗手間，張勝正想穿過去，就聽到洗手間裏傳出一個男人惱火的聲音：「操，就知道顯擺，一個三十出頭的年輕人，不過是個處長，也弄輛車顯擺，我那是廠裏的車，他攀比什麼？整天穿名牌下館子，他不出事誰出事？」

這是徐副廠長的聲音，兩人經常一塊下棋，張勝怎麼會聽不出來，他立即停下腳步，退回樓道大門拐角處，方便退出去，然後側耳傾聽著。

只聽另一個聲音道：「算了算了，現在說這個有什麼用？趕快想想怎麼善後吧，公安局直接提人，肯定是有真憑實據，什麼拘押審查，那只是走程序。」

這人是管後勤的丁副廠長，後邊他說話的聲音明顯小了下來，片刻之後，裏邊傳出腳步聲，張勝立即閃身退出了三樓。看來麥處長有經濟問題是勿庸置疑的了，兩個廠長的談話已經透露了這個事實，說不定他們也有一定程度的參與。

那時節，民謠說「辛苦一年半，掙了八十萬，買個烏龜殼，做個王八蛋」可不是說假的，某些工廠單位的領導公款吃喝、公款旅遊、揮霍公款現象的確非常嚴重，工人們早就見慣不怪了。

張勝無意做個反腐英雄，憑著一點捕風捉影的消息就此走上上訪揭發之路。他只是替鄭小璐擔憂，可這時讓他去噓寒問暖，他做不到。

如果他不是喜歡著鄭小璐，只是一個同事，只是一個年歲稍長的大哥，他不會吝於去看看她，安慰安慰她。可是正因為對她存著心思，所以他不想去，他覺得那是趁人之危，無論用心如何，那行為就是為了達到自己的目的，有點陰險。

第二天張勝哪兒也沒去，一直守在家裏。但是一直沒有消息，中間只有郭胖子打了一個傳呼，張勝匆匆到樓下小賣部回個電話，郭胖子在電話裏向他大吐苦水，說以前在家裏嬌妻把他伺候得跟老爺似的，現在如何鼻子不是鼻子眼不是眼，他決定要去蓮花山出家云云。

張勝聽得不耐煩，最後告訴他出家當和尚是要大學文憑的，郭胖子便慘呼一聲：「信點東西都要學歷嗎？那自殺總不要學歷了吧？我不活了！」

話音剛落便是一通慘叫，聽著像是金豆嫂子讓他跟著去擺攤，少在家裏扯淡，張勝還沒聽明白，那邊電話就撂了。

一直等到晚上，張勝心中忐忑起來：「徐廠長和麥處長被抓，會不會真的有什麼瓜葛？要是他忙這事，那自己的創業大計他就顧不上了。」

張勝焦急地又等了一天，第二天傍晚徐廠長終於打來傳呼，要他馬上去「海市蜃樓」大酒店，說是請銀行的朋友吃飯。

張勝一聽立即騎車過去，到了「海市蜃樓」，來到三樓「沙漠王子」包間，只見裏邊金碧輝煌，一張大圓桌，四周已經坐滿了衣冠楚楚的客人。

徐廠長坐在主位上，一見張勝那身打扮，眉頭便是一皺，隨即就展顏笑道：「啊！哈哈，這位就是我說的小張，這個……小張是農民企業家，平時最不注意穿衣打扮，像個老農，你看，我說今天有貴客，讓他打扮打扮，還穿成這樣。」

徐廠長旁邊一個高瘦男子微笑著說：「農民怎麼啦？現在農民混得好，賺得比咱們多啊。」

在眾人的笑聲中，張勝被徐廠長叫到身邊落座，屁股剛挨上椅子，徐廠長便介紹道：「這位是洪行長、這位是陳行長、這位是信貸部狄總，這位是……」

張勝便站起來一一點頭示意。

洪行長便是那個高瘦男子，看來他是一把手，說話比較有力度，這時又打趣道：「小張是農民企業家呀，這麼年輕，年少有為啊。今天，蒙你盛情款待，非常感謝呀。」

張勝心裏咯噔一下：「我請客？壞了，徐廠長沒說呀，我也沒帶多少錢，這一桌子，這麼個排場……」

張勝口拙，徐廠長卻是妙語如珠，很快就打開局面和銀行的朋友們說笑起來，等到席間徐廠長起身如廁，張勝急忙也跟了去，到了洗手間，對他悄聲道：「徐廠長，我沒帶多少錢吶……」

徐廠長微微一笑，說道：「不管怎麼說，我是老大哥嘛，能讓你掏錢？」

他繫好褲子，從懷裏摸出一張金卡，遞給張勝道：「吃完飯，你用這張ＶＩＰ金卡付賬，記得把發票給我。叫你出面付賬，也是加深他們對你的印象嘛，這些朋友，多結交結交總沒有壞處。」

他走到外間，一邊洗手一邊說：「不過下回你要注意，不能穿得這麼隨便，如果沒有衣服就去置辦一套，人要衣裝、佛要金裝，你出門在外連套好衣服都沒有，怎麼讓人相信你的實力？」

他想了想，忽又問道：「對了，你怎麼來的？」

張勝訥訥地道：「我……騎車來的。」

徐廠長苦笑一聲，拍拍他的肩頭，走出洗手間後對他說：「行了，吃完飯你搭車回家，等他們走了你再繞回來取車。對了，你就像剛才那樣，扮得老實木訥一點，有什麼話我來和他們談。一旦有戲，所需的資料我都會幫你搞定，你負責跑銀行簽貸款合同就行了。」

張勝頻頻點頭，走到一半，忽想起麥處長被抓的事，忙小心地問道：「徐廠長，那天在廠裏見麥處長被抓走了，他……犯了事啦？」

徐廠長臉上陰霾的神色一閃，隨即坦然笑道：「哦，這事兒，還沒搞明白呢，不好說啊。廠裏去看過他了，但是不讓見啊，目前不允許探視，防止串供嘛。人吶，一輩子總有一些坎，過去了就一帆風順，過不去就要栽個大跟頭。小麥……唉！」

銀行的人相對來說還是比較規矩的，尤其是基層行的幹部，頂多是吃飯應酬一下聯絡感情，沒有太多花裏胡哨的東西。酒至半酣，徐廠長便笑道：「來來，唱歌，小張啊，給洪行長點一首《三套車》。」

「嗳，不唱了不唱了，今天嗓子不太舒服！」洪行長笑著擺手，徐廠長哪裏肯依，說道：「這是洪行長的保留曲目嘛，我聽過那麼多人唱這首歌，只有洪行長唱得出那種味道。」

這時張勝已經讓服務員點好了歌，把麥克風遞給洪行長，笑道：「洪行長，請，幾位領導今晚都要放開歌喉呀，就請洪行長給大家當個榜樣吧！」

洪行長矜持地笑著接過話筒，對著電視螢幕唱起歌來：「冰雪遮蓋著伏爾加河，冰河上跑著三套車，有人在唱著憂鬱的歌……」

「好！」徐廠長和其他幾位副手、中層幹部立即熱烈鼓掌，洪行長的臉色更加紅潤起來，挺了挺胸脯繼續唱道：「唱歌的是那趕車的人，小夥子你為什麼憂愁，為什麼低著你的頭，是誰叫你這樣的傷心，問他的是那乘車的人，你看吧這匹可憐的老馬，牠跟我走遍天涯……」

說實話，洪行長唱得還真不錯，聲音洪亮，語調低沉憂鬱，徐廠長順手把一盤菜中蘿蔔雕刻的花用牙籤紮起來，笑嘻嘻地獻給洪行長，兩人還來了個熱烈擁抱。

洪行長唱罷又是一陣熱烈的掌聲，然後便是陳行長，陳行長唱了一首《敖包相會》，然後按身分輪到徐廠長，徐廠長大手一揮道：「幫我點一曲『路邊的野花不要採』。」大家便哄笑起來。

徐廠長放得開，歌唱得也不錯，還用假嗓學了一陣女人唱歌，搏了個滿堂彩，諸位喝得高興的領導依次獻歌，最後輪到張勝，張勝謙虛地笑道：「各位領導，我可不會唱什麼歌，洪行長方才唱得太好了，應該請洪行長再為大家獻歌一首。」

洪行長忙道：「不行不行，今晚要人人盡興，啊？你是主人，怎麼可以不唱首歌呢？年輕人嘛，不要那麼放不開，來來來，小姐，把歌單拿給張勝。」

徐廠長也笑道：「來一首來一首，實在不會唱，唱一首『我在馬路邊』也行嘛。」

大家都跟著起哄，要讓這位農民企業家獻首歌，張勝無奈，就拿過歌單翻了起來，他的嗓子不錯，不過會的歌曲極少，張勝會的歌都是影視歌曲。

酒店剛進了一批碟，張勝翻開歌單，第一頁就是最新歌曲，他一眼看到那首《去者》，不由喜道：「就是它，唱這首吧。」

這是一首新近播放的電視劇《胡雪巖》的主題歌，演的是紅頂商人胡雪巖白手起家，達到事業巔峰，又一朝大廈傾覆的故事，這首主題歌悲愴凄涼，極具感染力，歌詞也很有意境，張勝只看了幾集，就把這首歌記住了。

「人……鬼天地……萬金似慷慨……」

張勝一起嗓，就搏了個滿堂彩，聲音陡地拔高，直入雲霄，然後飛流直下，聲調婉轉，用的是泣音。

只是這首歌太悲了點，那詞也透著一股蕭索的味道：「浮生若夢安載道，唯苦心良在……紅顏依惜，揮去還複來，生死命注休怨早，殤情暗徘徊，無奈何青春逝去，無奈何江山真易改……無奈何路回星移，無奈何時運他人宰，鐘鳴鼎食散一朝，空守昨日財，山水迷離流花低霧靄，夙願扁舟寒江釣，風掠鬢髮白……」

信貸部狄總連連搖頭道：「太悲了，太悲了，年輕人，怎麼唱這麼悲的歌？罰酒三杯，罰酒三杯！」

張勝見擾了眾人興致，連忙自罰三杯，洪行長笑道：「是啊，一個年輕人，怎麼唱這種看破紅塵的歌？這首不算，重唱一首。」

洪行長是一把手，他發了話，張勝怎好違逆，只好翻開歌單，又選了一首《醉拳》唱了起來。這首唱完，洪行長才展顏一笑，重新接過話筒。張勝剛才連乾三杯啤酒，腹中有些脹，坐在那兒等著洪行長唱完一首歌，鼓完了掌，這才搖搖晃晃地起身去洗手間。

張勝自知喝得有點多，走路很小心，他頭重腳輕地走到男洗手間門口，恰好聽到裏邊傳出一個中年男人的聲音：「小丁，一會兒我把秦小姐叫出來假意商量事情，你把這藥放到她的杯裏。」

另一個男人道：「齊大哥，那妞兒的確是水靈靈的一朵花兒，可是……大家都是道上同源，鬧翻了臉面上不太好看吧？女人嘛，要什麼樣的沒有啊，不必非得她……」

「啪！」那位齊大哥在他肩上重重一拍，冷笑一聲道：「我看上的人，還能讓她完完整整地回去？嘿！跟我鬧翻？她敢，只要我斷了他們的貨，就斷了他們的財路……」

張勝搖搖晃晃地走過來，全都聽在耳中，只是因為酒精的原因，他反應有些遲鈍，這些話傳進大腦的時候，他也推開了門，裏邊兩個人立刻中斷了談話。

張勝隨意瞟了一眼，一個身材魁梧穿黑西服的四十多歲中年男人，國字臉，頰上有幾條橫肉，臉上的肌膚坑坑窪窪的，透著一股兇氣。他喝得臉色通紅，滿嘴酒氣，旁邊一個年輕些、身材瘦削的男子看起來比他要清醒一點兒。

張勝迷迷瞪瞪地走過去，站在那兒解著褲子，兩人互相打個眼色，走了出去。方便完了，張勝的大腦才反應過來：「這個老闆好像要給他的生意夥伴，給一個女子下藥，想糟踐人家。」

「那女人，還真是可憐……」張勝想著，搖搖頭，繫好褲子，出去洗了個手，漱漱口，捎帶著又洗了把臉，讓自己清醒了些，便向自己的包間走去。

走到半路，恰好看到一個包間房門打開，方才那個黑西服男子滿臉帶笑地走了出來，後邊跟出一位女子。

好漂亮的女子！第一眼望去，就是乾淨清爽的感覺，清爽得就像一枚剛剛剝了皮的煮蛋，讓人看了會覺得哪怕她的腳趾縫裏也絕不會有一絲一毫的污垢，這就是她給人的整體感覺。

細看下去，一副修長窕窈的好身材，上身穿一件柔軟貼身的乳白色輕羅衫，把胸部曲線勾勒得淋漓盡致。纖腰下是一件米黃色短裙，盈盈圓圓的臀部把短裙拱起一個誘人的半圓，短裙下一截線條柔美的小腿，再下邊是一雙水晶色高跟涼鞋。

她走到走廊上時，面向張勝的方向只是一剎，那黑西服男子伸手攬她肩膀時，她右腳飛快地向前踏出一步，好像是為了給行人讓開道路，向走廊邊上閃了閃，恰好避開他的手。但這一來，她也變成了背對張勝。

所以她的美麗，張勝也只看到了一眼，黑如點漆的雙眸，很明亮、很純淨、很幽深……

想想這樣一個女子讓藥迷倒，然後被那個滿臉橫肉的男人扶回家去盡情蹂躪……張勝心裏就滿是惋惜。那感覺，就像是眼看著一件精美的瓷器被人生生打破了；又彷彿親眼看到一朵含芳吐蕙的百合，被人拋擲在地，碾碎成泥。

一想到那樣的畫面，張勝心中就非常不舒服。女子那種特別清靈優美的氣質和小璐好像，他不忍看到這樣的女子被人糟塌。

對於美麗的事物，人們本能地想去呵護，在酒精的作用下，更擴大了這種感性效果，而削弱了理智的自制力，讓張勝一下子萌生了護花的念頭。他搖搖晃晃地向前走著，快到近處時，忽然靈機一動，想到了一個主意。

他走到女孩背後，只聽她正用悅耳的聲音說：「齊老闆，這筆買賣很公平呀，有什麼事不能放到台面上說，還要把我叫出……」

她剛說到這兒，張勝腳下一軟，一個踉蹌撲了過去，好像要抓住她穩住自己身子似的，抱了她一下，但他雖做出這樣的動作，力氣卻是向前撲的，那女子猝不及防，高跟鞋一崴，驚呼一聲被他抱著摔倒在地。

遠處有兩個男人正在對面談笑，忽然看見這邊的情形，其中一個年輕男子立刻探手入懷，同時想向這邊跑過來，卻被另一個顯得穩重些的男子一把拉住，眼睛望著這邊，向同伴輕輕地搖搖頭，兩人的舉動完全沒有引起其他人的注意。

「好柔軟、好有力的小蠻腰呀！」張勝在心裏驚歎，手感真好，他並沒有忘了正事，一邊高呼著：「對不起，對不起，我……我沒站住！」一邊貼著她的耳朵急促地低語了一句：「小心酒杯，下藥！」

那女子被他撲倒，驚慌中一隻手肘下意識地向後搗來，聽到他這句話忽然頓住，但是她雖及時收住了力量，張勝的胸口還是受了重重一擊，好在他喝得也不少，身體已經有些麻木了，痛感並不強。

女子回過頭來，那張俏美如花的臉蛋就在眼前，美麗的感覺深印進張勝的心裏，可那整體的完美感太強烈，他已經無法在這麼短的時間裏再記住她的眉、她的眼，甚至頭髮的長與短了，心中只有一種完美的感覺。

「秦小姐，秦小姐……」那個齊老闆急忙把她攙起來，然後惱怒地一把揪住張勝的衣領，喝道：「他媽的，你喝多了就敢揩油？老子揍得你滿地找牙！」

張勝雙手連擺，惶恐地道歉：「對不起，我喝多了，沒站住，真是對不起。」

一隻纖纖小手攔了過來，秦小姐笑盈盈地說：「算了，齊老闆，今天生意談得成功，大家都很開心，一個醉鬼而已，跟他計較什麼。」

秦小姐說著，黑如點漆的眸子深深地凝視了張勝一眼。

見秦小姐這麼說，那個齊老闆倒不便對張勝飽以老拳了，他重重地哼了一聲，一推張勝，罵道：「滾！」

「對不起，真是對不起！」張勝繼續道著歉，扶著牆不勝酒力地向前走，他只能說這麼一句，剩下的就看那女子的機警和造化了。盡了力，心便安。

那女子輕輕撣著衣服，飛快地瞟了一眼他的背影，眸波流轉，眸中的神采十分古怪。

眾人興盡，送走了幾位行長，張勝和徐海生彼此交換了一下意見，商定了進一步公關的計畫，然後便各自回家了。

喝了一壺涼茶，張勝點起一支煙，深深吸了一口，枕著手臂躺在床上想心事。

今天猝然起意向那位漂亮女子示警的事，他並沒有太往心裏去，那女子生得真是惹人憐愛，既然碰到了，不向她示警的話，恐怕很長時間內，這件事都會成為亙在他心中的一塊心病。

那名女子當時肯定聽清了自己的話，從她看向自己的眼神就能看出來，想必應能提高警惕逃過一劫吧。

做了件好事，張勝心中很舒坦，小時候不止一次幻想自己是嘯傲江湖的俠客，縱情於山野，大隱於鬧市。總覺得人生當如鮮衣怒馬、白衣仗劍般灑脫，及至懂事後才知道世事無常，而他在這人海之中，更是一個連泡沫都掀不起來的小角色。

今晚的事也就是在酒後，平時的他恐怕未必有勇氣去管。畢竟血氣之勇很多時候是以血為代價的，人在頭腦清醒時，心裏一旦存了個利弊權衡，勇氣自然就弱了。

不過，這件事只是他生命中的一個小插曲，除了帶給他一點微熏的醉意，一點作為男人的淡淡滿足，倒是很快就被他拋諸腦後了。他現在最在意的還是自己的大事，這件事已經有了一線曙光，這讓他心裏踏實不少。這次的機遇，是他頭一回主動冒險。

劍走偏鋒，一失足就是千古恨，但是一成功呢？那就是不飛則已，一飛沖天，現在的張勝既已走上這條路，那就只能成功，不能失敗了。

在徐廠長牽線搭橋之下，張勝這段時間和銀行的人天天混在一起，他原以為吃頓飯就能解決問題了，誰料竟是今天吃、明天吃，許多張勝一輩子聽都沒聽說過的好菜，這幾天都嘗到了，時不時還得弄點野味山珍給幾位領導送到家去。

不過在這種密集攻勢下，他們總算是鬆了口。徐廠長不知從什麼管道搞來厚厚一摞文件，有關投資、建廠的一系列合同，把它們交給張勝，由他跑銀行。

張勝又陪著銀行的人上上下下地跑，一處處地蓋章，他也不能讓跑貸款的銀行哥們白忙活，往來車費、好煙好茶、午餐啤酒全是張勝自己掏腰包，一個多星期花出去三千多塊，占了他全部財產的三分之一。如今他是抱著不成功便成仁的態度豁出去了，幸好天可憐見，半個月後，貸款通知書終於到手了。

他去刻字社刻了個名章，去銀行開立了個人帳戶，為期八個月、金額二百八十萬元的短期農業貸款到手了。張勝打的幌子是民營企業家，其實一窮二白，哪有東西可以抵押？所以這筆款子辦的是保證貸款，這也是難批的一個原因。

保證人是原三星印刷廠的一家關係企業，那時候銀行在這方面也存在許多漏洞，管理不甚嚴格，這兩家企業便互為對方的貸款做各種擔保，保證關係亂七八糟，徐廠長趁機鑽了空子，把以前辦理保證時的一些資料拿來魚目混珠。

當然，文件上絕對沒有他徐海生的半個簽名，一旦事發，就算張勝想把他拉下水，也休想攀到他身上，法律是講證據的。

貸款要付利息，借雞是為了生蛋，資金落實到位後，就得馬不停蹄地解決買地事宜了。下一步就是同橋西區、大小王莊的村鄉兩級幹部們接洽溝通，聯繫購買地皮事宜。

但是這幾天徐廠長突然又忙活起來，因為合資之後，香港方面一直沒派出一把手，近幾日可能就要派人過來，徐廠長作為主要領導也十分忙碌，要準備彙報資料。此外他好像還有其他的生意，張勝曾聽他打電話，隱約提及一些生意上的事情。所以徐廠長一時顧不上這邊。

這筆生意徐廠長付出的並不多，人脈利用的是他現有的關係，公關費用大多都能報銷，加上開發橋西的消息還沒傳出來，正常情況下沒有人對橋西區沒人要的爛地感興趣，所以徐海生沒引起足夠的重視。

他發現張勝這人雖然平時默不作聲，但是頭腦極其靈活。他的木訥只是因為缺少足夠的見識，一旦開闊了眼界，他很快就能融入其中。經過這段時間的鍛煉，他無論是穿著、談吐、還是待人接物，都不再是原來那副稚嫩青澀的模樣了。所以聯繫好幾位官員的秘書和幾位基層領導之後，他便讓張勝先去摸摸底。

張勝現在已經置辦了一套相當不錯的西裝，穿起來英俊帥氣，又把那有點土氣的髮型也換了，儼然是一個相當出色的職場青年。出入時，只要是和這些官員們打交道，起碼也是出租代步，不再騎著他那輛破自行車現眼了。

張勝興沖沖地趕到橋西區，先和幾位大王莊、小王莊的村幹部接洽了一番，好煙遞上去了，晚上夠規格的酒宴也招待了，可是談及買地的實質問題，這些看似憨厚的村幹部便哼啊哈的不肯接招了。

農民有農民的機智和狡猾，而且這些村官鄉官撂得下臉，和他們打交道，張勝還嫌稚嫩了些。張勝很鬱悶，無法理解哪個環節出了問題。他都是按照徐廠長的交際方式來的，可這些鄉村幹部比銀行的財神爺還難對付，大概這就是閻王好見小鬼難纏吧，招待他們的規格不算小了，可是他們溫吞的笑臉、滴水不漏的官腔，讓你急不得氣不得。

存在帳戶裏的二百八十萬都是貸款，每天都有利息的，他們拖得起，張勝拖不起啊。萬般無奈之下，張勝只好打電話向徐廠長彙報情況，徐廠長今天心情似乎特別好，在電話裏總是放聲大笑，聽到一半他就說：「行了，你不用再說了，到我家來，咱們見面談。」

張勝心急火燎，搭車跑到徐廠長家。徐廠長住在「淺草幽亭」社區，這是一幢高級住宅區，徐廠長住三樓，樓房講究金三銀四，他購買的是最好的樓層。

半躍式建築，近兩百坪的房子，整個房間裝飾都是歐式風格，顯得富麗堂皇。徐廠長的兒子在紐西蘭念書，母親先是去陪讀，後來乾脆花了一筆錢辦了綠卡，成了外籍華人。不過徐廠長一直獨自留在國內，家裏平時雇有專人來打掃房間。

張勝也顧不上打量這房間的豪華，換了拖鞋進了客廳，坐下便把這幾天來打交道的經過和目前的情況詳詳細細地對徐廠長說了一遍。

徐廠長穿著睡衣，走到紅木打造的酒櫃旁，從裏邊取出一瓶XO，倒了一杯走回來，輕呷著美酒，靜靜地聽著張勝的訴說。

張勝說完了，困惑地問：「徐廠長，你說這事怪不怪，那村官兒比銀行管錢的都牛，你不管怎樣客氣、怎麼請客，他們都是哼啊哈的，就是不接你的話，到底哪兒出了問題？」

徐廠長搖了搖杯子，將杯中酒一口飲盡，在口中呷了片刻，緩緩咽掉，這才瞇著眼笑道：「這幾天，我的事情比較多，也沒顧上提點你。這件事啊，主要責任還是在你，你天天請、天天陪，白癡都看得出你是多麼急於購買地皮了。」

「你可不要小看了他們，他們或許少點見識，穿著談吐土了點兒，可不代表他們的智商比別人低。敵人是大大地狡猾啊，要不是看出你急於購地，他們是不會這麼穩如泰山的。怕是和你觥籌交錯的工夫，人家已經掌握了你的底細，不怕你不出更多的血。這才沉得住氣……」

張勝想想自己這些天熱切的邀請，的確熱絡過了頭，不禁暗暗後悔。為人處事的經驗不是與生俱來的，看來自己還得學呀。

他著急地問：「還得出血？那……還得怎麼辦？」

徐廠長笑著說：「這個嘛，咱們就得看他們的胃口有多大了。我這幾天有空了，咱們反過來摸摸他們的底。對了，咱們市最火的飯店是哪個？最好的休閒娛樂中心是哪個？什麼地方的小姐最漂亮？」

張勝瞠目結舌道：「這個……我怎麼知道？」

徐廠長笑道：「目前來說，最好的飯店是『火八月』，唱歌跳舞是『天籟之聲』，洗澡按摩去『大和』，小姐最漂亮的自然在『國色天香』。」

他站起來，重重地一拍張勝的肩膀，豪邁地一揮手道：「回去好好休息，晾他們三天，然後請這幫土包子和你一起去開開葷！」

按照徐廠長的吩咐，張勝沉住了氣沒再聯繫他們，直到第四天下午，張勝才拿著記著一堆電話號碼的小筆記本，抱著電話開始邀請他們赴宴。這些村官倒是一向有宴必赴，哪次請他們都不像城裏幹部那樣推三阻四、推諉再三，只是他們喝酒痛快，辦事實在是能把胖子拖瘦、瘦子拖死。

今天請的鄉、村兩級幹部中，最大的官兒是賈區長，賈區長叫賈古文，這名有點詭異。記得前些天宴請他時他自我介紹說，他剛生還沒取名字時，他不識幾個字的老子以前聽說過最有學問的人才認得甲古文，於是就給兒子起了這麼個名。

雖說賈區長上學時沒少被同學取笑，可長大了卻覺得這名還真帶著幾分雅致，尤其是不管開個啥會，領導只要見過他的名必定過目不忘，吉利，所以也沒想過改個名字。

賈區長方方正正的臉膛，結實矮壯的身子，一雙金魚眼總是瞇著，但是眼睛裏透出的光卻很亮，顯出幾分精明。

張勝請他吃過兩次飯，此人挺善談，不過僅限於酒桌上。在他辦公室談話時，賈區長幾乎是半癱在老闆椅上，眼睛半開半闔，聲帶發出輕微的震動，你不傾身認真去聽，根本不知道他在咕噥些什麼。

不過一到了酒桌上，他坐得也直了，說話聲音也宏亮了，那張嘴幾乎就沒閑著過，不是往裏吞些有營養的東西，就是往外噴一些沒營養的東西。

作為區長，他還是有點愛端架子的，張勝每回邀請這些幹部只有他一再謝絕，今天也是推脫再三，後來見張勝說得誠懇，才笑著回了一句：「下班的時候看看再說。」

張勝記在心裏，到了近五點又打了個電話，賈區長竟然應允出席宴會了，張勝打電話和這些人周旋真比幹一天活還要耗費精神，聯繫了所有的人，他躺在床上正歇著，這時徐廠長的電話到了。

除了第一次宴請銀行人員是徐廠長張羅，張勝是最後一個到達外，其他幾次張勝都是作為主人最先趕去安排的，今天當然也不例外，張勝還得先趕去，不過今晚徐廠長也參加，張勝心中感覺輕鬆不少。

張勝匆匆和爸媽說了聲晚上有事，就急急地下了樓，等他趕到「火八月」，在門口剛剛站定，徐廠長就開著他的桑塔納來了。停好車子，徐廠長走了過來，微笑著說：「客人還沒到吧？」

張勝點點頭，看了看傳呼機，說：「才五點四十，估計得六點十多分才能到，正是堵車的時候。」

徐廠長點點頭，說：「嗯，我先上樓，等老賈他們到了，咱們邊喝邊商量。」

他往門口走，小姐剛把門拉開，他又回過身來，笑道：「知道你年輕人底子厚，不過這些人可都是酒經沙場的幹部，沒有一盞省油燈啊。今天請的人全，喝得也必定慘烈，這是我帶的醒酒藥，必要的時候吃上兩粒，別客人還沒喝夠，你先鑽桌子底下去了。」

雖說彼此只是利益共用的同盟關係，但是這些天徐廠長真的教了他許多東西，對他也很是關照。如果沒有徐廠長從中斡旋，可以說張勝縱然知道了橋西開發的消息，也根本沒有能力抓住這次機遇，只能眼睜睜看著它從指縫裏溜走。因此對徐廠長的關心，張勝還是由衷地感激，他接過藥瓶，向徐廠長笑了笑。

直到六點半，才有一輛轎車、兩輛麵包車姍姍而來，請的都是一個地方的人，都是同鄉同村的，他們顯然是約好了一塊趕來了。張勝急忙迎上去，把客人們接上來，一邊寒暄一邊進入酒店。

其實徐廠長說的這幾家店並不是最高檔的，不過卻是在公眾場所裏最有名的，真正的高檔會所都是會員制的，也不需要在民間有什麼名氣，這些土包子哪裏見識過？徐廠長慣會看人下菜碟，往這兒領，正符合這些鄉官的身分和見識。

賈區長大腹便便，一看就是常坐辦公室的人物，後邊跟著的就是臉上頗有些滄桑的村官，不過迎賓小姐可沒有以貌取人的，這年月，一個打扮得像叫花子的，也有可能是腰纏萬貫的煤老闆，敢大搖大擺往裏走的，你就得另眼相看。

「火八月」一進大廳就是假山、怪石、噴泉、流水、小橋、木廊，古色古香。芭蕉、修竹之中往來的服務員都是復古裝束，看著氛圍格然雅致。那長廊下還掛著裝飾用的辣椒、玉米、南瓜，瞧著特有民間風味。

賈區長看來是來過這兒，根本不需人帶路，問清房間，便一馬當先，輕車熟路地直上二樓包間。一進房間，徐廠長便站起相迎，哈哈笑道：「賈區長，你這貴人真難請呀，非讓我這小兄弟三顧茅廬才肯賞光。」

賈區長一怔，似乎很意外看到這兒還有其他陪客，可他和徐廠長好像是認得的，一怔之後立即換上了滿臉笑容，急趕兩步道：「你是老徐？哎呀呀，有日子不見啦。怎麼……小張是你的朋友啊？小張怎麼不跟我提你老徐的名字呢，你看看，這真是大水沖了龍王廟啊。」

徐廠長呵呵笑道：「小張是我朋友，年輕人，想幹點事業，求到你老賈頭上了，結果請了幾回，你也不開金口，他就把我找來了，我也是聽他說了，才知道是你，哈哈，請坐，諸位快請入座！小姐，先來壺茶。」

賈區長腆著大肚皮呵呵笑道：「接受吃請總是不大好嘛，我也是感覺小張是真心想幹點事業的，不想過於難為他，這才帶著這些朋友趕來聚聚。」

酒宴的確是一種很好的交流方式，在辦公室見面時不管多麼嚴肅，此時彼此說著話，都像多年的好友似的，從骨子裏透著親熱。

一個很漂亮的女服務員走進來讓大家點菜，菜單當然先遞給賈區長，賈區長看都不看，擺擺手道：「還是那幾樣，我愛吃的菜你們都知道嘛，你們點吧！」

菜單轉到地位僅次於他的另一名官員手中，如此轉了一圈，點了至少二十道菜。張勝笑道：「賈區長，今天喝點什麼酒？」

賈區長微笑著環顧四周道：「這裏檔次還是不錯的嘛，上個月來過一次，嗳，對了，這兒的五糧液很純吶，絕對保真，就喝五糧液吧，服務員，先來三瓶。有不喝白酒的嗎？小張啊，就算別人不喝，你也不能推脫啊。」

那些菜和五糧液聽得張勝心驚肉跳，好在有徐廠長回去報銷，心想：「今天我也嘗嘗這五糧液是什麼味道。」便豪爽一笑道：「行，賈區長海量，今天我就捨命陪君子，一定讓您和諸位領導喝得滿意。」

一個鄉幹部開口要了條此時最流行的「七匹狼」，拆開來分發了一下，包間裏立刻烏煙瘴氣起來。吃的菜都很昂貴，張勝一時還記不住那些菜名，總之是海參、鮑魚、魚翅、樅菌，全是些在這些村官眼中看來已是極品的菜肴。

張勝卻無心品嘗美味，他心中著急想切入正題，其實這也是大多數年輕人的毛病，沉不住氣。但是賈區長他們談笑風生，少不了還談談女人，就是不提地皮。而徐廠長也坐得穩如泰山，陪著他們東拉西扯，根本不提買地的事。

他看出張勝有些急躁，在兩人眼神相對時，若有深意地看了他一眼，微微舉了舉酒杯，張勝恍然，自知這官場商場的經驗較之這位老前輩還差得太遠，徐廠長現在不提，一定是胸有成竹，便也放心吃喝起來。

這些人十分能喝，快十點鐘時，三瓶五糧液已經空了，張勝平時喝散白酒自覺酒量也不錯，此刻和他們一比，真是面如土色，那哪是肚子啊，根本是水桶，杯來酒乾，面不改色，原來前幾回請他們都還藏著量呢。

三瓶白酒喝完，張勝剛想勸他們換點啤酒，賈區長大手一揮，吩咐道：「再來兩瓶五糧液！」

張勝一聽暗暗叫苦，他是主，人家是客，他不但要喝，還得主動勸人家喝，這一通下來已經頭暈腦脹了，可看這些人興致好像才上來，也只得硬著頭皮陪著狂飲，這回可真是捨命陪君子了。

到了十一點半，張勝終於堅持不住了，跑到洗手間一通狂吐，又吃了徐廠長給他的解酒藥，灌了壺茶水，這才飄飄然地回到包間，此時，他已經不再勸別人少喝了，酒喝在他嘴裏跟水一樣，哪還有什麼感覺。

結賬買單之後，一群人搖搖晃晃走出酒店，賈區長哈哈大笑著拍著張勝的肩膀道：「小兄弟也是爽快人啊，好，好！哎呀，現在時間還早，咱們……找個什麼地方再玩會兒呀？」

這時張勝才隱約想起，最重要的事情好像還沒談，可是酒精已經讓他的神智有些不清楚了，心中或許還明白些東西，可是口齒不清，想說也說不出來。

徐廠長看來最清醒，淡淡一笑，提議道：「走吧，咱們到『國色天色』唱會兒歌如何？」

賈區長雙眼一睜，嘿嘿笑道：「徐廠長開了金口，怎麼好不去呢？走走走，去『國色天香』。」

第四章

溫柔鄉的陷阱

徐廠長和賈區長玩得十分開心、彼此十分親熱。

張勝最佩服的就是，他們兩個怎麼看都像是一對情同意合的好兄弟，你根本看不出兩人暗地裏是如何的爾虞我詐，方才在酒桌上又是如何的唇槍舌劍。

徐廠長結完賬帶了小姐下樓時，張勝還見賈區長摟著徐廠長的肩膀，隱約聽他說：「老徐啊，你身邊那個……也不錯。」

徐廠長哈哈一笑，說道：「行，到時我帶人過去！」

一行人驅車又來到「國色天香」，這個飲食中心在一幢大廈當中，占了一至四層。眾人先在一樓洗浴，然後到二樓K歌房唱歌。幾位村官都喝不慣洋酒，徐海生問了一下賈區長的意見，然後要了四扎啤酒，又揮手叫過領班，耳語了幾句。

過了一會兒，這邊音響剛剛調試好，放上第一首曲子，一排身材姣好、穿著暴露的陪酒小妹便走了近來，張勝驚訝地看著她們，徐海生笑道：「賈區長，你先來。」

賈區長瞇起眼，端著杯在那些女孩身上逡巡了兩圈，伸手指了兩指，便有兩個長相甜美的女孩嫣然一笑，姍姍走到他的身邊坐下，左右挎住了他的胳膊，一個小姐甜甜地說：「老闆，我叫小畢，老闆貴姓啊。」

賈區長搖著酒杯，說了一個字：「賈！」說完看向另外一邊的女孩，那位小姐也很熱情地挽著他的胳膊，說：「我叫小馬！」

賈區長豁然大笑，在她豐滿的胸部上掏了一把說：「小馬？我看你都快趕上大洋馬了，哈哈！」

他選定了人，徐廠長便請其他幾位幹部選人，選了過半，看看姿色出眾的所餘不多，便又換了一批，直到眾人選完，他又給忸怩推辭的張勝也指定了一個女孩，自己才隨意點了一個身材火辣，姿色不過中上的女孩。

「我叫小溫，大哥您貴姓呀？」張勝身邊的小姐殷勤地給他添酒，媚笑著問道。

小姐的胳膊挨著他的手臂，涼涼的、滑滑的，緊挨的大腿的臀胯可以感覺出它的豐盈和彈性，張勝不安地挪動了一下身子，澀聲答道：「我……我姓張……」

「哦，張大哥，初次見面，還請多多關照，我們喝一杯吧！」小姐大方地說著，拿過一個杯子給自己倒上，和他碰了一下，笑盈盈地看著他，張勝一見，不好讓女孩為難，只得硬著頭皮喝了一杯。

一杯酒下肚，張勝忽然想到一個問題，方才賈區長旁邊的女孩一個姓畢，一個姓馬，這女孩叫小溫，合起來不是「弼馬溫」麼？想到這裏，張勝忍不住撲哧一下樂了。

「大哥笑什麼？悄悄告訴我好不好？」這些男人裏邊數張勝年輕英俊，而且其他男人早就對身邊的小姐動手動腳了，有人整隻手都鑽進了小姐懷裏，張勝卻規規矩矩的，讓小溫十分感興趣，她這時趁機抱住張勝的胳膊，一個結實豐滿的半球緊壓在他手臂上。

張勝大感吃不消，忙把自己的想法對她說了，因為屋裏吵，還有音樂聲，他貼著小姐的臉蛋兒大聲說話，小溫聽了便吃吃地笑，把他的話說給其他幾個小姐聽了，眾人便一齊大笑起來。

小畢笑著說：「我們小姐妹平時也是這麼取笑的呀，這位先生竟然知道，是不是常來捧場，聽誰說的呀？」

張勝面紅耳赤，連忙擺手道：「不不不，我是……頭一次來。」

小畢和他說話，半翹著屁股，賈區長便在她翹臀上拍了一記，笑道：「要不要把你們兩個換過去，來個蹓馬溫大戰小張勝啊？」

小溫馬上摟緊張勝的胳膊，噘起嘴，好像吃醋地說：「才不要呢，你們姐妹好好陪著賈老闆吧，我們小夫妻才不要你們攙和。」

「小夫妻？」張勝心裏一陣反感，忽然清醒過來。

他剛剛被這年輕女孩的胴體一陣廝磨，又見整個房間都是如此淫靡的氣氛，旁邊一位村長對小姐又親又摸的，他也禁不住有點心猿意馬起來，雖不敢像那些人一樣，但他的手也壯著膽子悄悄搭在了小姐圓潤光滑的肩頭，輕輕地摸挲著。

這時一聽小夫妻，他猛地清醒過來？夫妻？一夜夫妻？這些漂亮、年輕的女孩一天要和多少人做夫妻？一年要和多少人做夫妻？

「二八雞婆巧梳妝，洞房夜夜換新郎，一雙玉臂千人枕，半點朱唇萬客嘗，裝成一身嬌體態，扮做一副假心腸，迎來送往知多少，慣作相思淚兩行。」她們不過是做皮肉生意的，也說什麼夫妻，很親熱麼？

「妻子」和「女人」是不同的。「妻子」不僅是一個「女人」，也是一個患難與共、甘苦共嘗、在寂寞病痛、衰老失意時也可以互相依靠安慰的夥伴和朋友，夫妻兩個字在從沒見過這場面的張勝心裏頗有一種神聖感。

小溫的一句親熱話讓他色慾漸消，那手也悄悄滑了下去。小溫還道這個悶騷帥哥要把手插進她的短裙，還媚笑著欠了欠屁股，不料張勝的手挪開，便沒再挨著她。

小溫怔了怔，以為是自己拒絕了姐妹過來，惹得張勝不開心了，心中頓起好勝之心。自忖無論身材、姿色都不弱於她們幾個，還不能哄得這個明顯沒來過歡場的雛兒神魂顛倒麼？

「大哥，人家陪你唱歌好不好？要不擲骰子？」小溫親熱地說著，蛇一般的小蠻腰向他一靠，兩團豐滿的肉不斷地摩擦著他的手臂，張勝也不好做出太正經的樣子，只好虛應其事地和她喝酒。

過了一會兒，賈區長、徐海生等人拉起身邊的女孩，上前跳起舞來，燈光暗了，音樂變成急速熱烈的節奏，幾個老爺們扭腰擺胯，碩大的屁股搖得比女人還誇張，時不時還和陪酒小妹來個挑逗動作。

「帥哥，我們也去跳舞好不好？」小溫湊在張勝耳邊撒嬌，大哥變成了帥哥，小嘴兒湊到他耳朵邊上輕輕吹了一口，手也不安分地在他大腿上撫摩起來。

「我不會！」張勝推脫著，其實他是會的，原來在廠子時，經常幫著廠辦和工會做事，又是文娛方面的積極分子，他學過跳舞，而且跳得還不錯，可是這種群魔亂舞的場面，讓他難以適應，根本放不開。

「那人家教你呀，就是摟摟抱抱嘛！」小溫說著，不安分的小手忽然滑到他兩腿之間，輕輕一按一揉，從來沒受過這種刺激的張勝只隔著薄薄一層褲料，那地方騰地一下「揭竿而起」……

張勝大窘，連忙往沙發裏挪了一下，哪知小姐竟像蛇一般攀附上來，吃吃笑著繼續挑逗他，張勝急忙說：「我要去洗手間！」然後慌慌張張地站起來往外便走。

剛剛出門，便見一隊小姐迤邐而至，張勝陡然醒覺自己的下體仍在躍馬橫槍，生怕被人看到這副醜態，大窘之下立即轉身面牆而立，隨即探手入懷，摸出一串鑰匙，聚精會神地數了起來……

張勝站在那兒數了半天的鑰匙，看起來就像想找什麼鑰匙，又因醉酒遲鈍半天也尋摸不著似的，直到身體恢復了正常，他才奔向洗手間。等他再回來時，見到房中場面不禁大是驚訝，包房裏已經沒有人唱歌了，男女各自在調情，只有徐海生坐在最內側的沙發上吸煙，不見什麼動靜，一個小姐坐在他的腿上。

小溫和另一個女孩被一個面目黝黑的男人壓在身下，嬉笑著欲拒還迎地做著挑逗動作。身上的男人們更是醜態百出，在酒精和昏暗的燈光作用下，衣冠禽獸變成了赤裸裸的禽獸，男人為性，女人為錢，空氣裏漾溢著迷亂的味道。

張勝可沒有這種表演欲望，見此情況只能站在一邊，既不想參與進去，又不便再次退出房去，顯得十分尷尬。徐海生見張勝回來，便叫小姐打亮燈，買單結賬，眾色狼這才依依不捨地恢復正人君子狀。算完了賬，眾人各自挑選了中意的小姐，繼續他們的餘興節目……

小溫幽怨地看著張勝，張勝只做未見，賈區長摟著小畢和小馬，哈哈笑道：「小溫啊，人家帥哥看不上你呀，走吧，今晚跟我走。」

「謝謝老闆！」小溫雀躍而起，撲上去在他臉上親了一口。

徐廠長倒沒忘了張勝，攬著那個體態豐滿的女孩對張勝笑道：「小張，你也挑兩個，開開心。」

張勝腦門都要炸開了，結結巴巴地道：「不……不了，我在外邊等你們，順……順便醒醒酒，喝多了，難受。」

賈區長一聽，臉色頓時沉了下來。徐廠長一見，在那位小姐屁股上拍了拍，放開手笑嘻嘻地走過來，攬住張勝肩膀低笑道：「男人嘛，出來玩就是要開心，你是主，他們是客，你不玩，他們敢放心玩嗎？這種事情，逢場作戲而已，該怎麼做，還要我教你嗎？」

張勝心口怦怦亂跳，汗順著脖子嘩嘩地往下淌：「徐廠長，我……我……」

徐廠長眼神猛地一亮，把張勝嘴裏的話逼了回去，然後呵呵一笑道：「總有第一次嘛，再推大家臉上可就不好看了。」

他左右看看，伸手一指道：「你，還有你，我這小兄弟可還是童男子，你們姐妹倆要好好照應著。」

那兩個小姐姿色都不算上等，但是身材火辣，這正符合徐海生的審美觀點，那就是身材要好。二來也是因為姿色太出眾的小姐，賞光的人也多，心裏有所倚仗，服侍客人未必會盡心盡力。

而姿色稍差一點的沒有這本錢，只能加倍賣力求得男人歡心，為自己招攬回頭客。畢竟辦事的時候誰也不能老盯著女人的臉看，有一副漂亮臉蛋，不如有一手嫻熟的技巧，徐海生看出張勝是個雛兒，才想找兩個經驗豐富的熟女好好陪陪他。

那兩個小姐一聽，便嫣然一笑，大大方方地走過來，一左一右挽住了張勝的胳膊。

徐廠長哈哈笑道：「行了，咱們走！」說著回去攬住他挑好的姑娘，便一起往樓上走。

樓上的房間裝修很豪華，但走廊很窄，兩旁全是閃著暗紅燈光的小包間。

張勝給那兩個小姐左右一夾，結實的乳丘就抵在他的手臂上，電得他麻麻酥酥的，迷迷瞪瞪地就被帶進了一間房子。

兩個小姐大方地把衣服脫了，光潔溜溜地湊過來，一個替他脫去上衣，輕輕一推，讓他坐在床上，另一個已先上了床，跪坐在他後面，兩團豐滿結實，又似塗了油般滑膩柔軟的肉團在他背上摩擦起來。

張勝咳嗽一聲，訕訕地道：「我……我就不需要什麼服務了，你們回去吧，我喝多了，在這兒睡一覺就行。」

兩個小姐互相看了一眼，前邊那個小姐搔首弄姿地說：「大哥，出來玩玩嘛，何必那麼拘謹呢？你放心，我們這兒絕對安全，我們小姐妹一定把你侍候得舒舒服服的，保證你來了一次還想第二次。」

「不必了，我真的不需要，你……你們回去吧。」

說實話，兩個小姐姿色雖只中上，但身材惹火，頗有動人之處，而且同來的人都在做著同樣的事，這裏裝修雖好卻不隔音，左右房間的叫床聲此起彼伏，在這樣的聲色刺激下，張勝一個身心健康的大男人，又不會有守身如玉的念頭，不動心才怪。

一般來說，每個人都有兩個自己，一個是現實中的自己，一個是虛幻中的自己；一個是放縱的自己，一個是收斂的自己；人們往往將一個偽裝好的自己來面對任何人和事，只有在一個沒有負擔、沒有約束的環境中，才會放縱自己的慾望。

張勝只是一個凡夫俗子，說他心裏不想那是假的。如果此時進來的只是一個小姐，含羞帶怯地偎依到他懷裏用溫柔和女色輕輕撩撥一番，以他醉酒後已經薄弱了的自制力，再加上暗室可欺的心理，很可能就會順水推舟品嘗人生第一次的女人滋味了。

壞就壞在徐廠長一下子推給他兩個女人，這一來暗室效果就沒了，像張勝這種有色心沒色膽的小工人，頭一回辦「人事」就有兩個對手，驚嚇和緊張、羞澀的效果遠大於誘惑，兩個女人又過於大膽、主動，把他嚇得下意識地說出了拒絕的話。

或許拒絕的當時，他心中還有一絲不捨和留戀，但是等他穿上衣服之後，就不可能為了色慾在兩個女人面前再度把衣服脫下來了。

兩個女孩的臉色有點難看了：「先生，你讓我們這麼離開會被罵的，姐妹們也會笑我們，而且我們不好把錢退給你的。」

張勝忙道：「這樣啊……那……那你們就在這坐到時間好了，我也不會出去說什麼。」

兩個女孩互相看看，聳聳肩膀，她們又不便穿衣服，就那麼在床邊坐了下來，屋裏開著空調，這麼坐著比較冷，兩個小姐合披上一張床單，這一來沒有光溜溜的胴體可看，張勝心中的躁動進一步平靜下來。

張勝咽了口唾沫，摸出煙點燃了一枝，兩個女孩看了他一眼，說：「給我一支。」

張勝心中頗有點對不起人家的感覺，於是連忙站起來，點頭哈腰地派了一圈香煙，又殷勤地給她們點上。一男兩女三個人就在隔壁房此起彼伏的叫春聲中默默地吸起煙來……

「滋～～」，那個身段苗條的小姐，吸了好長的一口煙，呼地一口噴出去，向張勝道：「這煙不錯！」

張勝忙道：「一般，一般，不是什麼好煙，不過勁兒比較輕。」

另一個豐盈些的小姐說：「大哥要是不介意的話，我把空調關小點兒。」

她赤條條地走到牆邊去調空調，張勝瞪著她渾圓豐滿的身材，忽然吞了口唾沫，不好意思地「請示」道：「有水嗎？哦……要是沒茶……自來水也行……」

第二天一早，張勝從床上爬起來，睜著眼想了半天，才想起昨夜的事好像不是一場夢，來不及回味那時的矛盾、掙扎和誘惑了，因為他突然想到，昨天自始至終也沒談起那件最重要的事情。

張勝立刻下樓給徐廠長打了個電話，電話一接通，張勝便急問道：「徐廠長，昨天咱們的事談了吧？」

徐廠長呵呵笑道：「談？那種場合只談風月，怎好談別的事？」

張勝一聽就急了：「什麼？那怎麼辦？」

徐廠長慢條斯理地說：「急什麼嘛，我花了那麼多錢，難道我不急？你越是著急，人家越是吃定你。別擔心，今天你再去找賈區長，昨天請客的事提都不要提，直接說公事，我們都赤誠相見了，他總該拿出點誠意吧？聽聽他開出的條件再說，以前他不談，怕是摸不清你的身分，昨日見了我，我想他會放出他的條件的。」

張勝道：「好，我這就過去，等回來再給你消息。」

張勝回家洗漱完畢，穿戴整齊，搭了輛車直奔橋區郊區，這時才有時間回味昨夜那些事想著想著，他忽然狠狠一拍大腿，旁邊的計程車司機立即斜著眼睛瞟了他一下，張勝擰著眉頭，咬牙切齒地懊悔：「昨晚上我怎麼就沒敢碰呢？要是這次買地皮失敗真的蹲了大獄，再出來都成老頭子了，那我不是虧大了！」

他忽又想了想，自己這樣算不算是坐懷不亂的柳下惠呢？想著想著，不禁嘿嘿地笑了起來。旁邊的計程車司機再度斜他一眼，心道：「這小子不是個神經病吧？可別到了地方不給錢！」

賈古文的辦公室非常大，郊區就是這點好，地方有的是，不大的官兒就有很大一間辦公室，當然，賈區長也確實握有實權，非一般的官兒可比。

張勝進了那間很氣派的辦公室，只見賈區長坐在老闆椅上，桌前沏了一杯熱茶，正在閉目養神。見了張勝，他的眼睛半睜不睜，伸手向前一指，淡淡地道：「坐！」

賈區長此時滿臉威嚴，全無昨日喝酒時的親切，至於昨夜那樣子好像完全就是另外一個人了。

張勝心裏的輕鬆頓時一掃而空，他忐忑地在對面沙發上坐下，兩個人就這麼對面坐著，賈區長仍然閉目養神。

可怕的沉默，過了許久，賈區長才像剛活過來似的輕輕歎了口氣：「想不到老徐……也摻了一手，他的路子野呀，不過蔬菜大棚沒那麼大的利吧？老徐不是那種掙穩當錢的人，他怎麼會熱衷於搞起農副業來了？」

張勝陪著小心，慢慢地想著措辭：「賈區長，其實這件事真的是我想做，徐廠長是我的遠房親戚，所以才幫忙出面活動一下。」

賈區長沉默片刻，問道：「上次你說……要買三百到四百畝的地皮，是吧？」

張勝喜道：「是的，我估計了一下，如果是純農業用地的話，我應該能買到三百畝左右。」

賈區長狡黠地笑了一聲，然後又是一陣可怕的沉默，張勝心中忐忑起來。

賈區長屈起手指，輕輕地彈著桌面，嗒嗒嗒的鼓點聲在寧靜的辦公室裏顯得十分枯躁，聽得張勝心煩意亂。

賈區長暗暗思忖：徐海生那種人，是不見兔子不撒鷹的主兒，這件事看著好像他只是從中斡旋一下，不過眼前這小子明擺著不是商場上的人物，言談舉措還嫩得很，兩百多萬資金會是他能辦得下來的嗎？如果他真是徐海生的親戚，就憑徐海生那麼野的路子，幫他做點什麼買賣不能賺錢，何必非讓他去種大棚菜呢？

可是，如果說這件事的幕後策劃是徐海生，他的動機是什麼呢？種大棚菜見效沒那麼快，要盈利也有限，他徐海生如果是個幹實業的人，這世上就沒有投機鑽營取巧牟利的主兒啦，可……買這兒的爛地能有什麼錢賺？聽說市裏有在橋西建開發區的消息，連我都沒得到證實，難道徐海生消息這麼靈通？竟然確有其事？

賈區長思忖半晌，決定再試探一下，以他對徐海生的瞭解，徐海生肯關注的事，必定有大利。因為徐海生這個人只信奉橫財神，從不規規矩矩地賺錢。他得摸清對方的目的所在，才能漫天要價，獲取最大好處。

想到這裏，賈區長慢吞吞地說話了：「出售地皮嘛……的確是由我來拍板的。但是三百多畝，不是小數目，要經過集體討論嘛，啊？鄉村兩級政府都要通過才行。所以我現在不能給你什麼答覆……」

張勝咽了口唾沫，急道：「賈區長，整個橋西這麼大片土地現在都荒著，就說是廢物利用吧，把它一轉手，給鄉政府創造兩百多萬的收入，你說行的話誰還會反對？只要您點頭，那還不易如反掌？」

賈區長連連搖頭：「不容易，大不易呀……我也不能搞一言堂嘛……」

他眼皮耷拉著，過了半晌突然一睜，問道：「你們肯出什麼價？」

張勝心裏估算了一下，說道：「那裏的地，您也知道，很多都是荒地，成了垃圾場，買下來後我還要花大力氣改造成農田，所以也不能太高了，我給您每畝五千元，你看如何？」

賈區長仍然不緊不慢地敲著桌子：「五千元？嘿嘿……」

張勝頓了一下，說道：「賈區長，那裏的地基本上已經荒蕪了嘛，我買下那裏的使用權，也是支持橋西區的經濟建設，這是兩相得利的事，我想作為橋西區的區長，這件事辦好了，也是您的一件政績，你看……」

賈區長不為所動，嘿嘿笑道：「這個嘛……要是十畝八畝我還做得了主，再多的話那可不行……」

張勝一聽心就涼了：「十畝八畝？這些天請吃請喝請玩，徐廠長花的那錢差不多也能買六畝地了，這麼點地，找村裏的農民買幾間房基地都夠了，還用大費周章地找你嗎？」

張勝沉默了片刻，委婉地道：「賈區長，您要是覺得地價太低，價錢方面還可以再商量，不知什麼價位才能讓您滿意。」

賈區長呵呵一笑，擺手道：「價錢嘛，不急商量，單是你們要的這塊地皮……胃口就太大啦。」

張盛微一蹙眉，遲疑道：「那……如果價錢談得攏，賈區長能批給我們多少畝？」

賈區長抬起眼睛，慢慢伸出兩根手指。

張勝眼睛一亮，脫口問道：「兩百畝？」

賈區長不動聲色地捕捉著他眼神中的微妙變化，狡黠一笑，把頭搖得跟撥浪鼓似的：「不不不，二十畝，頂多二十畝！」

張勝聽了賈區長的話心中暗惱，但賈區長是真的辦不到還是有意推諉他也摸不清，現在他已知道欲速則不達，和人談生意切忌過於迫切，否則一旦被人掌握了你的根底，主動權就完全落到了別人手中。

於是，他強壓下心頭火，委婉地道：「賈區長，二十畝幹點別的事也不算少了，不過你也知道，大棚蔬菜見效雖快，利潤卻薄，如果只有二十畝，很難儘快收回投資啊。」

賈區長狡黠地笑了笑說：「小張，不要使哀兵之計嘛。我也有我的難處啊。你不要以為我們這些村官當得隨便，條條框框多著吶。」

張勝一聽，似乎話裏還有轉機，忙道：「賈區長，您一個人既然做不了主，上下打點總是需要花費的，這裏也沒外人，您開個價。」

「這個嘛……」賈區長低頭沉吟半晌，半天才從牙縫裏擠出一句話：「既然你和老徐是同路人，我就直話直說，三十萬，我幫你擺平！」

張勝心中一算，三百五十畝地，付三十萬好處費，外加貸款本息，肯定還大有賺頭，便爽快地點頭道：「行，三十萬就三十萬，只要你給我批下來三百五十畝地。」

賈區長立刻搖頭道：「哪有三百五十畝地，太離譜了，頂多批五十畝地，這是極限，不能再多。」

張勝愣了，五十畝地，那轉手賣地的錢，給他三十萬好處費，剩下的再扣掉貸款本息……我靠，我這是又開了一個小飯店，還是給人白打工啊。

賈區長見他發呆，微微一笑，話裏有話地道：「地皮是有得是啊，可是從公轉成私，那可就難如登天了，你們也得考慮我的難處不是？這樣吧，你先回去，和老徐再商量商量，過幾天我們再聯繫。上午我還有幾個小會，先這樣吧。」

見他下了逐客令，張勝只好站起來，說道：「那好，您忙著，我先回去了，咱們改天再聯繫。」

看著張勝離開辦公室，賈區長志得意滿地一笑，兩隻金魚眼又瞇了起來。

張勝回來把情況對徐廠長一說，本來正靜等好消息的徐廠長惱了：「這個老賈……人是越來越精，胃口也越來越大，五十畝地就要三十萬的好處，嘿嘿，好大的口氣！」

張勝疑惑道：「徐廠長，是不是他真的沒有權力批地？」

徐廠長冷笑一聲，說：「目前，橋西區這片土地還是集體用地，沒有上收到國土局，不需要區裏決定。這地他沒權批？哼！現在農村賣地隨意著呢，鐵峰市有個村挨著經濟開發區，開發商看中了那裏的地，村委會開了個會，就和開發商簽訂了賣地的合同，五百四十畝地就這麼轉到了開發商手裏，賣的是使用權又不是所有權。」

「一個村支書就有這權力，他賈古文一個區長沒有權力？小張啊，你還是太嫩啊，也怪我，最近各種事情實在太多，沒有時間指點你，讓他看出蹊蹺來了，他不是不肯賣地，是開個價錢探你的底限，你接受就說明裏邊有大利，他就可以漫天要價。這隻老狐狸！」

張勝皺皺眉，說道：

「只批五十畝就要三十萬，他就算不知道那裏要建開發區，起碼也看出咱們不是要蓋大棚了。」

徐廠長嘿嘿一笑，說道：

「聰明！現在我們很被動啊，橋西何時開發，我們還拿不準，老賈又來了個獅子大開口，如果真的答應了他，恐怕沒有百十萬，這地就到不了我們手上。可這錢從哪兒來？不外乎是從貸款裏撥，那樣一來我們還有多少錢購地？」

他背著手，在屋裏來回踱著步，喃喃地道：

「本以為買下一塊廢地，他老賈得上趕著找咱們簽合同，沒想到這土老冒奸似鬼，得多少錢才填得滿他這個無底洞？為他人做嫁衣裳，我不甘心吶。」

張勝急出一身汗來，他沒想到，要辦件事竟如此困難重重，自己是把身家性命都押上了，一旦失敗……他不敢想像失敗的後果。費盡心思，天天吃請，難道就……

正所謂人急智生，張勝剛想到這兒，腦中忽地靈光一閃，脫口道：

「我有一個辦法，不知道行不行！」

徐海生霍然停住腳步，詫異地扭頭看著他：「什麼辦法，說來聽聽。」

張勝抿了抿嘴唇，一字一字地說：「明天，咱們再請他吃頓飯。」

徐海生愕然道：「還請？小張啊，你不要幼稚了，他胃口那麼大，再請多少次也沒用的，莫非還要擺一場『鴻門宴』不成？」

張勝斷然道：「不錯！正是一場『鴻門宴』，我們不但要請，還要大請，只請他一個，吃飯、桑拿、小姐，一個都不能少。」

徐海生有些困惑地道：「小張，你這葫蘆裏到底賣的是什麼藥……？」

張勝說：「不請的話，以前花的錢不是白餵了他嗎？廠長，咱們廠工會有台小型攝影機，你能借出來嗎？」

徐海生一怔：「攝影機？啊！啊……啊啊……」

他伸出手指，點著張勝，滿臉都是笑容，一時高興得有點說不出話來，好半晌才舒了口氣，哈哈大笑道：

「不錯，不錯，泥人終於動了土性兒，兔子急了也咬人啊，哈哈，嗯！要整治他老賈填不滿的大胃口，你這個法子好。」

徐海生一點就透，已經明白了張勝的意思。

這種吃請他已習以為常，心理上也沒覺得有什麼不對，加上他平素自己辦事還真不需要用這種極端手段，所以也想不到從這方面入手，張勝對這種腐敗行為可是觸目驚心，所以一下子就找到了賈區長的罩門。

徐海生哈哈大笑道：「廠裏的攝影機不行，還不夠小，太顯眼了，你等等！」

他轉身走進裏屋，一會兒工夫提了架比照相機大不了多少的機器回來：

「你明天晚上帶上這個。這是我上個月才托人從日本買回來的，小巧、靈便，明天提前訂好房間，先把這東西藏進去。來，我先教你怎麼用，明天這事就交給你了，到時候機靈著點兒。」

張勝咬了咬牙，狠狠地點了點頭。

小時候，他曾經看過一句名言：「與有肝膽人共事，從無字句處讀書，」受這句話啟發，他給自己寫了一句座右銘：「對君子，以君子之道待之；對小人，以小人之道待之。」現在，終於有了深刻的體會。

張勝用了一整天時間熟悉小型攝影機的操作，直到在黑暗中也能熟悉每一個按鍵的所在。徐海生則開著車出去滿街轉悠，尋找合適的酒店。

當天晚上，張勝再度打電話給賈區長，他擺出一副束手無策的姿態，低聲下氣地請賈區長出來喝酒、商議。示敵以弱的手段，張勝還是懂的，今天的低頭，是為了明天的抬頭，在這個貪官的折磨下，張勝懂得用心機了。

賈區長拿腔作勢地婉拒了幾次，架不住他再三邀請，最後終於答應第二天晚上接受邀請。第二天晚上，賈區長在張勝幾個電話的催促下，才趾高氣揚地駕車趕來赴約了，徐海生兩人又請他去了一家酒店。

為了消除他的戒心，徐廠長在宴上煞有其事地和他談判砍價，表面功夫做得十足。賈區長拐彎抹腳地打聽徐廠長買地的用途，徐廠長則翻來覆去地探試他的胃口到底有多大，兩個人爾虞我詐，誰都沒露自己的底牌。

不過賈區長自覺拿捏住了徐海生的七寸，倒是不急不躁，吃過飯後，張勝畢恭畢敬地請他去洗浴，他也心安理得地答應了。

三人驅車趕到「大和」。

洗浴之後他們便上了二樓，訂了個包間，找了三個小姐作陪，開瓶洋酒唱歌跳舞。三個小姐膚白皮嫩、身材高挑，個個都是腰細胸高、一雙長腿，更難得的是帶著些清純秀氣的味道，和普通的風塵女子大不相同。

賈區長眼睛一亮，淫笑道：「今天這幾位小姐很不錯啊，來來來，這邊坐！」

三個小姐填空般在他們身邊落座，服務員開了紅酒出去，房間裏的光源調成了暗紅色彩燈。徐海生說：

「老賈，這三個小妹都是在校的大學生，怎麼樣，和你平時接觸的女人不大一樣吧？」

賈區長驚奇地看了看身邊那個輕衫牛仔長髮披肩的女孩，疑道：

「不會吧？你說真的？」

徐海生笑笑，說道：「小妹，把你的學生證拿給他看。」

那長髮女孩從口袋摸出一份證件遞給賈古文，賈區長接過去打開一看，還真的是學生證，心中頓時湧起一陣興奮的感覺。

像他這樣的人，漂亮女人玩得多了，這時候女人的身分就比她的身體更對他有誘惑力。

他還沒玩過女大學生，雖說這個女孩在他見識過的女人中姿色只是中上，也不會那些太過風騷嫵媚的花樣，可在他心裏，那感覺偏就截然不同。

他還回證件時，色眼中不止滿懷佔有慾，甚至還帶著一絲崇拜和敬畏。

張勝冷眼旁觀，不由暗暗好笑：她是什麼身分那麼重要嗎？還不一樣是出來賣的？沒想到學歷崇拜到了歡場上也一樣管用。曾經，有些官員拜倒在石榴裙下；看來，今晚賈區長要拜倒在學生證下了……

徐廠長和賈區長玩得十分開心、彼此十分親熱。張勝最佩服的就是，他們兩個怎麼看都像是一對情同意合的好兄弟，你根本看不出兩人暗地裏是如何的爾虞我詐，方才在酒桌上又是如何的唇槍舌劍。

徐廠長結完賬帶了小姐下樓時，張勝還見賈區長摟著徐廠長的肩膀，隱約聽他說：「老徐啊，你身邊那個……也不錯。」

徐廠長哈哈一笑，說道：「行，到時我帶人過去！」說著扭過頭來，對著帶著三個小姐走在後面的張勝使個眼色，張勝立即加快腳步，趕在了他們前面。

來到了八方賓館，張勝的車在前邊，先到的。

房間在十二樓，各自進了自己的豪華大床房。

這三間房子是挨著的，為了找這麼個好地方，徐廠長和張勝駕車出來尋摸了大半天。這個地方的好處就是外邊有陽台，而且三間房子的陽台是連著的。

兩人仔細推敲過行動方案，雇小姐動手不安全，因為小姐也不願意拋頭露面，被他們攝進錄影，恐怕要付出很大一筆錢，還可能把事辦砸了。

如果用副門卡開門偷偷摸進去同樣不行，那麼一個大活人，就算賈區長再怎麼色授魂消，也不可能看不到門口出現一個人，最妥當的辦法就是從窗外攝錄。

賈區長這間房在最外側，把這間房給他，是因為張勝定好房間後上來勘察時，發現這間房窗外陽台邊上搭了個小棚，裏邊放了點東西，站在這個位置能看清整張臥床，而且晚上站在裏邊一片漆黑，不易被發覺。

張勝進了屋，把徐廠長給他的老闆包往床頭櫃上輕輕一放，剛一回頭就嚇了一跳，只見那位清純如水的小姐一關好房門就跪在地上，嬌臀扭呀扭的劃著圈兒，像隻小貓兒似的向他爬來，一直爬到他腳下，抬起眼睛嬌媚地看了他一眼，然後就捧起他一隻腳丫子。

張勝嚇得一屁股跌坐在床上，駭然道：「你……你這是幹什麼？」

那小姐嫵媚地道：「張先生剛剛沒注意嗎？我們這一組是『君臨天下』，就是要侍候得客人像皇帝一般舒坦嘛。呵，老闆是頭一次光顧我們『大和』吧？」

她笑得很好看，雖說帶著職業性的討好，不過風情嫵媚，看得讓人極是心動。她舔舔嘴唇，嫵媚地笑道：「人家一定侍候得張先生舒舒服服的，你就坐下好好享受吧。」

張勝雙手亂搖，一迭聲道：「別別別，舔腳丫子有啥享受？我不喜歡作踐女人，你不用這樣。」

他抬頭看看門口，問道：「你多大啦？」

那小姐跪在地上，詫異地看著他，說道：「我今年十八，張先生不喜歡這方式……那你喜歡什麼方法，你說出來好了。」

「不急不急，咱們坐下聊個天吧。」

張勝慌不擇言地道，他正等著徐廠長的電話，只想隨便找個藉口拖上一陣兒。

那位小姐聽得發愣，花了錢不玩女人，卻坐在那兒要和她聊天，聊什麼？聊人生理想嗎？姑奶奶早戒了！

「聊天？」小姐眼中有了些戒備的意味，試探著問：「張先生……要聊些什麼？」

張勝一拍腦門，哈哈笑道：

「你看我，喝多了酒，話都說不利索了。不是聊天，是沖個涼，一身的煙味酒味，先沖個涼解解乏吧。」

小姐這才釋然，她「嘻」地一笑，站起來在張勝腮上親了一口，然後扭著小屁股去床頭櫃上取過自己的小包，拿出一支香煙點上，塞到張勝嘴裏，甜笑道：

「好，那你先歇一下，我先去沖澡！」

小妞當著他的面脫得光溜溜的，扭著小屁股進了浴室。張勝懶洋洋地躺在那兒假裝休息，一會兒，傳呼響了，他拿起包，走到浴室旁推門說：「我出去接個電話，一會兒就回來。」

張勝在走廊裏站了一會兒，抽了一支煙，這才返回房間，小姐已經洗好了，身上裹著一條大浴巾，正擦著濕漉漉的頭髮。浴巾下邊是兩條纖巧的小腿，胸口裸露在外的部分晶瑩微隆，那張俊俏的臉蛋兒帶著幾分嫵媚清純，一見張勝進來，她便媚笑道：「張先生，我洗好了，該您……」

「他媽的，真是晦氣！」張勝惡狠狠地道：「真他媽天生跑腿的命！」

小姐一愣，問道：「先生，你……這是怎麼了？」

張勝沒好氣地說：「剛接了一個公司的電話，半夜三更的要我去機場接人。」

小姐一聽，甜笑立刻消失了，臉色有點難看地說：「先生要去接人，那我怎麼辦？」

帶了人家來開房，他現在這麼一走，這小姐就賺不到了，白白跟他跑一趟，心裏自然不高興。張勝一拍腦門，道：「啊！我忘了，這樣吧，你去侍候我的老闆吧！」

小姐一聽立即轉怒為喜，幹她們這一行的，慣會察言觀色，她早看出那個姓徐的才是大老闆，這個年輕人十有八九是他手下的，過去侍候那位老闆，如果他開心，說不定還能拿到額外的小費。當下這位小姐便歡歡喜喜地被送進了徐廠長的房間。

支走了小姐，張勝立即返回房間，拉開紗窗，取出攝影機，悄悄跳到陽台上，順著狹窄的陽台向前摸去。經過徐廠長窗口時，張勝按捺不住好奇，悄悄探出頭去往裏面瞄了一眼，只見徐廠長腰間搭著浴衣，把枕頭靠在牆上，正對著窗戶，兩個小姐背對著自己折騰呢。

徐廠長正在朝窗外看，張勝不知他看到自己沒有，只瞄了一眼就蹲了下去，繼續向前挪動。這陽台不寬，外側又是大街，空曠一片，真要站起來走有點兒眼暈，所以他乾脆一直蹲著移動，直到鑽進那個陽台盡頭的小棚子。

輕輕打開攝影機，調整到夜錄狀態，又看了看攝影機前邊的小顯示燈，那裏早就貼上了一個不黏膠貼，已經看不到那一點紅光了，他這才微微調整了站立的角度，向房間裏看去。

屋裏上演的和他房間一開始的情形一樣，「大和」的保留節目「君臨天下」，一個人跪在地上，捧著一隻腳丫子……

只是這小姐身材太慘了點，這麼胖也有人光顧生意……

不對呀，怎麼床上坐著的也是女的？

再仔細一看，我靠！賈區長還有這愛好？

張勝霍地瞪大了眼睛，那個女生裹著浴巾坐在床邊，裸著光滑的香肩，兩條大腿疊在一起，一手托著另一隻手臂的肘部，翹著蘭花指的小手正挾著一枝香煙，而賈古文賈大區長則像一條肥肥的小狗，跪在她的腳下，捧著一隻白生生的腳丫子啃得正香。

這房間上演的戲碼是「君臨天下」沒錯，只是鳳在上龍在下，那皇帝變成武則天了。

張勝又驚又笑，連忙站穩身子，舉起了小型攝影機……

回到徐海生家裏，兩個人重播了一下賈區長的錄影，徐海生見了賈區長的醜態笑得前仰後合，樂不可支地拍著大腿道：「哈哈哈，成了！有了這東西，他敢不答應？」

張勝苦笑一聲說：「廠長，我心裏挺不安的，這麼做到底是……唉！」

徐海生斜了他一眼，笑道：「怎麼，怕了？」

張勝臉一紅道：「怕倒是不怕，就是心裏老覺得用這種手段……」

「哈哈，你小子啊，怎麼這麼天真？這商場本來就是人吃人的地方，哪來的良心可講？

他賈古文漫天要價的時候想過交情嗎？」

徐海生拍拍他的肩膀道：

「老弟，如果你想不通這其中的道理，那麼，你永遠都是個失敗者。哪怕這次買地皮的事成功了，你發了一筆洋財，你在今後的生活中仍然是一個失敗者。從我們下棋，我就看出了你的性格，面對際遇，你是被動等待，而不善於主動去搶！」

張勝詫異地道：「搶？」

「沒錯！」

徐海生點起一支煙，又把煙盒扔給他，笑微微地道：

「這個天下的一切，都靠一個搶字來實現，古往今來，莫不如是。江山要搶、女人要搶、事業要搶、職位要搶，只是手段各不相同。身在商場誰不搶商機？身在職場誰不搶位子？身在賽場誰不搶冠軍？身在情場難道要坐等被人追的女人青睞你……」

徐海生吸了口煙，悠然吐出一個煙圈，說道：

「老弟，你知道這世上什麼人能做人上人、能過好日子麼？」

張勝身子前傾著說：「廠長，您說。」

「能做人上人、能過上好日子的只有兩種人！一種是『狗』，一種是『狼』。狗忠順，主人會將吃剩下的肉賞賜給牠，高興時還會將牠舉在頭頂上；狼又不同，狼敢搶，用不著別人賞賜也能吃到肉，找到機會也能騎在別人的頭頂上。」

「要混出點出息，要麼做狗、要麼做狼，如果這兩樣都不願意做，那就只能是一輩子做人下人在社會底層苦熬。如果你不甘心，你也想做人上人，那麼你是願意做狗，還是做狼？」

張勝想了想，只說了一個字：「狼！」

「好！」徐海生擊掌讚賞，說道：

「要做狼，就要搶。只要有人搶，戰爭就不可避免。什麼是商場？商場同樣是戰場，要打仗、要死人，是把腦袋瓜子別在褲腰帶上幹的活，這種活誰能幹？靠那些樹葉掉下來都害怕砸破腦袋的良民？」

「用手段怎麼了？成者王侯敗者賊，劉備是不是匪？朱洪武是不是匪？努爾哈赤是不是匪？仗打敗了才是匪，仗打勝了那就是王！手段不重要，重要的是結果。」

徐海生見張勝聽得入神，淡淡一笑，語重心長地說：

「融入社會是最重要的，很多時候不是你選擇生活，而是生活選擇了你。自命清高比自甘菲薄更要命，自甘菲薄只是沒有勇氣去爭，甘於現在的生活，而自命清高，那就是拒絕這個世界，你既改變不了這世界，也適應不了這世界，只能躲起來，那是最大的失敗者！」

張勝默默地點點頭，仔細咀嚼著徐海生這番話，許久許久才若有所悟地輕歎一聲，隨後又抬起眼簾，擔心地道：

「可是……他會不會惱羞成怒，和我們拚個魚死網破？」

徐海生淡淡一笑：「放心，他現在絕對不敢翻臉，哼！他這官可不止三百畝地的好處，他應該知道孰輕孰重。」

說到這，他悠悠一笑道：

「對他老賈，我本來不想這麼過份，這是他逼我的，明知道這裏邊有我一份，他還想大撈一筆。他不仁，我就不義，媽的，掰了就掰了吧！」

徐海生陰險地笑道：「明天你趕早去他辦公室等他，先試探一下，要是他乖乖地要了那三十萬，把合同給簽了，那就一切都好說。要是他還不上路，你也別和他客氣，底牌翻出來，那就不是我們求他，而是他求我們了。」

張勝想著那二百八十萬元的貸款，重重地點了頭。反正那賈古文也不是什麼好鳥，用這樣的手段對付他，也算是他的報應。

第五章

盡人事聽天命

這是一個充滿商機的年代，一念天堂、一念地獄，
不知多少人一夜暴富，又有多少人折戟沉沙。
在命運的棋盤上，他這個小卒子會被推向何方呢？
盡人事，而後聽天命，非不為，不可為也！
現在，人事已盡，剩下的，就只能聽天命了！

第二天一早，張勝再次出現在賈區長辦公室。還是一壺茶，還是半死不活地躺在老闆椅上，還是瞇著眼打瞌睡，不過張勝這次卻沒有規規矩矩地坐在對面等著宣判。

他大大方方地打聲招呼，走過去拿起賈區長面前的「小熊貓」，自己抽出一根點上，深深吸上一口，輕鬆自若地看著賈區長，半個屁股坐上了辦公桌。

賈區長詫異地張開眼看了看，又輕蔑地一笑，微微闔上眼，張勝的態度令他有些不快，他決定，一會兒還得好好卡卡他。

張勝抽著小煙，悠閒地等了一會兒，才對賈區長道：

「賈區長，今天我來，還是為了那事。呵呵，我知道你為難，可你再難總難不過兄弟我呀，賈區長，您開開金口，我們就受用不盡了，相交一場，這點事您一定得幫忙。」

賈區長咳嗽一聲，慢悠悠地抽出一根煙叼上，等了片刻，不見張勝給他點上，便很沒趣地自己拿起火機點燃，吸了一口，吐著青煙慢悠悠地說：

「小張啊，我已經盡了全力了。三百多畝地，規模太大啦。官場上的事你不明白，它閑著歸閑著，誰也不會說什麼。可你要派上用場了，哪怕是於國於民有利的好事，也會馬上有一幫王八蛋圍上來說三道四。眾目睽睽，我也為難呀。」

張勝臉上的笑容收斂了，一字一字地道：

「賈區長，小弟這次是破釜沉舟、背水一戰，全部家當都搭進去了，不瞞你說，購地資金……我是貸的款子，所以，這次我只能成功，不能失敗。失敗，我就得去跳河！」

賈古文皺皺眉，說道：

「做生意怎麼好不留退路呢？小張啊，你是不是貸款，跟我沒有關係，我只能批給你五十畝地，你付我三十萬元，怎麼樣，考慮清楚了嗎？」

張勝慢慢站起來，居高臨下地看著他，一字一字地說：

「賈區長，那片爛地賣出近三百萬的價，對村裏、對鄉裏，都是一件好事。於您個人來說，得到三十萬的好處費，也不算少了，還望您成全！」

賈古文哈哈地笑起來：「你沒說錯，那片沒人要的爛地還能賣出去，的確對哪一方面我都交代得過去。不過，同樣的，我也知道這地你們一定別有用處。」

他狡黠地看了張勝一眼，說道：

「你們要做什麼，我不知道，也不想知道，三十萬要三百多畝地，那是絕不可能的，你聽清了，如果你要三百五十畝，那就……拿出一百萬來，而且要現在就付！」

張勝一聽也笑了：

「不，我也請你聽清楚。三十萬元的好處費，取消！我不為難你，每畝八千元，這個價很公道，任何部門也審不出毛病，共計三百五十畝地，一分地都不能少！」

賈區長抬起頭，吃驚地看著他，說道：「什麼？你……你瘋了？你還不如去搶呢！」

張勝冷笑道：「是！我是瘋了！我已經被逼上絕路，再沒有第二條路可走！已經走上絕路的人還有什麼顧忌的？賈區長、賈大人，你昨天晚上的醜態我可全都錄下來了，我的事，你看著辦！」

「什麼？」

賈區長噌地一下跳起來，煙頭燙了手指頭，他急忙一把甩開，緊盯著張勝道：「你說什麼？」

張勝從懷裏摸出一卷報紙包著的帶子，這是翻錄的，啪地往桌上一放，臉上露出一絲譏諷的笑容：

「賈區長，你昨晚嫖妓的過程我都錄下來了，嘖嘖嘖，錄影原帶在我哥們那兒，我只要一個電話，這段錄影就能滿世界傳開，到時候這天下之大，還有你的容身之處嗎？」

賈區長氣得嘴歪眼斜，嘴唇哆嗦著說：

「你……你怎麼能這樣？你怎麼能這樣？沒有這麼辦事的，做人不能這麼無恥！」

張勝哈哈一笑，雙手按著桌子，瞇起眼向他俯壓過去，陰沉地道：「為什麼不能？我從小就篤信一句話：對君子，以君子之道待之！對小人，以小人之道待之！」

賈區長臉色鐵青，目露凶光，指著他怒吼道：「你混蛋，你不要把我逼急了，我會告你勒索！詐騙！」

張勝悠然道：「賈區長，你怎麼又忘了？我才是被逼上絕路的人，光腳的還怕穿鞋的嗎？這手段無賴是吧？我一個無權無勢的窮老百姓，不這樣辦還怎麼辦？你只不過少賺一筆罷了，用得著這麼氣急敗壞嗎？」

他走過去，把那煙頭一腳碾滅，淡淡笑道：「賈區長，你可不要引火焚身，我等你的決定，拜拜！」

張勝二話不說，轉身便走。

底牌已經掀開，現在就看賈區長怎麼出牌了。

難熬的兩天過去了，張勝和徐廠長沉住了氣，不曾給賈區長打一個電話。這種時候，他們絕不能露出一點服軟的意思給賈區長以幻想。至於好處費，他們也是一分不想付了，賈區長已經是徹底得罪了，既然無論如何關係都已徹底分裂，就沒有必要留一線人情了。

第三天下午，賈區長的電話終於打過來了，他的聲音沙啞疲倦，了無生氣。

「小張嗎？你……來一趟，我們面談。那盒帶子原版，你要帶來……」

張勝通知了徐廠長，不料賈區長已經打過電話給他了，看來是想找他私下解決，徐廠長對其中的利害關係看得更透徹，彼此的交情已經徹底完蛋，用不著手下留情，他一口拒絕了，賈區長這才又來找張勝。

徐廠長說：

「你搭車去吧，小心一點，我在廠裏不動，咱們分開，他才不敢動歪腦筋，狗急了會跳牆，省得他幹蠢事。帶子先不給他，地皮簽下來才能給，這是我們唯一的憑證了！」

張勝冷靜地說：「我明白！」

他當然明白其中關節，如果被賈區長把帶子誆回去，坐牢的可是他，他豈能不小心？張勝這種人，是臨戰緊張，一旦上了戰場，就會為戰而戰，完全拋棄膽怯。

「帶子呢？」一進賈區長辦公室，賈古文便像餓狗撲食般搶過來問。

張勝施施然地走過去坐到沙發上，二郎腿一蹺，問道：「合同呢？」

賈區長急道：「合同哪能那麼快簽好？就算我親自帶你跑手續，也得跑六七個部門蓋章，還得等你款子劃過來才能生效。」

張勝說：「所以嘍，等合同生效，帶子就給你，你放心，帶子保存得很好，絕不會有第三個人看到。」

賈區長目露凶光地道：「如果你不守信用，簽了售地合同後，再用那帶子勒索我為你辦事呢？」

張勝坦然道：「不會，因為我知道，我這也是犯罪，我犯不著冒那風險把你逼急了鬧個魚死網破，這次買賣成功，我肯定把帶子交出來，咱們一拍兩散。」

賈區長狠狠盯了他良久，才重重地點點頭，說道：

「好！我現在就開始給你跑手續，等合同交到你手上，你敢不把帶子交出來，或者事後再用拷貝勒索我，我一定去檢察院，要死一齊死，大家全完蛋！」

張勝笑道：「賈區長，你放心，我們都不會完蛋，你還是你體面的官員，我呢，只是賺了一筆小錢的商人，僅此而已！」

賈區長咬著牙冷冷地一笑，眼中泛著凶光，卻不敢把他怎麼樣。

張勝洒然一笑，轉身走出了他的辦公室。

半個月後，全套地皮轉讓合同都齊備了，張勝和徐廠長趕去，轉款、取合同、交出帶子，從此兩訖，互不相干。

剩下的日子，就等著政府有關部門公佈開發橋西的消息。在這段時間，張勝也向徐廠長側面瞭解了一下麥處長的情況，徐海生好像頗不願意談及這事，只隱約提到經廠裏財務核查，麥處長的確貪污挪用了大筆公款，數額至少在一百萬元以上，這在當時可是一筆極大的數目，夠判死刑了。

張勝聽了，想起鄭小璐的境遇，心中不覺黯然，可他沒啥立場去對人家表示關心，最重要的是，他自己人生中最大的一場賭局才剛剛開始，他把自己也押在了這場賭局上，已非自由之身，對小璐的處境，也只能徒自唏嘘了。

政府方面遲遲沒有開發橋西的消息公佈，眼看著天一天天冷下來，政府總不會在冬季開發橋西吧，那就得拖到明年春天去。

張勝的貸款是八個月，時間到明年三月下旬，如果那時政府還沒有動作，他連本帶息就要背負一大筆債務，可能要被強迫低價賣地，如果賣地的錢還不上債務，他就有可能因騙貸罪入獄。

張勝心急如焚，債務是他的名字，徐廠長再著急也不過是著急這筆錢能不能賺到手，他可是連身家性命都搭上了，那感覺自然不同，他時常騎上車，跑到橋西去，站在高處盯著屬於自己的那一大片高窪不平的土地發呆。

已經是入冬的第三場大雪了，再有兩天就是元旦。張勝耐不住心中的焦躁，又一次騎車來到郊區。整個郊區高高矮矮、坑坑窪窪的地方全都鋪上了素潔的銀裝，倒不像初冬時塵土飛揚那般難看。

這是一個充滿商機的年代，一念天堂、一念地獄，不知多少人一夜暴富，又有多少人折戟沉沙。建設開發區的熱潮剛從南方傳過來，各地都在紛紛上馬項目，而省城目前還沒設立一處開發區，張勝相信自己這個賭局的贏面要大得多。

小時候跟在他屁股後面喊司令的二肥子代理啤酒經銷發家了，在太平莊附近買房子的人在修建國道時也小賺了一筆，而他從來沒有膽量參與，始終只是一個看客。現如今，他也成了一個冒險家，可是……橋西何時會開發呢？

「成者王侯敗者賊！」

張勝細細咀嚼著這句話，眺望著屬於他的那一片土地，白雪覆蓋之下，「千里冰封，萬里雪飄。山舞銀蛇，原馳蠟象……」默誦了半天偉人詩句，在他心裏激起的不是豪情，反倒有幾分蕭索與無奈。

在命運的棋盤上，他這個小卒子會被推向何方呢？

盡人事，而後聽天命，非不為，不可為也！

現在，人事已盡，剩下的，就只能聽天命了！

馬上要到元旦了，積雪仍是厚厚的，不過陽光卻有幾分明媚，張勝回了城，進入市區穿過兩條街，正在自行車道上慢悠悠地蹬著車，有一下沒一下地想著心事，忽然在公車站看到一個熟悉的身影。

那是鄭小璐，她穿著一件灰色泛白的呢子短大衣，豎著領兒，頭上戴了一頂毛線織的帽子，只露出一張凍得紅通通的小臉，她踮著腳尖站在車站邊上，正探頭向遠處看著，那雙眸子如泉水般清澈。

一見是她，張勝下意識地剎車，大街上的積雪已經掃光了，卻有一層層薄薄的冰，這一剎車整個自行車打滑橫著掃了出去，他一隻腳撐著地，滑了半圈兒才穩住了身子。

鄭小璐這時也看到了他，臉上露出了淺淺的笑，那對小酒窩兒一閃即逝，向他點點頭道：「張哥！」

她的鼻尖凍得紅通通的，臉蛋皮膚極好，由於凍得紅了，肌肉明顯有點發僵，看起來像個紅蘋果。此時的她，就像個十六七歲的孩子，稚純可愛。

張勝目光一掃，看到鄭小璐手裏提著沉甸甸的一個袋子，他下了車，推著車上了人行道，停在她旁邊說：「小璐啊，一大早去哪兒呀？」

鄭小璐怯怯地笑：「張哥，我……想去看守所看看……麥曉齊！」

張勝聽了不禁默然，麥曉齊要受審那是板上釘釘的事了。據說檢察院已經正式批捕，廠子裏的傳言很多，有說他貪污挪用四十多萬元公款的，有說他貪污上百萬元的，有的傳說更邪乎，說他貪污公款上千萬元，原來的三星印刷廠到了瀕臨破產的邊緣，被外商收購，就是他這隻蛀蟲瘋狂盜竊國有財產的結果。

這時代，貪污五十萬以上就得判死刑，從徐廠長那裏得來的消息應該是最可靠的，七八十萬，足以宣佈麥曉齊的人生即將畫上句號了。小璐整天生活在這樣的流言裏，日子不知道是怎麼過來的。

鄭小璐是和麥曉齊談過戀愛，雖說那天已經吃訂親飯了，但是還沒操辦婚禮，更沒領結婚證，現在一拍兩散，啥關係沒有，更輪不到外人來說閒話。現在麥曉齊落得這般下場，換個年輕漂亮的美眉躲還躲不及呢，她卻還記掛著去看看他。

張勝在心裏輕輕歎了口氣：「小璐重情重義，真是個好女孩。可惜啊，命不好，怎麼就喜歡上了這麼個人？」

兩個人都避免去談麥曉齊的事情，而是談了談廠子現在的變化和一些工友的個人消息，這時，一輛公共汽車駛了過來，鄭小璐忙提起東西說：「張哥，我上車了，有空再聊啊！」

「嗯，你上車吧，我也得回家去了！」張勝說著推起自行車，扭頭看著鄭小璐上車。

公車一停，一群人便蜂擁而上，只見灰袍子、羽絨服、軍大衣、黑棉襖，擠得風雨不透，「戰士們」腳下生根，運足丹田之氣，左膀一搖、右膀一晃，拚命在萬馬軍中爭取著一線活動空間，以便那腳有機會抬起來踩上踏板。

男的如此，女同胞也是虎虎生風，頭拱屁股頂，以腰為軸心，頂得不好意思和她爭的大老爺們東倒西歪。

「哎喲！」鄭小璐文文靜靜的，哪爭得過他們，腳下一歪，滑坐到地上。

張勝一見，連忙丟了自行車，搶步上前，拉著她的手把她扶起來，說道：「我的天，你小心點呀，這大冬天的要扭個腳閃著腰什麼的，你一個人又沒人照顧，那可怎麼辦！」

鄭小璐臉色緋紅，不好意思地笑笑，露出一口小白牙：「謝謝你啦，張哥，我……平時也不大坐公車，擠不過他們，呵呵，他們太厲害了。」

張勝幫她把掉在地上的袋子撿了回來，鄭小璐回頭瞅瞅，只見車上已經擠得滿滿登登，下邊的人還在喊著：「往裏挪挪，嗨，都發揚一下風格，往裏邊點兒，騰點空兒出來！」一邊使勁地推著已經上了車的人。

站在車上的人顧盼自若、八面威風，任你如何推搡，我自巋然不動。直到一直慢條斯理地坐在那兒剔指甲的司機不耐煩地大吼一聲：「往裏點，門關不上我可不開車！」那最外邊的人才晃晃尊臀，容那車門緩緩關上，然後公車便拖著兩條大辮子搖搖擺擺地去了。

鄭小璐幽幽地歎了口氣：「我自行車凍滑輪了，想著坐公車去呢，也沒和人借輛車，誰知道快過年了，這車太難擠，我都等了四班車了。」

她跺著腳，往手上呵著氣，一雙黑葡萄似的眼睛忽地瞧見張勝還提著東西站那兒，便靦腆地一笑，細聲細氣地說：「謝謝你了，張哥，快點回家吧，我再等下一班車。」

張勝苦笑一下，說道：「算了吧，你看還剩這麼多人呢，一會兒陸續又得來人，就你這體格，還提著這麼多東西……得，反正我今天沒事，我送你去得了。」

鄭小璐的眼睛霍地睜大了，訥訥地道：「那……怎麼好意思，不麻煩你了，張哥。」

「沒事沒事，別囉嗦了，快來！」張勝不由分說，過去扶起自行車，正了正有點歪了的車筐，把鄭小璐的東西放進去，然後偏腿上了車，扶住車把回頭道：「快坐上來！」

鄭小璐過意不去地道：「張哥，我……」

張勝一瞪眼，說道：「怎麼這麼磨嘰，快點！」

「喔……」鄭小璐被他一吼，乖乖地走過來，小心地坐上車，兩手各伸出食指和拇指，掐住他的一片衣角。

張勝又好氣又好笑地道：「幹嘛你這是？這路可滑，你要是這樣，萬一摔下去落下啥毛病，我不得養你一輩子？」

鄭小璐「噗哧」一下笑了，便大大方方地摟住了他的腰。那雙小手剛摟上來，雖說隔著厚厚的衣服，根本沒啥感覺，張勝小腹的肌肉還是一下子抽緊了，繃得像鐵疙瘩似的。

雖然車上多了個人，但是張勝卻覺得車越來越輕快了，就連北風刮面也覺得很溫柔很暖和，一種既陌生又熟悉的情愫在他心底蕩漾著……

張勝知道市看守所在哪兒，便載著她向那兒駛去。

這時計程車雖已普遍，普通工人家庭卻不會隨意搭車。鄭小璐起個大早，也是為了儘量節省點錢。

兩人路上說著話，原來小璐這是第五次來看麥處長了，不過按照規定，在判刑之前不能探視，每次她都被擋了架。所以這兩個月也來得少了，眼看著就要元旦了，小璐想看在年節的份上，或許好好說說人家能通融一下，這才再次趕來。

其實要說不得探視，具體執行人員未必能那麼公事公辦，市看守所管理並不嚴。可是沒有關係門路，人家肯定不給你開綠燈的。

兩人乘著一輛自行車緩緩行駛在冬日的街頭，人流漸漸多起來，不過張勝騎得很小心，穩穩當當的一直沒什麼危險。

兩個人騎了一個多小時的車，才趕到看守所。拐向看守所前的草坪時，張勝忽然看到一輛賓士轎車從另一個出口駛出去。開車的人雖然在他的視線裏一閃即逝，但是因為特別熟悉，他還是認出來了，那是徐副廠長，麥曉齊原來的頂頭上司，和自己合作了一筆大買賣的徐大哥。

他怎麼來了？

看那車子、車牌，分明不是廠裏的，張勝心想：「會不會是長得像的人，我看錯了？」路面有薄冰，張勝沒敢太分神，兩人在門口停了車，鄭小璐在登記處出示證件、說明身分，正在辦理登記，兩輛轎車駛到門口停下了，前邊一輛是桑塔納，麥處長原來開的那台車。

車上下來的果然是麥家的人，他們看到鄭小璐，一個個面色不善地走過來。鄭小璐有些畏怯地向麥曉齊的父母說：「叔叔、阿姨，你們好。」

麥曉齊的姐姐，那個年近四十的女人盛氣凌人地瞪了她一眼，問道：「你來幹什麼？」

鄭小璐在她的威嚴之下更膽怯了：「我……我買了點東西，想來看看他。」

「他？誰呀？」

「麥……麥曉齊！」

「啪！」一個耳光狠狠抽在鄭小璐的臉上，張勝剛剛叼上一根煙捲，一見這場面，驚愕地張著嘴，那煙捲沾著下嘴唇，顫巍巍地向下垂去。

「麥曉齊也是你叫的？你來看他，你來看他幹什麼，你離他遠點我就謝天謝地了，滾！」

鄭小璐捂著臉頰，含淚道：「大姐，你怎麼這麼說話，我沒做什麼呀，我只是……來看看他……」

那女人十分刁蠻，抬手就要再抽，那手劃了個弧形掄過來，還沒沾著鄭小璐的臉蛋，就被一隻大手扼住了手腕。

「你是不是媽生爹養的？你長得那是人心還是狗肺？你弟弟犯罪，礙著別人什麼事？出了問題先從自己身上找找原因，別一便秘就怪地球沒引力！小璐欠你家什麼？不就是交往過嗎，現在麥處出了事，小璐頂風冒雪大老遠來看他，這是人情，你這人怎麼四五六不懂？」

一番訓斥的話像連珠炮似的斥出了口，那女人一驚，抬頭先看到一雙噴火的眼睛，再打量打量張勝的穿著，女人眼中露出了輕蔑之色：

「你是什麼東西？充什麼大尾巴狼？她男朋友是吧？我弟弟這才進去幾天吶，就出雙入對了，想來顯擺給我弟弟看，也找個拿得出手的呀，就你這德性？」

張勝氣得發抖，要不是看她是女人，張勝早就搧她那張臭嘴了。

這時麥曉齊的母親說話了：「跟他們廢什麼話，我們走！」

她向前走了幾步，忽一轉頭，指著鄭小璐的鼻尖聲色俱厲地道：

「我告訴你，以後少來，我們家不歡迎！你這掃把星，我兒子要不是為了你這個狐狸精，他能出事嗎？」

她女婿立刻衝上來，一撥拉張勝，把他老婆的手腕奪了回去，經過鄭小璐旁邊時，見她噙著淚花呆站在那兒，沒好氣地一推，喝道：「少在這礙事！」

鄭小璐一個趔趄，袋子掉在地上，水果和煙撒了一地。

「這是……一家什麼玩意兒？你那寶貝兒子貪污受賄有年頭了吧？他去年末才和小璐交往，礙著人家什麼事？」

「要不是為了給她置辦新房子，我兒子也暴露不了！」麥曉齊的母親喊出一句更加蠻不講理的話來，氣沖沖地走了。

張勝一句話到了嘴邊又咽了回去，他彎下腰要幫小璐把東西撿起來，可是轉頭一看，忽然嚇了一跳，鄭小璐臉上一點血色也沒有，嘴唇發青，那對漆黑的眼珠直直地前視著，可是卻根本沒有焦距。

她像風中的一片落葉，顫抖著，用貓一般細小的聲音辯解著：「不是我，不是我，我沒害人！我真的沒害人！我不是掃把星！我不是，我不是！」

張勝不知道這句話為什麼對她刺激這麼大，伸手拉了她一把，試探著喚道：「小璐，你怎麼了？」

鄭小璐眼神發直，半天才閃動了一動，轉眼看到他，忽然驚懼地扯住他，既像辯解又像哀求似的望著他，不斷地重複著：「張哥，我不是掃把星，我沒害人，我沒有，我真的沒有，我從來沒想過害人……」

她說著，眼淚已撲簌簌地流了下來。

張勝連忙安慰說：「當然當然，這和你有什麼關係？你還來看他，給他送東西都白瞎了，這一家玩意兒不配！」

鄭小璐好像沒聽見他的話，仍不斷重複著：「我沒害人，不是我害的，我不是掃把星，真的不是我的錯！」

她說著，忽然轉身跑開，張勝驚訝地叫：「小璐，你去哪兒？」

只見鄭小璐跑到門口一側，雙手扶著牆，腦袋拚命地朝牆上撞去，她一下一下地撞著，嘴裏喃喃自語：「是我，都是我，都是我害人！都是我害的，我該死！」

張勝嚇壞了，連忙追過去，一把扳住她肩膀，把她扳了過來。

鄭小璐的意識就好像全都封閉了起來，對外界的一切已經沒有了反應，她把張勝的胸口當成了牆，仍然一下一下地撞著，流著淚自責：「是我的錯！全都是我的錯！我該死！我該死！」

張勝緊抓著她稚嫩的肩膀，一把扯掉她的線帽，發現幸好有線帽隔著，頭皮才沒磕破，但是額頭紅腫了一大塊。

張勝一把把她抱在懷裏，摟得緊緊的，拍著她的後背，安慰道：「小璐，不要這樣，這和你沒有關係，和你一點關係都沒有，就算沒有你，他一樣得被抓，和你沒關係。」

鄭小璐就像一隻驚弓之鳥，清秀的臉蛋上是深深的痛苦、自責，近乎瘋狂偏執的眼神，他都看在眼裏，他心裏不禁畫上一個問號。麥處長姐姐和母親的話雖然蠻不講理，可也不至於把人刺激到精神失常，小璐現在這種表現，是不是她曾遭受過什麼沉重打擊？

張勝納罕地想：「小璐……是個孤兒，在她身上到底有什麼故事，讓她對這句話反應這麼大？」

張勝的懷抱讓小璐的情緒漸漸穩定下來，當她意識清醒之後，見自己正緊抱著張勝的身子，就像溺水的人抓著救命的浮木，忙鬆開了手，不好意思地輕輕推開了他。

張勝仔細看了看她，擔心地說：「小璐，你沒事吧，方才怎麼……」

鄭小璐一旦恢復了理智，各種反應倒還正常。她有點羞澀地搖搖頭，拭了拭眼淚，低聲說：「張哥，我沒事，讓你擔心了。」

這裏背風，陽光也正好照在這兒，有點暖意。張勝摸出煙來，默默地吸了支煙，見她的情緒完全穩定了，這才把煙頭扔到地上碾滅了說道：「嗯，哭一會兒渲泄一下心中的委屈也好，有時憋著反會憋出病來！」

他想了想，又抽出一支煙點上，看了鄭小璐一眼，說道：

「小璐，你和麥處長交往一場，雖說他犯事了，被抓了，可他在的時候，起碼待你不壞。所以說真格的，要是他一出事你就沒影了，我都瞧不起你，那種無情無義的人，比貪污犯還可恨。」

「你來看看他，這是應當的，是你該盡的情份。可你來了，那就仁至義盡了，你做得已經夠了，他們一家這麼待你，你不虧欠他們什麼，幹嘛這麼委屈自己？」

鄭小璐擦擦眼淚，低聲說道：

「張哥，你不用勸我，這道理我都明白，我今天來，就是想探望探望他，其實也沒別的想法。他……的父母、姐姐以前挺熱情的，我也不知道他們這麼不講理。」

張勝安慰說：「就是呀，行了，別傷心了，任何事情都有兩面性，要用辯證法看問題，就說這事吧，他麥曉齊犯了案被抓了，他們一家人又遷怒於你，確實倒楣。可你反過來想，你應該開心。」

「啊？」鄭小璐睜著一雙黑葡萄似的大眼睛，莫名其妙地看著他。

張勝說：「你看啊，如果沒有這些事發生，那會怎麼樣？你就會嫁過去了，有這麼刁蠻的婆婆，這麼蠻不講理的姐姐，你不得受一輩子氣？再說，如果你都嫁過去成了他老婆了，他才犯事被抓，那時你怎麼辦？不更得欲哭無淚？」

鄭小璐臉上淚痕未乾，卻被他逗得想笑，她忍住了，輕聲嗔道：

「你這人，啥事讓你一說，壞事也變成好事了。我沒事了，還麻煩你陪我跑這一趟，咱們回去吧！」

「這樣就對了，我印象裏的鄭小璐，一向都是積極樂觀的！」

張勝逗著她，兩人並肩走回看守所大門旁，要取了自行車離開。這時，只聽門內傳出一個瘋狂的女人聲音：「怎麼可能？我前天來看他，我兒子還好好的，怎麼會自殺？一定是你們非法用刑！」

「你講話要有依據，這裏不是你撒潑的地方！麥曉齊是畏罪自殺還是其他原因，我們會調查的，你們不能進入現場，請相信我們會秉公處理！」

張勝和鄭小璐駭然互視了一眼：「麥曉齊自殺了？」

鄭小璐抓著張勝的衣袖，緊張得臉色發白：「他……他自殺了？」

張勝腦海中不期然閃過他剛剛到看守所時見到的那幅畫面，匆匆駛離的轎車、駕車的徐副廠長、他和麥曉齊密切的關係……這一切，有關聯嗎？

這時，麥曉齊一家人被員警半推半勸地轟了出來。

麥處長的父親怒聲吼道：

「叫你們所長出來！他怎麼看著我兒子的，收了禮卻不辦事，我兒子從小沒吃過苦、沒受過冤，一定是被裏邊的犯人欺壓得受不了才自殺的！」

麥處長的母親狀若瘋狂，連撕帶打。他們的女兒也是破口大罵，倒是女婿還有幾分理智，知道執法機關不能攻擊，員警也沒理由毆打他的小舅子，不可能是員警逼死的，這麼鬧不成，所以一直在旁解勸，勸不了岳父岳母，便拉著妻子好言相勸。

他的妻子滿臉通紅、頭髮蓬亂，她一把推開丈夫，正想再撲上去理論，忽然一眼瞧見鄭小璐拉著張勝的衣角正驚恐地看著他們，立即怒吼一聲撲了過去：「都是你這個狐狸精、掃把星，都是你害的！」

張勝哪會再讓她傷害鄭小璐，那女人張牙舞爪地撲過來，被他一把推開，厲聲道：「你再惹事，別怪我不客氣！」

話是這麼說，畢竟人家家裏死了人，他也不願意和這家人此時再橫生枝節，於是一手攬住鄭小璐的肩膀，一手推著自行車，急匆匆地道：「我們走！」

「你別走，你別走，你們這對姦夫淫婦，還我弟弟！」瘋婆娘甩開丈夫的手，左右一看，見自行車柵欄下有根頭部爛掉的墩布木把，立即一把抄起來，向張勝二人猛撲過去。

「喂，小心！」一個員警看見了她的舉動，但是只來得及喊了這一句，這女人已經撲到張勝背後，掄起木棍「嗚」地一聲砸了下去。

張勝剛剛聽見示警，便覺腦後生風，躲閃已來不及了，他大喝一聲，把鄭小璐向前一推，整個頸子上的肌肉都繃緊了。

「咯嚓！」木棒擊在後背上應聲而斷，女人的丈夫嚇壞了，生怕妻子鬧出人命，這時幾個員警也跑了過來。

一個員警問道：「你怎麼樣，有沒有事？」

另一個員警指著那女人惱怒地喝道：「太不像話了，你不要藉故鬧事！」

鄭小璐也緊張地拉住張勝：「張哥，你沒事吧？」

張勝活動一下身子，胸腔有點悶，還好是朽了的木棍，這要是鐵棒，那可扛不住。他擺擺手道：「沒事，沒事，沒什麼事。」

那個員警瞟了那女人一眼，對他說：「有沒有頭痛、頭暈、噁心？後腦好像也刮著了，那可大意不得，還是去醫院看看吧，可別落個腦震盪啥的，需要證明的話我可以開給你，你帶上檢查結果去派出所就能解決！」

張勝明白這名員警是惱了麥家人的潑婦行為，這是有心幫他忙，但他還真不想和這家人有任何瓜葛，他笑笑說：「我真的沒事，謝謝你了同志，我們走了，走吧，小璐。」

「你別走，你給我回來！」那女人還在喊，這回她男人火了，一把把她拽了回去，低吼道：「你瘋啦？關人家什麼事？他現在要是往地上一躺，就能訛住咱們，員警給他當證人，你這官司怎麼打？還鬧！還他媽鬧！」

那女人一聽，也有點害怕，囁嚅了兩句，便色厲內荏地退回去了。

張勝一手扶著車，一手拉著鄭小璐，生怕她被刺激得又像方才一樣瘋狂發作，不過鄭小璐剛剛渲泄過，情緒還算穩定。她被張勝握著細嫩的手腕，一溜小跑地跟著走出好遠，脫離了麥家人的視線範圍，等張勝的步子慢下來，她才既擔心又內疚地問道：「張哥，你沒事吧？都怪我連累你……」

張勝不知道以前在鄭小璐身上發生過什麼，卻明白這種事對她的刺激很大，生怕她把責任又攬過去，忙說：「真的沒什麼事，那木頭朽了，打身上也不痛。來，上車吧，咱們走。」

鄭小璐擔心地說：「別，咱還是走一會兒吧，你緩一緩，我聽說，有時受了重擊當時沒事，過一會兒才……可嚇人呢。」

鄭小璐楚楚可憐的表情十分惹人憐受，張勝不忍拂她的意，兩個人並肩走了一會兒，張勝看看鄭小璐的臉色，試探著問道：「小璐，你以前是不是……小時候……」

「什麼？」小璐側頭看了他一眼，那雙眸子就像探首斜睇的小鳥，十分靈動可愛。

張勝馬上把下半句咽了回去，小璐就算以前發生過什麼，也必定是她心中最深的痛，就像自己炒股賠上了全部積蓄一樣，一直不敢提及，一被人說及，心就像被人撕開了剛剛痊癒的一層皮，重新讓它鮮血淋漓一樣痛。直到最近，因為手中有了三百多畝轉手就會化鐵為金的地皮，心中有了底氣，舊日的傷痕才淡了一些。

如果問及小璐的傷心事，一定會讓她非常難過，想到這裏，他及時改口問道：

「哦，看著你，尤其是冬天，穿得這麼多，一包起來只露出張小臉，看著就像個還沒長大的孩子，呵呵，想問問你，你小時候有什麼理想，路還長，隨便聊聊唄。」

小璐真的很孩子氣，她抿抿嘴兒想笑，歪著頭想了想，她才說：

「我呀，我的理想……我小時候就想做一個紡織女工，織最漂亮的布，做最漂亮的衣裳……」

說到這兒，她閃閃的眸光忽然黯淡了一下，彷彿想起了什麼，一見張勝看她，連忙強露出一絲笑容，反問道：「你呢，張哥小時候有什麼理想？」

「我？」張勝苦笑一聲，悵然說道：

「我的理想可多了。小學一年級看課本上要實現四個現代化，就想著做個科學家，小學二年級又想著做個保家衛國的革命戰士，看《西遊記》我希望自己是孫悟空，看《基督山伯爵》我希望自己就是那家財萬貫控制一切的主人公。」

「那時候，我總想著自己能成為拯救全世界的大英雄，結果現在長大了，卻發現自己只能扮演等待整個世界來拯救我的小人物……其實這些都是幻想，我……哪有理想？」

他說到這兒哈哈一笑，自嘲地說：「那算什麼理想，全都是胡思亂想，只能說是幻想。」

鄭小璐調皮地說：「沒有理想，其實也是一種理想。」

張勝瞄了她一眼，打趣道：「你也學會辯證地看問題了？」

鄭小璐皺了皺鼻子，張勝見她臉上淚痕未乾，說道：「把淚擦乾，天冷風大，別吹裂了。」

「嗯！」鄭小璐聽話地擦擦臉頰。

張勝又關心地道：「回家弄點蛤蜊油抹一抹……」

鄭小璐再也忍不住了，「噗哧」一下笑了出來，她嬌嗔地看了張勝一眼，捂著嘴道：「張哥，你別逗我笑啦，我現在心裏挺難過的，真的不想笑。」

張勝訕訕地說：「怎麼啦？」

鄭小璐瞟他一眼，說：「現在誰還用蛤蜊油啊，聽著年代好久遠。」

張勝不好意思地說：「現在不用蛤蜊油了？那叫啥？雪花膏？嗨，我對女人用的那些玩意兒沒研究，家裏就我媽用點化妝品，我從來沒注意過。」

想了想，他頹喪地道：「唉，怎麼說呢，我這人，沒浪漫的本錢，也不懂浪漫。」

鄭小璐一雙亮晶晶的眸子瞅著他，很認真地說：「其實……不懂浪漫，才是真的浪漫。」

「嘿，你這下子還真的學會了……」

鄭小璐搶著說道：「辯證法！」

兩人對視一眼，忽然都笑了起來，發自內心的爽快的笑，雖然小璐臉上的淚痕還未乾，心中的創傷還未癒，但是，至少這一刻，她是真的開心地笑了。

張勝載著鄭小璐到了來時碰面的那個車站，小璐便執意要下車，其實這裏離她住的社區已經不遠了，一般來講，女孩子，尤其是漂亮的女孩子，被男人恭維慣了，把男人的照顧也就視為理所當然。

然而小璐不是這樣，別人對她有一點好，她都放在心裏，小璐不是那種能夠坦然接受別人恩惠的女孩，今天張勝已經為她做了這麼多，還因為她挨了打，她心裏感到非常過意不去，接受的越多，她就越不好意思。

張勝無奈，只好停了車子，鄭小璐跳下車，甜甜地說：

「張哥，今天真是謝謝你啦。我沒多遠啦，你就別拐過去了。對了，張哥，你……真的沒事吧，被棍子抽得那麼厲害。」

張勝笑道：「沒啥事，我身子結實著呢，天挺冷的，你快回去吧，好好休息。」

「噯！」鄭小璐脆生生地答應一聲。

張勝騎上車駛出幾步，忽然福至靈犀地哈著腰使勁咳嗽了幾聲，正想走開的鄭小璐果然聽到了，忍不住停下腳步，擔心地喚道：「張哥！」

「沒事沒事！」張勝擺著手穿過了馬路，很逼真地又咳嗽了幾聲，過了馬路他偷空一瞧，見鄭小璐還擔心地站在那兒，心中不禁浮起一絲喜悅。

「我這可不是趁人之危，她和麥處肯定完了，她現在是自由之身。我又沒用老白教的損招。」

張勝一邊為自己的小手段找著藉口，一邊朝家裏駛去。

第六章

追求的勇氣

他的心中本來有些自卑，甚至沒有勇氣追求小璐，
現在他馬上就要變成富豪了，有了追求她的底氣，
可是有關自己掌握著馬上翻倍的地皮消息衝到了嘴邊，卻忽然咽了回去。
他不想現在告訴小璐這個消息，原因很簡單，
自己沒有成家立業，沒有實力給人家幸福，就沒有勇氣去追求喜歡的女人，
但是當有了這個能力，卻又不願意看到喜歡的女孩，
因為考慮到他的經濟狀況才選擇他。

回到家，張勝仍然注意翻報紙、看電視、聽聲音，注意市政府方面的任何消息。但是眼看著就要元旦了，還沒有這方面的消息，張勝按捺不住，給徐廠長打了個電話，徐廠長在電話裏安慰他不要著急，答應如果年初還沒消息，幫他走走關係辦個貸款延期，張勝這才放下心來。

地皮在他名下，他不怕徐廠長抽板走人，如果貸款到期消息還沒出來，那麼外商看不到相關的優惠政策文件，就不會投下大筆資金在橋西置地蓋樓，那樣的話地賣不出去，貸款債務固然是他的，但徐廠長的先期投入和後期收益也全泡了湯，雞飛蛋打一場空，所以非到萬不得已，他是不會撒手不管的。

馬上就要元旦了，雖說中國人重視春節遠勝於元旦，不過作為一個重要節日，還是充滿了喜慶氣氛。弟弟單位發了盒雞蛋和帶魚，他是開車的，接觸人多，還弄到兩本掛曆，一本是世界名車的，一本是幾乎全裸的歐美明星，現在都堆在客廳的圓桌上。

東西撂家裏，張清就出去了，估計是找他女朋友了。爸媽正在廚房忙活，一個和麵，一個拌餡，正要包餃子。豬頭肉、摟錢耙幾樣過年吃的東西正在鍋裏醬著，肉香撲鼻。

大蓋簾上還「醒」著一排排白麵饅頭，那都是最正宗的山東戧麵饅頭，蒸好了晾著的時候硬得賽過石頭，一旦蒸軟了筋道噴香，一口菜都不用配都吃著香。

按照老輩的習慣，過年時做東西得有餘糧，虧得這是小年，要是大年，爸媽做的東西能一直吃到十五，張勝勸了多少次了，老人多少年的習慣，就是不改。

「老大二十好幾的人了，自打小飯店關了門，整天也不說找個活兒幹，就天天在家這麼耗著，唉，真是愁人。」張勝的母親一邊調著餡一邊嘮叨。

他的父親個頭很高，不過現在背有點佝僂了，身材仍顯魁梧，滿面紅光，看著體格倒是極好。

他一邊和著麵一邊說：「算了，馬上就過年了，嘮嘮叨叨的讓他聽著心裏也犯堵。你沒看他隔三岔五就往外跑嗎？肯定也是聯繫工作去了，唉！老大從小就這脾氣，有啥心事自己悶著不跟人說，你別操那麼多心了。」

被老伴說了一頓，母親不再提這事兒了，嘮嘮叨叨地又說起張勝的終身大事來：「工作一時找不著合適的也算了，沒事和以前的同學、同事也多聯繫一下呀。整天在家不是看電視聽廣播就是看報紙，國家大事用你關心？也不說找個對象，你說電視裏邊還能跑出個好對象來嗎？」

張父火了，把一大團麵砰地往盆裏一砸，瞪起眼道：「你怎麼嘮叨起來就沒完沒了的？要過年了，少說不順氣兒的事成不成？他看電視看不出對象來，你這麼嘮叨就嘮叨出來了？」

張母聽了便不作聲了。

張勝在屋裏聽得真切，卻沒接話。他貸款買地的事兒是瞞著家裏的，父母都是老實的退休工人，要讓他們知道兒子貸了兩百多萬鉅款在郊區買荒地，老倆口兒還不擔心得夜夜睡不著覺？

張勝想：「還是等事情明朗之後再說給他們二老聽，讓他們高興一下吧。」

電視裏全是報喜不報憂的過年話兒，時不時蹦出一串笑容可掬的明星來，一個個點頭作揖的，喜慶吉利的拜年話說完，順手就從屁股後邊拿出一個大禮盒，甜言蜜語地勸著大家買來送禮，聽得人直犯睏。

樓外，小孩子時不時放上幾聲響鞭，脆響零落，餘音在樓群之間迴蕩，那感覺就像張勝心裏一樣，空空蕩蕩的。

忽然，電視畫面一轉，播音員用熱情洋溢的聲調彙報起市政府今年為全市人民辦的十件大事的落實情況和成果來，張勝有一下沒一下地聽著，說到最後，播音員報告明年政府工作展望，突然提到了橋西。

張勝整天等的就是這個消息，立即加強了注意力，還把電視聲音調得震耳欲聾，好在是過年，外面有零零星星的鞭炮聲，爸媽以為他聽不清電視裏的聲音，要不然又得挨頓罵。

電視裏說：「……按照市政府的安排部署，明年我市將開發橋西地區，在那裏建設一個高新科技開發區，經濟進步，科技先行，希望藉此徹底改變我市傳統老工業基地的落後局面。市政府制定了非常優惠的政策，對入區企業……」

張勝霍一下跳了起來，心懷激蕩難以自持，耳鼓脹得嗡嗡作響。

「來了！來了！消息終於出來了！」張勝激動得臉龐通紅，終於苦盡甘來了！他「啊」地一聲大叫，把外屋包餃子的老媽嚇得一哆嗦，她沒好氣地罵道：「這孩子，一驚一乍地做什麼啊？」

張勝不答，把手一擺，樂極忘形地唱道：「紅岩……上紅梅開，千里冰霜腳……下踩，三九嚴寒何所懼，一片丹心向陽開……向陽開……」

張勝的母親跑到臥室門口，見兒子紅著臉又跳又唱，不禁又驚又笑地罵道：「這孩子，到底是怎麼啦？」

張勝興奮欲狂，繼續唱道：「紅梅花兒開，朵朵放光彩，昂首怒放花萬朵，香飄雲天外，喚醒百花齊開放，高歌歡慶新春來……」

母親莫名其妙地瞪著他，張勝唱著歌，踩著鼓點兒飄出去，唱到「新春來」才止住歌聲，一把拉住母親的手，興奮地叫：「媽，我發財啦！我發大財啦！哈哈哈哈……」

張勝正想把自己發財的消息告訴媽媽，傳來「噹噹噹」的敲門聲，張勝忙走過去開門，母親在後邊喃喃地說：「這孩子，是啥毛病啊？」

張勝一開門，一下子愣住了，門外站著一個挺漂亮的女孩，是鄭小璐。

她還是那件灰呢子短大衣，頭上戴著線絨帽，鼻尖凍得通紅，很可愛的模樣。她戴著手套，手裏捧著一個東西，外邊套著帶繩扣的布袋，上邊隱約露出一塊米黃色的塑膠，像是個保溫瓶。

看見開門的是張勝，鄭小璐吸了吸鼻子，靦腆地笑笑：「張哥，你家真不好找。我跟老白師傅問了你家地址，可我是路癡，剛才爬到隔壁樓上去了。」

她一口氣兒爬了五樓，呼吸還不勻，鼻翅翕動，呼呼地喘著。

張勝愣然片刻，才恍然驚醒過來：「快，快進屋，你怎麼來了？」

張勝從她手裏接過保溫瓶，引著鄭小璐進屋，鄭小璐拉上房門，一見他父母都在盯著她看，忙甜笑著打招呼：「伯父、伯母，過年好，我叫鄭小璐，是張哥的……同事。」

「哦……」老倆口恍然大悟，難怪兒子高興得如瘋似狂，感情……嘖嘖嘖，這小姐……長得真是不錯啊。

「哦哦！快請進，快請進！不用換鞋了。」張勝的母親回過神兒來，喜出望外地往上迎，她手上都是麵粉，不好上前迎接，鄭小璐還是脫掉了鞋子，換了雙拖鞋。她的腳很纖巧，穿了一雙白襪子，非常可愛。

張勝的父母見這女孩秀氣水靈，一對黑如點漆的大眼，言談十分乖巧，這還是頭一次有女孩子上門找張勝，再聯想方才張勝的表現，已經確認了二人的身分，心裏頓時樂開了花。

張勝的父親笑道：「小璐小姐啊，快請進裏屋坐。我們正做飯呢，你瞧這亂得，快進屋暖和一下，我這孩子老實，從小笨嘴拙舌的，也不會讓個客人。」

張勝的母親對兒子佯怒道：「愣著幹啥，快沏杯茶去，把那花生、瓜子端來。」

鄭小璐的聲音清脆悅耳，甜絲絲的十分討人喜歡：「伯父伯母，您都別客氣。我燉了排骨湯，給張哥捎來，坐一會兒我就走了，別麻煩了。」

張勝母親堅持道：「那怎麼行，來就來，還帶什麼東西。快進屋坐，來了怎麼也得吃了午飯啊！」

鄭小璐跟著張勝進了屋，張父張母滿面笑容地跟進來寒暄了幾句，問的不外乎是鄭小璐多大了，住在哪兒等情況，問得鄭小璐也隱約猜出了這老倆口把她當成了什麼人，一張俏臉越發羞紅了，卻又無從辯解。

張勝見小璐發窘，連忙推著父母出去：「爸，媽，你們快去包餃子吧，哪有那麼多話問吶？」

看著女孩的模樣，再加上那甜甜柔柔的嗓子，一對老人家是越看越滿意。基本情況瞭解清楚，兩個老人便趕緊出去了，張勝母親出屋時還特意把房門關上了，這一來弄得張勝也不自在起來。

張勝遞給小璐一杯溫水，在她旁邊坐了下來。屋子不大，一張雙人大床，一個大衣櫃、一個粗笨的電視櫃，再沒什麼空間了。

兩人是坐在床沿上的，張勝這一坐下，小璐就靦腆地往旁邊挪了挪。其實她挪動的幅度並不大，只是稍稍抬抬屁股，挪出不到一指的距離，但這反而顯出一種孩子氣的可愛來，頗像校院裏既想接觸又非要劃清界限，在書桌上畫線的女學生。

「明天就過年了，廠裏放假了吧？怎麼還特意……」張勝看了眼放在電視櫃上的保溫瓶，轉頭對鄭小璐道。

她已經摘了帽子圍巾，但是身上還穿著那件短大衣，頭髮很樸素，梳得光亮整齊，額前一點瀏海都被帽子壓平了，貼在白皙的額頭上，就像一個清純的女學生。

她輕輕一笑，鼻子微皺起，腮上現出兩個淺淺的酒窩，那笑意便漣漪般在她俊俏的臉上蕩漾開來：「昨天害你被人打了，我心裏一直惦念著呢，你又不肯去醫院，我就……熬了排骨湯，想著讓你補補。」

張勝笑了，這一棍子不白挨啊，這下子可是羊入虎口，怨不得別人：「你不提我都忘了，其實冬天穿得厚，那木棒又是朽了的，根本沒啥事，你這麼在意，倒讓我不自在了。」

「你是為了我，這點心意是應該的。」鄭小璐笑得很秀氣。

張勝點點頭，忽地問道：「他們……家裏的人沒再找過你麻煩吧？」

鄭小璐臉上的笑容消失了，她落寞地搖搖頭，手指無意識地撚著床單沒有說話。

張勝歎了口氣，沉默片刻說：「麥處被抓起來都半年多了，我想你現在的情緒也該平靜下來了。麥處……是自殺的，其實他就是不死，這輩子怕也沒機會出來了，你們兩個……沒有緣分，別想那麼多了。」

鄭小璐轉著水杯，眼神有點迷茫，幽幽地說：「嗯，他剛被抓的時候，我難過得要死，就像天塌下來似的，同宿舍的人見了我那樣子都不敢和我說話，每天早上醒來，我的枕巾都哭得濕濕的，足足一個多月才緩過來。」

「我從小就沒有人管，什麼都得自律，起床、學習、衛生、直到上班後的生活，都是自己照顧自己，我心裏總是沒有一點安全感，不知道自己的歸宿在哪。自從他開始追我，我才覺得自己是受人重視的，也有人關心我。他會關心我晚上幾點休息，和什麼人來往、平常都做什麼、星期天他沒空陪時我會去哪裏，覺得我做得不對他會訓我，聽了好溫暖……」

張勝聽得下巴都快掉下來了，麥處這哪是關心她呀，分明是不放心她，對她限制得死死的，她居然把這當成關愛。現在的女孩誰不嚮往自由，誰沒有一點自己的私密空間，她被人關得像隻籠中鳥，居然……這個女孩的心態還真有問題。

「他對我真的不錯，我本來想嫁給他，伺候他一輩子……可惜……」說到這兒，她又泫然欲泣。

張勝聽得不是滋味，勸道：「人不能總盯著過去，過了今晚就是元旦了，拋開心事，開始新的一年吧，你這麼年輕，未來的路還那麼長，誰規定第一次戀愛就必須得成功？」

「嗯！」鄭小璐點點頭，不好意思地笑笑：「你看，馬上就過年了，我怎麼和你說這些話，事情已經過去了，我不會一蹶不振的，像我這樣的人，從小就學會要自己堅強，我只是想起來還有些傷心。」

就在這時，張父在外邊叫：「勝兒，樓下有電話找你。」

張勝一聽，忙不迭地對鄭小璐說：「你等等，我去接個電話。」

張勝跑下樓去拿起電話，剛剛喂了一聲，電話裏就傳出一陣響亮的笑聲：「小老弟，我們成功啦！哈哈哈，你看沒看電視，市政府的新年規劃，明確提出開發橋西了。」

一聽是徐廠長的聲音，張勝也露出了笑容：「是啊，徐廠長，我剛剛看到了，剛聽到的時候，開心得都說不出話來。」

徐廠長在電話裏豪氣干雲地說：「總有人羨慕別人大發橫財，咱們這橫財發得可不容易呀，一旦敗了，那就是傾家蕩產，甚至牢獄之災。機會人人有，就看你敢不敢賭，幸好我們賭成功了，你現在過來，咱們商量一下年後如何用較高的價位把地皮脫手。」

「嗯，好好，我馬上去！」

張勝回到家，對鄭小璐說：「小璐，我有點急事，得出去一趟……」

鄭小璐聽他要出門，便站起身來，拿起手套、帽子和圍巾，笑笑說：「嗯，我也正要走呢，咱們一塊下樓吧！」

張勝的母親聽了忙趕進來道：「小璐啊，馬上就中午了，你別走了，留下吃頓飯吧。」

鄭小璐一邊往外走，一邊客氣地說：「謝謝伯母，我還有事，先走了，以後有機會再來看您。」

兩人下了樓，鄭小璐見張勝一臉喜氣，不禁笑道：「張哥，有什麼好消息呀，這麼開心？」

張勝眉開眼笑地說：「哦，橋西……橋西有幾個朋友約我出去吃飯。」

他的心中本來有些自卑，甚至沒有勇氣追求小璐，現在他馬上就要變成富豪了，有了追求她的底氣，可是有關自己手中掌握著馬上翻倍增值的大片地皮的消息衝到了嘴邊，卻忽然咽了回去。

他不想現在告訴小璐這個消息，原因很簡單，男人都有責任感，自己沒有那個能力成家立業，沒有實力給人家幸福，大多數男人就沒有勇氣去追求他喜歡的女人，但是當他有了這個能力，他卻又不願意看到自己喜歡的女孩因為考慮到他的經濟狀況才選擇他。

鄭小璐打開車鎖，輕盈地跨上自行車，對張勝說：「張哥，我回去了，你少喝一點，大過年的，路上車多，不安全。」

張勝嗯了一聲，眼見小璐騎著車走出十多米了，忽然叫了一聲：「小璐！」

小璐剎住車，停下扭頭看來，張勝快跑幾步，趕到她身邊，心中怦怦跳著問道：「小璐，你……晚上有沒有事？」

小璐一怔，眼睛裏忽然閃過一絲恍悟的神色，臉上的表情頓時不自然起來，她忸怩了一下，細聲細氣地說：「我……沒什麼事，怎麼啦？」

張勝說：「今晚市政府廣場有露天晚會，要放煙火，你有興趣嗎？我……我想約你一塊去。」

鄭小璐的眼簾動了動，重又張開時，黑白分明的大眼睛帶著一絲為難的情緒。雖說麥處被抓已經半年，昨天去探望他又和麥家的人發生了那樣的衝突，彼此的關係已經徹底破裂。可那畢竟是她的前男友，他才自殺沒多久，就和別的男人一起去逛街，小璐心裏有種犯罪般的感覺。

可是張勝對她這麼照顧，還為她挨了打，他都開了口了，要是拒絕不是傷了他的心？善良的小璐左右為難，不知如何委婉地拒絕。

張勝見她猶豫，眼神慢慢黯淡下來，他幽幽地歎了口氣，低聲說：「算了，當我沒說過，小璐，你回去吧，路上慢點騎。我……我走了！」

說到此時，他的聲音哽了一下。張勝轉過身，一步一步地走回去，走向自己的自行車，腳步是那麼沉重、背影是那麼淒涼……

鄭小璐看在眼裏，一股母性油然而生，她立即喊了一聲：「張哥！」

張勝停住腳站在那兒，卻沒有回頭。

鄭小璐的聲音又弱下來，怯怯地、小聲地問：「幾……幾點鐘呀？」

張勝眉尖一挑，一絲忍不住的「奸笑」出現在他的嘴角，他就知道，對小璐這樣善良單純的女孩子，這個法子一定管用。他歎了口氣，故意很沉痛地說：「小璐，算了，當我沒說過，你不要為難了。」

鄭小璐急了，車子又兜了回來：「人家哪有為難啊？張哥，你告訴我幾點鐘，我好準備一下。」

張勝轉過頭，盯著小璐問道：「你真的想去？」

鄭小璐現在只想哄得他不再傷心，哪知道是受了他的作弄，於是連連點頭：「是呀，我還沒看過大型煙火晚會呢，真的想去看看呀。」

「那好，今晚八點鐘，我去接你吧，九點鐘煙火晚會才開始。」

「不用了，去我宿舍還得反著走一段路呢，你說個地方，我自己來好了。」

「那怎麼行？放心吧，我有車，還是自行的。」

小璐被他逗得「噗哧」一聲笑了出來。

張勝送走小璐，便趕往徐廠長家。土地的事有了著落，他也捨得花錢了，沒騎他那輛小兩輪，出了社區叫了輛計程車。一路上，他的嘴就沒有合攏過。

車上正在放歌曲，一首「愛拚才會贏」聽得他心潮澎湃。

「一時失志不免怨歎，一時落魄不免膽寒，那通失去希望每日醉茫茫，無魂有體親像稻草人，人生可比是海上的波浪，有時起有時落，好運歹命……三分天註定，七分靠打拚，愛拚才會贏。」

一路上他在心裏不住地唱著這首歌，是啊，愛拚才會贏，他拚了，他贏了！

人逢喜事精神爽，連續幾年的不如意都過去了。上班幾年的積蓄全賠光了又怎樣？他現在可是擁有了十倍百倍的金錢；不幸成為被裁的一員時，那些天連門都不敢出，臊得慌呀。可現在還在苦哈哈地上著班的同事，幹一輩子有自己這一次賺得多麼？以前羨慕別人有女朋友，可這一找就是三星印刷廠五朵金花之首啊！

有關土地使用權轉讓的一系列證明文件和合同就放在張勝家裏，他已經不知看了多少遍了，這時一邊趕路，一邊在心裏反覆確認著所有文件的合法性和完備性。

因為賈區長被他握住了把柄，所以在文件上不敢做什麼手腳，一切齊備。賈區長親自到區裏辦的手續，因為是廢地利用，所以很容易就獲得了批准。

根據一九九〇年《國有土地使用權出讓和轉讓暫行條例》，國家按照所有權與使用權分離的原則，實行城鎮國有土地使用權出讓、轉讓制度，境內外的公司、企業、其他組織和個人，均可依照條例的規定取得土地使用權，進行土地開發、利用、經營。

一九九四年的時候，省人大常委會依據國有土地使用權出讓和轉讓協議，又通過了省內農民集體用地使用權的法規，規定了屬於集體所有的土地的詳細轉讓條例，並下放權力，由區政府登記造冊、核發證書，確認所有權。

依據這兩項法規，由區政府核發的各種文件具備完全的法律效力，五十年內，除了地上文物、地下資源和埋藏物之外，張勝對這片土地擁有完全的使用權並受國家保護。

而且張勝最初接受轉讓使用權的這片土地是農業用地，隨著整個開發區的建立，改變用途不但不會被政府阻止，反而是政府希望的。

法律文件能搞得這麼系統全面，還有賴於徐海生。他考慮到將來要用地的是國家，為了以防萬一，所以完全走正常程序。其實農村賣地是很邪乎的，不止是那個年代，就是現在，幾個村幹部就把村裏的地給賣了的事也屢見不鮮。

按照憲法，他們有這個權力嗎？沒有！但是儘管在這個問題上法律是有的，可是執法過程中卻有很多問題。有些基層幹部違法行事，而法律沒有或沒有人有這個能力去提請給予制裁，於是就形成了一些沒有法定權力去賣地的官卻在幹著事實上正在賣地的事。

而張勝持有的是完全合法的文件，張勝核算過，接受轉讓時它的用途是農業用地，就算政府強行改變政策，把它當成集體用地進行徵用，所支付的徵地補償款、安置補助費、青苗補償費等最低每畝也有數萬元之多。

如果是集體用地，那麼鄉、村各級肯定要有截留，落在農民手裏並沒有這麼多。而他是個人用地，所以即便國家是按集體用地徵用，這筆錢也會全部落在他手裏。總之，這筆橫財，他發定了！

徐海生在家中正在打電話：「老邱，你一定要儘快籌措出八百萬現款，我有急用。」

「老徐啊，咱們的資金現在相當緊張啊，你也知道，咱們運作的福海水泥廠和東方機械集團的專案佔用了大量資金啊。」

「我知道，最近事情太多，我還沒來得及瞭解詳情。不過，福海水泥廠的報表不是做成了資不抵債嗎？我們以接收全部債務為條件把廠子兼併，只注入了幾百萬啟動資金讓它活過來，我算了一下，現在應該可以抽出幾百萬來應急呀。」

「去他媽的吧，老徐啊，我正忙得焦頭爛額呢，福海水泥廠是集體企業，集資入股建造這家水泥廠的，全是福海縣的頭頭腦腦。現在廠子在我們手裏活了，他們又後悔了，我們現在把廠子包裝完想轉手再賣出去的時候，他們這群狼就撲回來了，在方方面面拖後腿、使絆子，對我們進行阻撓。」

徐海生沉吟了一下，冷笑說：「廠子他們是休想再拿回去了，現在他們不過是想盡可能多撈回去一些錢就是了。先晾晾他們，福海水泥廠不必急著脫手，你先幫我籌錢，我有大用。」

「你小子又發現什麼賺大錢的項目了？飯還是要一口一口地吃呀，攤子一下鋪得太大，小心會消化不良。」

徐海生嘿嘿一笑，說道：「這個項目，是一本萬利，我可以把它買回來，然後慢慢吃！」

電話對面的老邱一聽頓時來了精神：「這麼篤定？好吧，我儘快籌錢回省城……」

這時，門鈴響了。

徐海生微微一笑，說：「好，就這麼定了，儘快籌錢回來，我約的人已經到了。」

他撂下電話，一邊習慣性地抿著頭髮，一邊微笑著打開門，張勝就站在門口……

當張勝敲開房門的時候，眉梢眼角還帶著淺淺的笑意。徐廠長見了他的表情，知道是年輕人沉不住氣，一笑置之，沒多問。

把張勝讓進屋子，徐廠長打開紅木酒櫃，斟了兩杯XO，笑吟吟地遞給張勝一杯，躊躇滿志地往真皮沙發上一坐，蹺起二郎腿，晃著晶瑩剔透的水晶杯，微笑道：「小老弟，苦盡甘來啊，現在我們就等著採摘豐收的果實了。」

「這兩天過年，過了元旦，估計就會有聞風而來的人準備進駐新區了。貸款是二月下旬到期，在此之前把地皮脫手，連本帶息還上，哈哈，天衣無縫呀，老弟你也不用懸著那顆心了。」

張勝開心地說：「說起來，我只是無意中得了這個消息，要是沒有徐廠長大力支持、幕後運作，我也只能眼睜睜地看著這個好機會從手裏溜走了。」

徐廠長擺擺手道：「噯，咱們之間就不要說外道話了，以後你也不要叫我徐廠長了，顯得外道，就叫徐哥，啊？所謂無利不起早，我這也是有利可圖才參與這樁買賣嘛。」

「過了年咱們就放出風聲，主動找上門的最好，有合適的買家我們也可以主動上門推銷。三百多畝地要是一個廠家吃不下，那就拆開了往外賣，沒有問題的。我估計了一下，應該能賣七八百萬上下，至於賺的錢……等結清了銀行貸款再算吧，咱們兄弟之間不急，啊，不急。」

張勝欠了欠身子，說：「我是這樣想，徐廠長……」

看到徐廠長假嗔的表情，張勝笑了笑，不好意思地改口道：「徐哥，咱們原來說的刨除貸款本息，所得餘款二一添作五，我現在有點別的想法……」

徐廠長一聽，握杯的手忽然收緊了，中指上一枚碩大的鑽戒猛地寒光一閃，他的雙眸也露出了危險的光，但是張勝正沉浸在自己的想法裏，沒注意到他這細微的變化。

「徐哥，我是這麼考慮的，刨除銀行貸款本息之後的錢，你請客公關的花銷也應該從這裏邊扣，你能不能報銷那是你個人的本事，我不能因為這就當你沒花。之後再剩下的錢，五五四五的分，你占五成五，我占四成五，雖然不多，但是也是我一番心意。」

徐廠長一臉愕然，手中的酒杯也凝在空中。

張勝說完抬頭看著他的臉色，他還坐在那兒發怔，好半天才眨眨眼睛，不敢置信地問：「你……剛剛說啥？啥五……五四五？」

張勝認真地說：「我是說，賺的錢重新分，我拿小頭，四五成，你拿大頭，五五成。」

徐廠長的嘴緩緩合上了，他慢慢舉起杯，深深地呷了口酒，讓那酒液直接灌進胃裏，酒精刺激得臉上頓時升起一片潮紅。這才說道：「老弟，你知不知道這半成是多少錢？至少幾十萬吶！」

張勝鄭重地點點頭，說：「我知道！可我更知道，消息是我撿到的，這錢是我不勞而獲的，沒有你出本錢動人脈，幕前幕後這麼運作，我就是累到吐血也弄不到十畝地。」

徐廠長真的感到意外了，兩人最初說好的是收益五五分成，而且現在全部地皮都在張勝名下，如果他心黑一點，撕破臉皮不認賬，自行把地皮脫手，那自己就等於空忙一場。

雖說可以想辦法向他施壓追討，畢竟是件麻煩事，就因為這，消息確定之後，他才迫不及待地讓張勝趕來，只是想再確認一下彼此認可的利益分配協議，想不到……他自己拱手讓出幾十萬來，而且他還是那種窮得一萬元當成天的待業中人。

世上真的有這種人嗎？

徐廠長實在無法相信，可是他已經詢問了兩遍，話聽得清清楚楚，絕不會錯，一時他竟有種做夢般的感覺。

「老弟，這個……」

徐廠長風風雨雨見得多了，為了利益，鉤心鬥角、爾虞我詐的事也見得多了，向來都是他和別人爭利，乍然碰上這麼個人，把大筆的金錢雙手奉上，反而弄得他不知所措了。

張勝一笑，坦誠地說：「徐哥，其實我心裏都明白，貸款的是我，一旦這消息不屬實，負責任蹲大獄的就是我。可這麼大的收益，這就是我能付出的投資，不然誰和我一起做這筆生意？沒有你，我就是想擔這責任，人家銀行都不貸給我。」

徐海生沉默了，他並不是什麼好人，多年來在社會上摸爬滾打，把他的心磨得冷酷無情，但是張勝這番推心置腹的話，還是讓他那顆冷酷已久的心湧起一股暖流，圍在他身邊的人不少，但是又有哪個對自己這麼坦蕩？能面對這麼大筆金錢的時候做到不見利忘義？

張勝，一個沒什麼出身，一直窮得叮噹響的小子，卻做到了。徐海生再唯利是圖，交朋友還是喜歡張勝這樣的人的。

人都是這樣的，不管自己多麼卑鄙無恥、兩面三刀，但是他自己絕對不願意交的朋友也是這樣的，張勝的話直接觸動了他那久違的一種感覺。

張勝並沒有發現徐海生神情的變化，他還沉浸在自己的思緒中，他也輕輕地呷了口酒，捲起舌頭輕輕品嘗著美酒的滋味。前些日子跟著徐廠長山吃海喝的，洋酒他現在喝著也能習慣了。

他現在對徐海生有著說不出的感覺，雖然兩人所謂的合作關係只是徐海生利用他，但是自己能有今天是離不開徐海生的幫助扶持的。

說句不好聽的，如果沒有徐海生，他張勝現在有什麼？不管徐海生打得什麼主意，畢竟自己是因為他才得到成功。

張勝誠懇地說：「這些日子跟著你結交各行各業的人物，跑大大小小的衙門，跟著你學習待人接物，見識廣了，心裏亮堂了，我思考的東西也多了。要是來個道德君子評價一下，可能要說你把我帶壞了，可是我感覺卻不一樣，我這種小人物，一輩子都沒機會見識這些東西，見識了，不是享不享受的問題，而是能從中悟出許多東西，這些……都是我的收穫。簡單地說，因為你領我見了世面，我這隻青蛙從井裏跳出來了。」

徐廠長默默地聽著，眸子發亮，壓在心底的一句話差點兒脫口而出，但是理智讓他的心重又冷靜下來，他一仰頭，把杯中酒一口飲盡，壓住了那顆偶現波瀾的心，走到張勝身邊，重重地拍了拍他的肩膀，笑吟吟地道：「老弟啊，這次買賣，除了錢，我也收穫了許多珍貴的東西。你這樣的人……可交啊！從今天起，你就是我徐某人的兄弟！」

徐海生說完了，當下就要打電話邀幾個好友晚上和張勝一塊出去喝酒，不過張勝卻婉言謝絕了，他已經見識過那種場面，雖然從思想上，他並沒有男人一定要守身如玉、潔身自好的念頭，那有點矯情了。但是今天是他第一次與鄭小璐相約的日子。

小璐在他心中是至純至淨的那種女孩，她聰慧伶俐，既然答應陪他一起去逛燈火晚會，就不會不明白自己約她的言外之意。她答應了，也就意味著同意發展彼此之間的另一種關係。有了這種關係，有了心愛的戀人，他不想去接觸那種純肉欲的東西。

徐海生這些朋友都是酒色之徒，酒為色之媒，喝高了肯定要去爽一爽，自己那時再拒絕，反而惹得大家不開心，還不如早早脫身。所以，他不只是因為今晚要陪小璐，即便錯開今日，他也是不想去的。

徐海生見他堅辭不去，倒也沒有勉強，他知道這個小老弟和他生意場上的其他朋友不同，不需要用這種方式聯絡感情，兩人商量了一下年後的安排，便送他出門。

等張勝離開，徐海生便打了幾通電話，約些朋友晚上一起吃飯，他一個人在國內，小年夜無所事事未免淒涼，自然會找些酒肉朋友狂歡一宿。

張勝回家吃完晚飯，說要和小璐一起去廣場看煙火，爹媽一聽十分高興。老媽眉開眼笑地贊道：「還是咱們家老大厲害，一找就找了個天仙似的姑娘。」

張清一聽好奇地問：「大哥交女朋友了？哪兒的，長得有多漂亮？我說媽你可偏心啊，大哥找了對象你就誇，我打小學五年級就找對象，也沒見你誇過我一句。」

老媽瞪了他一眼，嗔道：「就你這種的還用誇？不誇都得飛上天了！」

一家人說說笑笑，這個小年過得十分溫馨。

張勝回來比較晚，又要趕著去接鄭小璐，所以盤算了一下，他的好消息就沒在當晚說出來，否則爸媽老弟問東問西的不免耽誤工夫，反正好事不怕晚，明天再說也是一樣。

才六點多一點兒，張勝的心就長了草，平時他老覺得時間過得快，可今天牆上的電子鐘不知道看了幾遍了，總覺得不準似的。他在屋裏又磨了一陣兒，實在忍不住了，和家裏人說了一聲就下了樓。

他穿著那套置辦的好西服，外面罩了件大衣，下了樓沒騎車，直接搭車奔向鄭小璐住的女工宿舍。

到了女工宿舍樓下，只見整幢樓烏漆抹黑的，與這燈火通明的夜晚顯得格格不入，除了樓道，只有三樓小璐的宿舍亮著燈，張勝這才想起來，單身女工宿舍住的女工大多是為了離單位近一些，今天是小年夜，能回家的全回家去了，沒走的寥寥無幾，估計也大多有了男友，小年夜當然不會自己在這過，想必都去男朋友家了，那這樓上豈不是……

想到這兒，張勝心裏有點發酸，他暗暗責怪自己不夠細心，這種狀況早該想到的，今天晚上該把小璐接回家一塊吃飯才對，她既然答應出去約會，就不會拒絕這個邀請，整幢大樓空蕩蕩的，就她一個人在這過年，冷冷清清，無親無故，多麼淒涼。

張勝本來顧及小璐為人靦腆，自己剛剛和她有了點那個意思，還不好意思上樓，想在外邊等著，可這一來就按捺不住了。他看看傳呼機，才六點三十八，距約好的時候還有一個多小時，便悄悄地上了樓。

小璐住在三樓，廠裏為了省電，樓道裏的燈又少又暗，一二樓都黑咕隆咚的，到了三樓才算見了點亮。張勝給這幢樓檢修過電路，心儀女孩住幾樓幾室，自然一清二楚，便放輕了腳步悄然走去。

這裏的廁所、浴室、洗衣房都是公共的，洗衣房的水龍頭可能沒關好，「滴答滴答」的聲音在靜謐的樓道裏聽來令人發毛。

張勝悄悄走到小璐住的那間房門口，門底下透出的燈光比走廊的光稍亮一些，顯然裏邊有人，張勝貼著門站住，正想敲門，裏邊忽然傳出鄭小璐的聲音：「爸，媽，過年了，小璐又長大了一歲，比以前更懂事了。」

張勝暗暗納罕，她不是孤兒麼，哪裏來的父母？

宿舍樓老化嚴重，門上黃色的漆油都起了皮，門的縫隙非常大，張勝哈下腰，貼著門縫往裏看去，只見小璐坐在床上，面前擺了個老式招待所的那種床頭櫃，櫃門上還有紅五角星，櫃上放著一個小面盆，旁邊床上鋪著報紙，上邊碼得像銀元寶似的，是一個個白生生的小餃子。

鄭小璐穿著一件顏色黯淡非常陳舊的毛衣，下邊是一條尋常的牛仔褲，腰上繫了條藍底兒白色小花的圍裙，正坐在那兒一邊包著餃子，一邊帶著淺淺的笑和對面說著話。

她在廠子裏，在人前，永遠都是甜甜的笑容，讓人看了便從心裏向外甜絲絲的，可是現在的笑容卻帶著點酸楚。

只聽她繼續說道：「媽，小璐長大了，懂事了，不再拿著餃子皮玩，惹你生氣了。你看，我還會包餃子，這麼乖，你會不會多給我點壓歲錢呢？媽要是不給，爸爸一定給我的，爸爸最疼我……」

她拿起一個餃子皮，包進餡去使勁地捏著邊，很孩子氣地說：「這是最後一個餃子，像媽媽一樣，我也放了一枚硬幣。今天元旦，一會兒咱們全家吃餃子，看誰福氣大，吃得到這個餃子。」

對面還是沒有一點動靜，張勝心裏開始覺察出不對勁了，從門縫望去，只見鄭小璐站起來走出了他的視線，自言自語地說著：「電鍋水開了，韭菜牛肉餡，兩個開鍋就能好了。」

只見她走回來，把餃子撿到鍋蓋上，再放到電鍋裏，然後又走了回來，低垂著頭，哈著腰，兩手的手指絞在一起，長長的眼睫毛給眼瞼留下一抹陰影，那模樣，彷彿是個做了錯事等著大人責罰的孩子：「爸，媽，麥曉齊昨天自殺了，當時我正去看他……我知道他追我是因為我乖、我聽話，年輕，而且長得不賴。我也說不上喜不喜歡他，不過我是真的想嫁給他的，他和爸年輕時長得真像，你們要是看到他就知道了。可他死了，我正要去看他的時候，他自殺了。他家裏人……罵我是掃把星，還打我……爸、媽，我真的是掃把星嗎？」

她忽然捂著臉低泣起來，肩膀一聳一聳的，抽噎著說：「爸、媽，原諒我，我再也不任性了，我聽話，不惹你們生氣，你們原諒我，不要丟下我，我一個人在這世上好孤單……」

張勝現在已經可以確定屋裏沒有別人了，鄭小璐這種異常的舉動，很可能是她以前受過極大的刺激。她是孤兒，從她斷斷續續的話來看，似乎她父母的死，和她有直接關係，在她身上，到底發生過什麼事？

鄭小璐的心像刀割一樣難受，童年的記憶已經很遙遠了，許多童年往事都淡了，唯獨那天發生的事，迄今仍深深鐫刻在她的腦海裏，成為她永遠無法擺脫的夢魘。

那一年，她才五歲，從小就是父母掌上明珠的她，在一個微雨的午後執意要爸爸陪她出去放風箏。父母用正在下雨的事來勸她，但是她不聽，她興奮地說剛剛聽過富蘭克林雨中放風箏的故事，非要出去玩。

對愛女十分寵溺的爸媽只好陪著她走出家門，在大院裏放起了風箏。風箏被風刮起來了，吹得好高好高，爸爸放著風箏，媽媽拉著她的手打著雨傘站在細雨裏看，笑得好開心。

就在這時，風箏被刮上了高壓線，那時的電線是裸露在外的，強大的電流沿著被雨水浸濕的風箏線迅速導到地面，爸爸一頭栽倒在地，歡笑聲永遠地停止了，驚慌失措的媽媽丟下雨傘，向爸爸跑去，她也永遠地倒在了那兒。

如果不是當時恰好有一個住在大院裏的人，正冒著小雨在院子裏擺弄自己種的菜，看到這一切猛撲上來按住了哭叫著要跑過去的她，她現在已經和父母生活在另一個世界了。

這件事成了她心中永遠的痛，幼兒時期和小朋友發生矛盾，就會被他們用這件事罵，罵她是掃把星，罵她剋死了父母，小孩子言者無心，可每次聽到，都像是在她傷痕累累的心上灑了一把鹽，好痛……好痛……

默默地哭泣了一陣，她忽然跳起來，身影又消失了，想是開了鍋，她正在往裏灑涼水，屋子裏繼續傳出她的自言自語：「再有一個開鍋就能吃了。今晚，張勝大哥請我去看晚會，張大哥對我挺好，我看得出他喜歡我……」

門外的張勝聽得一陣臉紅耳熱。

「他喜歡我，護著我，他不會說討女孩子歡心的話，他的好，我能實實在在地感受到。可我不知道自己該不該接受他，爸、媽，我……我真的是掃把星，剋人的命嗎？」

張勝聽得一陣心疼，難怪她不管對著誰，都永遠是一副討喜的表情，她到底承受了怎樣的心理壓力，時刻注意著不惹任何人反感，束縛著自己的喜怒哀樂，她小小年紀，那雙稚嫩的肩膀到底挑著多麼沉重的心理負擔啊！

張勝沒敢打擾她，如果現在敲門，以她那麼敏感的心態，很可能會馬上強作笑臉，擔心自己等急了不耐煩，隨便吃上兩口就得隨他出門。

「讓她吃頓安穩飯吧，和她的父親、母親！」

張勝悄悄向外退去，退到二樓的陽台，拿出一支煙，默默地抽了起來。

黑暗中，那一明一暗的火光，伴著外面偶爾傳來的鞭炮聲，默默地驅散這夜的寂寞……

當張勝叩響房門，鄭小璐出現在他面前時，又是那個乖乖巧巧、甜笑怡人的女孩了。知道她心中埋藏著巨大痛苦和折磨的張勝只感到憐惜和不捨。在她身上不知到底發生過什麼事，但那刺激顯然影響了她的一生，表面上樂觀開朗的小璐，其實敏感而自卑，她生怕惹任何人討厭，在別人面前，永遠只讓人看到歡樂，把自己的悲傷永遠埋在心底。

今晚，小璐換了件羽絨服，淺白色的膨鬆羽絨服讓她苗條的身段陡然胖了一圈，可是套在牛仔褲裏的一雙長腿結實修長，線條極其完美，腿長臀翹的體形，絲毫沒有因為上身的臃腫影響她身體的美感，反而多了幾分可愛。

她的衣服一向沒有太鮮豔太新款的，但是都很整潔乾淨。而且她的身段和相貌，其實也不需要什麼名牌服飾，哪怕披上一條床單，她的清純美麗照樣顯露無遺。

小年夜不及春節隆重，再加上聖誕剛過，都市裏的人們更沒有太大興致，儘管如此，因為市政府廣場有煙火晚會，還是吸引了相當多的人，兩人趕到廣場上時已是人山人海。路邊的矮樹上都掛著彩燈，廣場中央的煙火區更是被擠得水泄不通。

這個廣場非常大，但是現在已有人滿為患之勢。小璐淺白色的身影在人群中是那麼顯眼，她甜美的笑容、俏麗的容顏、窈窕的身材，常常引起路過者的注目。張勝也時時偷望著身邊的女孩，心中充滿了幸福感，這一刻他只想時間能夠永遠停在這一刻，讓他的幸福感永遠保存。

人流很擁擠，張勝壓抑著怦怦的心跳，對小璐說：「小璐，這兒人太多，咱們換個地方吧！」他說著，便看似很隨意地拉住了小璐的手。

小手微微掙扎了一下，張勝心頭一緊，他真擔心小璐會拒絕，一直以來他都沒有強求過什麼，因為他認為自己不配。要是橋西的地還沒有確切的消息，他依然沒有勇氣牽起小璐的手，但是現在他有能力給自己心愛的人幸福，他不想放手。

張勝無視小璐忸怩的掙扎，手握得更緊了，小璐的小手帶著微微的涼意，但是掌心溫熱，肌膚光滑柔嫩，握在手裏，他的心便先一蕩。張勝臉上露出微帶緊張的笑容，對小璐說：「小璐，你累不累？前面有家賣熱飲的，我們過去看看吧。」

在張勝的注視下，小璐害羞地低下了頭，認命地放棄了掙扎，乖巧地點了點頭。

張勝開心極了，拉著她的小手，快樂地走向熱飲店，就像一對甜蜜的情侶。不，他們就是一對情侶，她沒有拒絕自己的心意，不是嗎？

兩人對面坐在小店裏，晶瑩剔透的玻璃高腳杯，兩根長長的吸管，還有透過冰窗花映進來的迷離的虹光，俏麗的佳人紅顏依稀，如夢似幻，幸福中的張勝已經不知今夕何夕了。

喝完熱飲，又聊了會兒天，當他們走出小店的時候，張勝再牽起她的小手，已經十分自然了。

小商販們不失時機地出現在人群中，兜售著氣球、面具、雪糕和糖葫蘆。松樹、楊樹上閃爍不已的彩燈，使樹木變成了一株株豔麗的花樹。

張勝和小璐輕輕說著話，繞著廣場慢慢地散著步，周圍雖人頭攢動，他的眼中卻只有伊人，於這喧囂中，他的心頭頗有一種月上柳梢頭、人約黃昏後的意境。

鄭小璐很喜歡這樣的場面，周圍歡樂的氣氛很快就感染了她的情緒，剛剛開始時與張勝並肩而行的一點拘謹和約束感一掃而空，她變得活潑起來。

前邊有個可愛的小男孩，手裏牽著一隻米老鼠的氫氣球，手裏抓著絲線，那米老鼠就飄在空中，小男孩一手扯著絲線，一手去摸那「米老鼠」，可惜他摸了半天，甚至向上蹦著，也摸不到氣球，不禁咧開嘴號啕起來。

小孩子笨拙可愛的模樣逗得他的父母開懷大笑，鄭小璐也看得忍俊不禁，但她還是快趕兩步，走過去抓著繫氣球的繩子，把它拉低了，彎下腰笑瞇瞇地對那小男孩道：「小弟弟，不要哭喔，線在你手裏呢，揪著線往下拉就能摸到啦。」

小男孩摸到了氣球，立即破涕為笑，張勝在一旁看著，心中洋溢著溫暖幸福的感覺，樹上彩燈的燈光照著小璐俏美的臉龐，那雙眸子熠熠放光，單純清澈的眼神透露著誘人的青春氣息，有著小女孩的嬌憨與純真。

「這樣的女孩，才是完美的妻子，她會是一個賢妻良母的！」張勝在心裏悄悄地說。

「碰！」九點鐘，第一支煙火升空了，大地頓時一亮，那剎那的光彩迷醉了所有人的雙眼，巨大的禮花如金菊銀絲漫天怒放。緊接著，第二顆禮花、第三顆，在人們的歡呼雀躍中飛上漆黑的天空，一會兒如流星雨，一會兒如火樹銀花，一會兒又如萬千火龍、銀色垂柳。

鮮紅的、湛藍的、金黃的顏色，姹紫嫣紅絢麗無比，很自然的，張勝在小璐歡笑著跳躍的時候，心滿意足地握住了她的小手，再望向天空，那一剎那的驚豔猶如永恆……

煙火放得很快，禮花價格昂貴，即便是政府部門，操辦這場為時只有一個小時的煙火晚會，花費也是極為驚人的，此時剛剛十點，小璐不會跳舞，張勝不能帶她去舞廳，而且她文靜的性格也不喜歡那兒，兩人便去附近的影院，發現上一場電影剛剛開場四十多分鐘，如果現在入場，完整地看完一部電影得超過十二點，在小璐的要求下，意猶未盡的張勝只好送她回家。

不管怎麼樣，今天已經打開了局面，男女之間的事，不需要像談生意一樣說得那麼清楚明白，純粹是一種感覺。張勝感覺得出，小璐在一定程度上已經接受了他，有了做他女朋友的心理準備，彼此交往來日方長，也就不急在這一時。

計程車到了宿舍附近就停了下來，張勝倒不是吝嗇那幾塊錢，他只是想和小璐多纏綿一會兒。兩個人在昏暗的路燈下走了一會兒，張勝就貼近了小璐的身子，牽起了她的手。

小璐的小手柔軟纖巧，因為是坐車回來，小手暖暖和和的沒有一點涼意，因為張勝牽住了她的手，又是在這樣靜謐的時候，心裏的感覺格外強烈，小璐有點兒緊張，掌心有些潮濕。

時間一分一秒過去，兩人就這麼牽著手輕輕地走，短短的時間卻彷彿過了一個世紀。纖纖玉手在握的感覺真是令人銷魂。

玉人在側，纖手在握，這不是夢，這是美夢成真。

到了樓底下，小璐趁機從他手裏抽出小手，也不敢抬眼看他，只是低低地說：「張哥，我到了……我回宿舍了！」

她的眸子裏閃爍著慌亂和羞澀的神情，在張勝的注視下臉色嬌豔欲滴，竟把他看癡了。那灼熱的目光讓小璐有些承受不了了，她不敢再等張勝的回答，忽然一轉身，那嬌俏的身影便牽著張勝的一縷情絲，匆匆向樓道內跑去……

「小璐！」張勝急叫了一聲，鄭小璐疑惑地回過頭來：「嗯？」

張勝慢慢走近，低頭看著小璐的眼睛。路燈月白色的光照在小璐的臉上，像細瓷一般潤潔晶瑩，那雙星光般璀璨的眸子仰視著他，似乎有點畏怯，又似有點迷惑，就像一隻既想和人親近又怕受到傷害的小鹿的眼睛，溫馴中帶著警惕。

「張哥，什……什麼事？」小璐的聲音也有點顫抖。

張勝眼睛裏帶了一絲笑意，即將到手的巨額財富，讓他有了勇氣和自信，小璐忽然發現張勝像是脫胎換骨變成了另一個人，那雙眼睛竟然讓她不敢直視。

她畏怯地垂下眼簾，遮住了那雙閃閃發光的大眼睛，只聽張勝帶著笑說：「沒什麼，就是發現你唇上還沾著糖渣呢。」

鄭小璐一聲輕呼，臉騰地一下就紅了，她慌忙去撫嘴唇：「真的嗎？在哪兒，真是……太丟人了，你也不早點告訴我。」

張勝忽然抓住她的雙手，目光灼灼地盯著她的俏臉，說：「別動，我幫你拿掉。」

小璐眼中神采一閃，似乎意會到了什麼，一時心跳如鹿，緊張得呼吸都屏了起來。

張勝伸出食指，輕輕按在她的嘴唇上，小璐的唇柔軟、細嫩，微帶著光滑，觸感是那樣誘人。然後張勝的兩隻手都伸了過去，像捧了一件稀世珍寶，輕輕捧起她那張俏美的臉蛋。

小璐的眼睫毛輕輕顫抖著，眼看著張勝那雙充滿危險的黑色眸子越來越近，她不敢再看他的眼睛，眼神畏怯地往下移，越來越近的那張臉，迫得她閉上了眼睛。

張勝平生第一次這麼近距離地聞到年輕女孩的氣息，是的，這是第一次，那種女孩的味道，在和他並肩吸了一個小時香煙的小姐身上是嗅不到的。他的頭開始發昏，整個人就像是在夢裏，他一手輕輕地托起小璐的頭，一手猛地摟緊了她的腰，忽地吻了上去。

當他們的嘴唇碰到一起的時候，張勝覺得自己的身體就像是爆炸成了億萬片，飄飄嫋嫋，好半晌才還原成了一個人。

她的嘴唇是那樣柔軟甜美，張勝像是怕碰壞了她似的，輕輕地、似觸非觸地親吻她的嘴唇。然後，張勝的舌頭開始試探著撥開她的嘴唇，似閉非閉的牙齒在張勝執拗地挑弄了兩下之下，怯生生地張開了，張勝一下子就像打通了任督二脈，血脈奔湧之下，立刻狼一般緊緊吮住了她的舌尖。

鄭小璐「嚶嚀」一聲，張勝清楚地感覺到她心跳的急促和她手臂的顫抖，小璐已經不是輕輕地回抱他了，而是緊緊地「抓住」他，不然身子就會癱軟下去……

好久好久，感到窒息的小璐才猛然推開他，羞呼一聲轉身就跑。

張勝追了兩步，在後邊喊：「小璐！」

小璐站住了，卻沒敢回頭，張勝注意到她連耳根帶脖子都是紅的，張勝心中一暖，大聲說：「馬上就是新的一年了，小璐，從新的一年開始，你會幸福的！」

小璐沒敢應聲兒，她頓了頓，便蹬蹬蹬地跑上了樓，張勝摸摸嘴唇，忽然甜蜜地笑了起來。

這才是愛的味道，同純粹的肉體愉悅不同，這是深深觸及靈魂的愉悅，哪怕只是牽住她的小手，吮住她的櫻唇，看著她小鳥睇人般的眼神，那種滿足、愉悅和幸福，就溢滿了他的身心。

何謂不銷魂？觸及靈魂的愛怎能不銷魂？

生機

橋西真的變了，這片備受冷落的土地已經煥發了春的氣息，變成了一個充滿生機的地方。

張勝因為投資股市、投資開店接踵失敗，主要原因就是因為他對不熟悉不瞭解的事物盲目介入，痛定思痛之後，這一次他倍加小心。

瞭解得多了，張勝心裏隱隱產生了一個更深遠的想法……

麥處長的死不了了之了。

看守所方面的證詞很統一，在麥曉齊自殺前後，除了他的律師之外，並沒有什麼人違規會見他，看守所內也沒有囚犯欺生致使麥處長不堪忍受而自殺。

他是當眾自殺的，就餐時用筷子插入喉嚨而死，在場的員警和犯人都可以作證，無法懷疑到別人身上。而且他死的時候正是他即將被移送檢察院審查起訴的時刻，在他手中說不清的賬目金額高達五百多萬元，這對一家印刷廠來說，哪怕是市裏規模最大的三家印刷廠之一也嫌太高了些，在當時是足以判死刑的，最後只能歸結為畏罪自殺。

張勝聽到這個消息時，心裏不期然地想起麥曉齊自殺當天看到的極似徐海生的身影，儘管很快驅除了這個想法，他心中還是隱隱有些不安。徐海生再不堪，對他卻不錯，他不希望麥曉齊的死和徐海生有什麼瓜葛。

橋西開發自元旦一過，就緊鑼密鼓地開始了，已經有工商業界的企業家開始諮詢入區優惠政策，選擇建廠地址。社會關係方面自然是徐廠長最熟悉，也最容易儘快找到貿易夥伴，所以他當仁不讓地肩負起了這個責任。

這一來，張勝只要待在家裏靜候消息就成了。期間徐廠長打過幾次電話，和他通報過消息，已經有幾家廠子注意他們的地皮，目前正在和對方談價錢，等大致有了眉目，再邀他去一塊談判。

但是張勝並沒閑著，他通過報紙、新聞、電視搜羅著所有有關橋西的字眼，認真研讀，仔細品味其中的含義，一有空閒就趕到橋西，從別人的隻言片語中聽取有用的資訊。

橋西真的變了，這片備受冷落的土地已經比春天先一步煥發了春的氣息，變成了一個充滿生機的地方。張勝因為投資股市、投資開店接踵失敗，主要原因就是因為他對不熟悉不瞭解的事物盲目介入，痛定思痛之後，這一次他倍加小心。

瞭解得多了，張勝心裏隱隱產生了一個更深遠的想法，只是這想法一時還未成形，所以沒有說給徐海生聽。

張勝和鄭小璐自元旦夜的傾情一吻，彼此的感情進展迅速，張勝在戀愛關係正式確定以後，含蓄地向她透露了自己貸款在郊區買地即將發財的消息。

小璐的確很開心，但她雀躍不停地說著的，卻是對張勝擺脫生活困境的喜悅，完全未意識到這對她意味著什麼，更從未打聽過他到底能發多大一筆財，這令張勝很是慚愧。

這世上拜金的女孩可能很多，考慮婚姻時思及經濟狀況也很正常，但是這些世俗的東西顯然與小璐無關，她就像一塊純潔無瑕的水晶，只要你對她好，哪怕兩個人只能喝白開水，她也甘之若飴。

這樣的女孩的確不多，但是偏偏就像國寶盼盼似的，在這適者生存的進化圈子裏保留了一個，很幸運地讓他得到了。於是，張勝對她愈加珍惜。

這天，張勝接到徐海生的電話，叫他趕回廠子去見他，說他已經聯繫好了一家企業，準備轉手把地賣出去。正好張勝調查了大量資料後，心中那個朦朧的打算已經成熟了，想和徐海生商議一下，於是立即騎車趕回廠子。

此時，徐海生正放下電話，雙腳輕鬆地搭在辦公桌上，輕輕搖動著那雙黑色美式三接頭皮鞋，鞋面錚亮，幾乎能照見人影兒。桌子上放著一個花瓶，裏邊插著幾枝初綻的鮮花，嬌豔欲滴。

桌對面是一個嘴角有痣的中年人，微微發福的身材，上身穿一件純棉印花衫上衣，下身是一件月白色休閒褲，腰帶上掛著手機包，那手機不是大磚頭，而是很精巧的摩托羅拉，看那身分，應該是一位很有經濟實力的大老闆。

徐海生吸著煙，微笑道：

「當初，我只是抱著試試看的想法，一來風險大，二來我們的錢都用在運作兼併事宜上，恨不能一分錢掰成兩半花，實在沒有錢做這筆風險投資，所以只扔出幾萬做個風險投資，成則一本萬利，失也沒甚損失。想不到天從人願，這件事還真的成了。」

他往地板上點點煙灰，笑道：

「這塊地皮正在橋西鄉的中心地段，現在地價已經翻了三倍，照理說現在把地出手，也是相當不錯的一筆收益。不過我徐海生是能賺一塊，不賺八角的主兒，這塊骨頭裏有多少骨髓，我都得把它吸出來。」

「區區幾百萬還不放在我眼裏，這塊地不賺上幾千萬，我怎麼捨得把這塊肥肉就這麼吐出去？一會兒等他趕來，你就充當購地一方的企業代表，按兩倍多至三倍的價錢和他談，把地全部買下來，然後……呵呵呵……」

那個看起來從容淡定，頗像老闆的男人大大咧咧地道：「沒問題，這小子好對付嗎？」

徐海生笑道：「他沒見過什麼世面，幾百萬能把他砸暈嘍，儘管放心好了，一個窮光蛋轉眼就能變成百萬富翁，他還不歡天喜地的簽合同？」

對面的中年人哈哈大笑。

徐海生沉思片刻，悠然道：

「這個人……真的很不錯，可惜他離我們的圈子實在太遠了，是不是一塊可造之才還很難說，我又沒時間點撥他，否則，我倒真想好好提攜他一下。」

對面的中年人笑道：「能讓你覺著惜才的人，應該不錯吧，可是……你還不是想吞了他的地？」

徐海生笑笑，說道：

「這是兩碼事，在商言商。利合是朋友；利分是對手，生意場上只有永遠的利益，沒有永遠的朋友，沒有什麼情份可講的，這是商場上的鐵律，我是對事不對人。」

「其實，對他我已經是大發慈悲了，我要是想對付他，法子多得是，比如放出風去，說這塊地的手續不全，嚇住想買地的人，再催促銀行裏的朋友追著他討債，再低的價他也得賣地。而我讓你按三倍上下的價把地買下來，已經捨了厚厚一塊肥肉給他吃了。」

那中年人笑道：

「的確，這可不是你一向的風格。你這條吃人不吐骨頭的大鱷魚做事，向來講究以最低的代價牟取最大利益，如今也有發善心的時候，真是出乎我的意料。」

徐海生聽了但笑不語。

他對張勝說把他當兄弟的時候，並不是說假話。如果他有肉吃，他的確不介意分給張勝一點湯喝，就是這一念慈悲，才使他想正正當當地買下張勝的地，而沒用手段壓價。但是在他眼中，世上的一切都是有價的，張勝想和他分享更大的利潤，那就是親兄弟也沒得講。

「徐廠長！」張勝進了門，先和他打招呼。

徐海生連忙抽回腳站起身，微笑著介紹道：

「哦，我來給你介紹一下，這位是東勝冷凍機廠的邱明義先生，他們想把你那塊地皮買下來。老邱啊，這位就是我說的張勝張老弟，你們好好談談。」

那個叫邱明義的男人忙站起來給張勝遞過一支煙，客氣地笑道：

「張老弟，久仰久仰，我們廠子想在開發區建一個分廠，聽說你手裏有三百多畝地，我打算全部買下來，今天約你來，就是想和你談一談，聽聽你的條件。」

此時的張勝，已經有了些自信和主見，人也變得有點沉穩老練了，不再像沒有見過世面之前那樣沉不住氣，輕易被人牽著鼻子走。他定下神想了想，問道：

「邱大哥，你想把這三百多畝地全都買下來？價錢怎麼說？」

邱明義呵呵笑道：

「我們冷凍廠在Z省可是數一數二的大廠，在這裏建設分廠，以省城為據點，從而輻射整個東北市場，這是我們的想法，所以這廠子的規模當然不會小了，三百五十畝地，我們都要，款子可以一次性付清，現在開發區的地最貴的地方是三萬一畝，便宜的地方在兩萬上下，張老弟的地皮，也不是都占了好地方，這樣吧，我就按兩萬四一畝，全部買下來，如何？」

張勝未答，深深地吸了口煙，靜靜地思考起來。和賈古文那條老甲魚鬥了這麼久，他毛毛躁躁的毛病已經改了不少，已經不是那個初出茅廬的小子了。

邱明義微笑道：

「老弟不是嫌少吧？這可是八百多萬，換了別人，可未必消化得了。」

徐海生一直笑眯眯地坐在一旁吸煙，好像完全置身事外，這時見張勝不說話，才呵呵笑道：「小張啊，老邱是個爽快人，這個價說起來也算公允，我個人認為，你可以考慮一下。」

他這話說得在情在理，給人的感覺完全是站在張勝一邊，張勝的神色動了動，不過略一沉吟，還是搖了搖頭。

張勝吸了口煙，輕輕笑起來：

「兩萬四一畝，按現在的行情，的確是不高也不低，你是徐大哥介紹來的朋友，我也不和你砍價了……」

他說到這兒，張海生和邱明義臉上都露出了喜悅的笑容，不料張勝話鋒一轉，繼續道：

「不過，這幾天我也在開發區轉，心裏有些別的打算，你要買地，我也願意出售，不過我最多只能賣給你一百二十畝，別的地塊麼，呵呵，我不賣！」

邱明義一怔，笑容頓時僵在臉上，好半天才臉色難看地說：

「張老弟，你這不是要我嗎？我說了，我們要建一家大型製冷設備廠，一百二十畝地怎麼夠呢？你要覺得價錢不合適，咱們可以再商量，無論什麼價，只賣一百二十畝，這是什麼道理？」

張勝呵呵笑道：

「邱大哥，你要是覺得那地段好，我可以轉一百二十畝地給你，如果還嫌地方小，你可以向周邊擴張。我不是有意刁難，在我名下有三百五十畝地不假，可我只能出售一百二十畝，其他的地我根本就沒打算賣，什麼價都不賣！」

邱明義一臉不可思議的表情，向徐海生飛快地投去探詢的一瞥。

徐海生也是滿臉狐疑，在他眼中，張勝這麼一個商界的小雛兒，什麼時候有了這種主見了，而且也沒和自己商量？莫非……另有人找他出高價買了兩百多畝地，他答應人家了？

徐海生急忙向邱明義使個眼色，邱明義會意，呵呵笑道：

「張老弟，你還是年輕呀，做生意嘛，哪有一句話就把事說死了的？一客不煩二主，我東家跑西家跑的，要是旁邊的地已經有了主兒，我這廠區還怎麼蓋？」

「你不是已經答應了別人吧？行，誰讓我看中了這片地呢，咱們都痛快點，你開價吧，多少錢……你才肯把地都賣給我？如果你已經收了別人的定金，連違約金也算上，一共多少錢都可以打進地價，哥哥我夠敞亮吧？」

張勝一笑：

「的確敞亮！我喜歡和邱大哥這樣的人談生意。但是，我真的只能賣一百二十畝，多一分地都不賣！你出多少錢都不賣！」

張勝語氣如此堅決，令邱明義這樣的老狐狸也沒法接話了，徐海生不知道張勝為什麼堅持一百二十畝這個數不鬆口，他想摸摸張勝的底兒再說，忙笑著打圓場道：

「老邱啊，你不是還請了人吃飯嗎？有飯局就先去吧，回頭再和張老弟繼續詳談。」

「張老弟是老實人，一言九鼎的主兒。估計是答應了什麼人，抹不開面子反悔。小張啊，這我可要說你了，常言道，貨賣識家，如果有人出價更高，當然得以牟取最大利益為本，在商言商嘛。老邱這麼有誠意，你也不必把話說死了，回頭再好好考慮一下吧。」

「呵呵，是嘛！我還有個飯局，這就先走了。張老弟，相信你一時半會兒是找不到比我更慷慨的主顧了，還希望你能慎重地考慮一下。這是我的名片，如果你改變主意了，隨時可以打電話給我！」

邱明義趁勢站起，笑容可掬地遞過一張名片，和張勝握了握手，便向徐海生告辭離去。

待他一走，徐海生便問道：

「老弟，你是怎麼考慮的？他這個價不低呀，一口吃下三百五十畝，算得上大手筆了，我們怎麼不賣呢？」

張勝笑笑說：「徐大哥，其實我今天來就想跟你說呢，這兩天沒事我都待在橋西，現在心裏有點新的想法，本想先和你商量的，可沒想到買家也在這兒了。」

他頓了頓，說：「徐大哥，我在橋西瞭解了一些情況，通過這段時間的觀察與分析，同時仔細研究了開發橋西建設高新技術開發區的政府工作報告。我認為，未來橋西必定是我市發展的橋頭堡，現在還沒有一家廠子進駐，地價就翻了三倍，再過幾年會如何？」

「這塊地留在手裏，那就是一隻下金蛋的老母雞呀。等到周圍廠房林立的時候，等到開發區成為我市的工業中心的時候，這塊地要升值多少倍？」

張勝滿懷憧憬地說：

「徐哥，你想想，那時咱們的地，不說是寸土寸金吧，恐怕也不止是八倍十倍那麼簡單。我是最近反覆琢磨才明白過味兒來，如果貪圖眼前的利益，稀裏糊塗地就這麼把地賣掉，等我們回頭想明白了，腸子都得悔青了。」

徐海生臉色微變，乾笑道：「你是說……把那地放著，待價而沽？」

張勝真誠地說：

「是！就是這個主意，其實我今天來，就是想和你商量這件事。咱們分成是按五五、四五分的，各自負擔的貸款當然也是五五、四五的比例。如果大哥你能籌到錢，那用來還貸的地就賣給你好了，比便宜了別人強。」

「其餘的那部分地，如果大哥你急用錢，那麼屬於你的那五成半你隨意處置，我那片兒地還是要繼續留著的。如果你也同意留著等增值，那樣等的時間就長了，地在我的名下，這麼長時間不太合適，咱們先簽個書面的東西，明確一下彼此的占比。」

他說到這兒，樂呵呵地道：

「可惜呀，咱們是貸的款，除了賣地，沒有錢還貸款，就這都是天大的損失啊，我想一想都肉疼。」

徐海生聽了齜著牙也笑了笑，肉疼，是啊，想一想，的確是肉痛啊！

可張勝的提議合情合理，饒是他奸似鬼，此刻也無法反駁，只得強裝歡顏地同意了張勝的建議，半推半就地收下了他寫的條子。

徐海生收好協議，拍拍張勝的肩膀，似笑非笑地道：「老弟，眼光長遠，後生可畏，後生可畏呀！」

張勝一離開，徐海生的目光就陰鷙起來。

囤地升值？他何嘗不知道這個道理。但他徐海生不是按部就班賺規矩錢的人。在他看來，要賺錢怎麼可以用這麼笨的辦法？不說把大筆資金壓在那兒等升值，就是正正當當辦實業，在他眼中也嫌太慢。

如今這時代，商機無限，處處都是機會，他和一些朋友利用國有企業轉型的大好機會，正在暗中運作的事情使他們的資本像滾雪球一般不斷增長，但是由於戰線鋪得太長，資金鏈有斷裂的風險，他本來打算利用這塊地大做文章，儘快把它轉化成資金繼續投入，可是張勝的打算卻破壞了他的想法。

「怎麼辦呢？把他也拉進我們的圈子？這小子講義氣、懂變通，學東西快，倒是璞玉一塊，好好調教調教，未必不能成器。但是從這段時間的交往看，他這個人原則性太強，終究不是我道中人，調教他的本事容易，但要讓他與我們共同謀事……難吶！」

徐海生吐出一口煙，眉心皺成川字型，眼神閃爍不明……

離開徐海生辦公室，張勝站在廠區大院裏，意氣風發。一個窮小子，馬上就可以到手幾百萬，立即躋身百萬富翁行列的誘惑，他忍住了，原來戰勝自己，也會有這麼大的快感，有這麼大的成就感。

自從被裁員以後，每次回來，他心中都有些羞愧，因為在舊日的同事們面前，他是一個競爭失敗者，但是這一次不是，他覺得自己已經發生了脫胎換骨的變化，無論是見識、意志，還是自信。再看到舊日的工友時，他的目光已經沒有了躲閃和遊移。

快中午了，他想等到工廠下班見見小璐。每個人有了自豪的事都巴不得讓熟識的人知道，張勝也擺脫不了這種心理。乖巧美麗的小璐現在是他的女朋友，他想讓全廠職工都分享他的榮耀和喜悅。其實他來接過小璐下班，相信有些工友看到過，但是光明正大的畢竟這還是頭一次。

自從廠子合資以後，管理嚴格了許多，未到下班時間，沒有誰敢隨便走出車間，但是科室機關沒有關係，他在廠區站了一會兒，原來電工班的老白和胡哥就看到了他，三個人蹲在傳達室門口聊了一會兒，張勝想起同他一起開飯店的難兄難弟郭胖子還處在老婆的水深火熱之中，便給他發了個傳呼，叫他馬上到廠子來，老同事們見見面，一起吃個飯。

郭胖子一聽大喜，整天被老婆埋怨沒有出息，他連個屁也不敢放，早就憋悶得快瘋了，巴不得有個藉口出來散散心，於是郭胖子立即向老婆彙報，說廠裏讓離職員工回去填個表報區裏，以備有解決問題的時候予以考慮。這種事他老婆自無不允，於是郭胖子便騎上車，風風火火地趕了來。

張勝見到原來同在一個部門的幾位同事，心裏非常高興，說道：「今天難得幾位老同事碰面，中午我請客，咱們到對面的迎春飯館吃頓飯，改天我再請你們，去『國府』。」

幾位老同事頓時驚訝起來：「去國府？勝子，你發財啦？」

張勝笑而不語，郭胖子急不可耐地道：「我說勝子，你在做什麼呢？是做買賣，還是在哪兒找了工作，要是有機會，可別忘了我呀。」

張勝笑道：「放心吧，要有機會，我忘不了你。」

這時，只見一個女人從甬道拐過來，向辦公樓走去。

這女人體態妖嬈、膚白皮嫩、一雙丹鳳眼，嘴唇豐滿性感，那娉娉婷婷的步態十分迷人，四個大老爺們立即一齊扭頭行注目禮，就連快四十的老白也緊盯著那女人豐碩動人的臀部看得毫無顧忌。

這女人是廠裏男職工暗中評出的五朵金花之一，叫鍾情，男人是給區地稅局領導開小車的司機。這女人是廠工會幹事兼廠裏的播音員，工作很輕閒。

廠子裏最漂亮的五個女職工，鄭小璐清純可愛、巧笑倩兮，那是老少皆宜的美人，尤其是她那討喜的甜笑最是醉人，所以名列第一。但是說到性感惹火，那還得數眼前這個成熟少婦。

夏天的時候，這女人那豐滿修長的大腿、豐碩迷人的美臀、細細的水蛇腰，還有那波濤洶湧的胸部，看得人兩眼發直。

老白曾經酸溜溜地評價說：「難怪她男人瘦了吧嘰跟個猴兒似的，這麼一隻能吸骨髓的妖精，她男人就是鐵打的也受不了啊。」

鍾情款款扭擺的身影消失在辦公大樓裏，胡哥咕咚咽了口口水，嘖地一聲道：

「真不知道她吃什麼長的，這體型……她剛入廠時就這麼豔吧？得有五六年了，一點變化沒有。」

老白哼了一聲，撚著一支煙捲說：「日子過那麼滋潤，當然不顯老。瞧人家那屁股扭得，風騷入骨啊！」

郭胖子笑道：「我聽著你眼饞得不得了啊，唉，誰讓咱不趁個一官半職的呢，要不還勾不到手？現在這年頭啊，又美麗、又純潔、又溫柔、又性感、又可愛的處女，就像鬼魂一樣，只能說一說，有誰親眼見著了？」

張勝一聽，立即反駁道：「誰說的？現在那樣的好女孩少是少，可不能說沒有，自立自強、既美麗又純潔的女孩還是有的！」

他說著，心裏已經浮現出鄭小璐美麗的倩影，於是連眼神都變得溫柔起來。

他那悠然神往的目光暴露了他的心思，胡哥忽然想起，有人告訴他晚上下班看見張勝來接鄭小璐，當時還不太相信，方才見了張勝也忘記問這件事了，這時見他神色，又見他的穿著，好像離廠之後確實混得不錯，而且以前他就暗戀鄭小璐，莫非他們倆……

胡哥雙眼一亮，立即問道：「你不說我還忘了，聽說你已經有對象了，還是咱們廠的，是不是真的呀？你小子，有對象了都不告訴我們……」

張勝臉一紅，嘿嘿地笑起來，但那笑卻既幸福又得意。

郭胖子馬上湊趣道：「張勝你小子不夠意思啊，竟然在咱們廠有了好幾個對象了，都不告訴我們……」

老白年紀最大，卻全無長者之風，他們在一塊扯淡慣了，見小胡和郭胖子調侃張勝，也跟著戲謔道：「張勝你小子不夠意思，竟然在咱廠有對象都不告訴我們，還懷上了……」

郭胖子馬上接口道：「張勝你小子不夠意思啊，竟然在咱廠有好幾個對象都不告訴我們，還全都懷上了……」

郭胖子咳了一聲道：「現在插播廣告：三星牌阿膠，補血益氣，腎虛者加入枸杞飲用效果更佳！」

胡哥一拍大腿，也樂不可支地學著廣告說：「北京醫院ＤＮＡ親子鑒定，一個一千二百元……」

郭胖子擺手道：「不用，咱滴血認親，一斤起滴，不收錢！」

張勝笑罵道：「放屁，一斤起滴，那不成了放血了？要我的命呐？」

哥幾個正在那耍貧嘴呢，鄭小璐急匆匆地跑了過來，想是有人看到了張勝和她說起，她以為張勝一直在等她，所以才急急跑來，氣喘吁吁地說：「勝……張哥，你怎麼來了？」

其實兩人私下已很親密，沒人的時候小璐都親昵地叫他勝子，這時因見老白幾個人也在，感覺有些不好意思，這才急急改口又叫張哥。

胡哥一扯老白，小聲說：「我靠，還以為別人瞎掰，原來勝子真把咱廠第一朵花給追上了。」

老白一聽悲憤地道：「真的假的？這還有天理嗎？這還有王法嗎？憑什麼呀？」

幾個損友在旁邊說著，張勝已經站起來迎上去。

鄭小璐穿著藍色工作服，裏邊是酒紅色的毛衣，毛衣領兒裏著修長的頸，臉蛋粉瑩瑩的，長長的睫毛在陽光下撲閃撲閃的，看得張勝愛意油然而起，聲音也輕柔起來：「還沒午休你怎麼出來了，我又沒啥事，在這等你唄。」

小璐溫柔地一笑，說：「沒事兒，馬上就午休了，我就早出來兩分鐘，跟班長請假了。」

可不，小璐剛說完，廠子裏的大喇叭就響起了輕音樂。

這時胡哥扯著嗓子唱起來：「老婆在哪裏呀……老婆在哪裏，老婆就在小張勝的眼睛裏……」

張勝的眼睛裏有什麼，那雙炯炯有神的眸子裏不正是自己的影像？

鄭小璐的臉騰地一下紅了，她害羞地看了胡哥一眼，不敢搭理他的調侃。

張勝的臉也有點紅，不過不是因為害羞，而是因為幸福。他回頭瞪了幾個損友一眼，拉起小璐，很甜蜜地說：「走，咱倆去那邊說。」

後邊老不正經的老白仍在起哄：「嘿！張勝這小子也臉紅了，他也害羞呀？難得、難得！」

郭胖子嘿嘿笑道：「其實你老白也常常害羞呀，只不過你一害羞，臉就發白。」

老白莫名其妙地問：「為啥？」

胡哥搶著說道：「因為你的血全充到下邊去了。」

老白：「……我靠！」

輕音樂結束了，鍾情報起了本單位新聞：「職工同志們，自從去年下半年我廠引進四台新型彩印機之後……」

廠播音室是新裝修的，隔音效果特別好，地上還鋪著吸音地毯，鍾情穿著件淺粉色的毛衣，坐在廣播台前，聲情並茂地廣播著：「最後，是對全廠職工的呼籲，現在有些員工不注意出行安全、不注意文明騎車，上下班的時候，騎車蜂擁進出廠門，速度還很快，很容易傷人。請各位職工注意行車安全、遵守我廠規章制度，進出廠門時下車推行……」

她正說著，房間門無聲地打開了，徐副廠長笑吟吟地走了進來，順手把門插上了，鍾情風情無限地白了他一眼，繼續做著廣播。

徐廠長一笑，脫掉上衣掛在衣架上，拿起鍾情的水杯毫不見外地喝了幾口，然後繞到她後面，輕輕環住她的腰，一隻手從毛衣下邊伸進去，在她的身上輕輕揉捏起來……

鍾情白嫩的臉蛋兒頓時騰起一抹紅暈，她風騷地向後拱了下屁股，在徐海生手上掐了一把，匆匆結束了文明安全進出廠門的宣傳，然後「啪」地一下把喇叭開關合上。回頭嬌嗔道：「幹什麼呀你，馬上就要吃飯了。」

徐海生滿打滿算憑空要賺上幾千萬的大生意被張勝硬生生給劈出一塊去，偏偏他連一句反對的話都說不出來，心頭著實鬱悶，這股子邪火正沒處發呢，原本只是想跟老情人親熱親熱，舒緩一下情緒。

結果被鍾情這小妖精頗具女人味兒的動作、眼神一勾，頓時有些把持不住。他有兩個星期沒找女人了，這一起性還真憋不住了，徐海生嘿嘿一笑，攬著鍾情柔軟的腰肢，一下子把她掀翻在桌子上。

徐海生動作粗暴，鍾情卻不怪他，她嚶嚀一聲，暈生雙頰，那雙眼睛已經濕潤得像要滴出水來……

徐海生的手一邊在她豐腴柔美的胴體上活動著，一邊說：「不在廠裏吃了，我下午就說出去聯繫一筆業務，你跟我去，咱們出去喝個痛快。」

鍾情斜了他一眼，嬌哼道：「都冷落人家這麼多日子了，今天想起我來啦？我不去，還要下樓吃飯呢。」

她拿腔作勢地站起來，徐海生的手一使勁，把她再度按倒在桌子上，另一隻手在她肥臀上使勁一拍，嘿嘿淫笑道：「小妖精，這可由不得你！」

他一邊脫著自己的褲子，一邊急不可耐地說：「這些日子可不是有意冷落你，真的是事太多，忙吶。這不，一有空兒，就來看我的小情人了？乖乖的，寶貝兒，哄我開心了，明天再給你買個鑽石戒指。」

他說著，已鬆開皮帶，褲子滑到地上，使勁一扯鍾情的褲子……

廠區門口，張勝對小璐說：「一會兒我請老白哥幾個去對面飯店吃飯，你一起來不？」因為職工都下了班去食堂吃飯，有些人遠遠地指著兩人說說笑笑，弄得小璐很是不好意思。聽了張勝的話，她羞紅著臉說：「不了，都是你的朋友，說話口無遮攔的，在他們跟前兒不好意思，我還是去食堂吃吧，今天有我最愛吃的四喜丸子。」

「就咱廠食堂？」張勝說：「那四喜丸子做得跟六味地黃丸似的，還乾硬乾硬的，有什麼好吃的？」

小璐辯解道：「不是呀，合資以後，廠子裏的伙食好了挺多呢，四喜丸子味道好多了，個頭也大……」

她剛說到這兒，就聽廣播喇叭又響了，裏邊傳出鍾情的一聲嬌呼：「啊！……」同時還傳出類似咀嚼的聲音。

這時又聽喇叭裏說：「你別性急呀，等我翻過來……」

張勝一愣：「翻啥？今天食堂還有魚嗎？伙食真是改善了啊！」

可是緊接著又聽鍾情說道：「討厭啊你，硌得人家後背都起印兒，要是到晚上消不掉讓我男人看見怎麼跟他說啊，也不知你今天哪來這麼大的邪火。」

張勝聽得目瞪口呆，好半天才回過神來，他瞧了小璐一眼，小璐雖然單純，可不代表什麼都不懂，一張俏臉早就漲得像紅蘋果一樣了。

此時只聽廣播裏徐廠長的聲音嘿嘿淫笑道：「嘿嘿，我就是喜歡你這能占半鋪炕的大屁股……」

說著傳出一聲清脆的響聲和女人的嬌呼聲，想必是徐廠長在她屁股上狠狠拍了一巴掌。

這時站在廠區裏興沖沖地趕來收聽實況轉播的職工越來越多，這些工人大哥大嫂們粗獷豪放，平時開點葷笑話都不帶臉紅的，聽著廣播裏傳來的污言穢語，他們嘻嘻哈哈，笑得前仰後合。許多員工從車間、辦公室和食堂裏往外跑，加入聽眾大軍。

廠子與港商合資以後，財務和生產方面的廠長換了新人，供銷方面由於還要接收、消化原有的管道和網路，暫時安排的還是原廠領導。

至於一把手，則是真正的香港人，叫關捷勝，四十多歲、頭髮梳得亮光光，西裝筆挺，唇上兩撇八字鬍，樣子特別像某港星，顯得特別正經嚴肅。

他出來得晚，一時還沒弄明白發生了什麼事，所以頗有點莫名其妙。

旁邊的女秘書附著他的耳朵用粵語嘀咕了一陣，關廠長的兩撇鬍子向上一翹，忍俊不禁地笑了幾聲，忽又發覺這態度不是一個領導的作為，便急忙斂住笑，看看左右亢奮的人群根本沒注意，這才擺擺手讓人趕快去阻止。

出了這種事，其實早該有人去阻止了，不過普通的職工只想看熱鬧，至於領導層的人則各立山頭、派系眾多，自港資入廠，這種鉤心鬥角的局面更加嚴重，一時還沒得到整合。

盯著徐廠長位置的人自然樂見他出醜，哪怕是和他親近的人，也知道這次是保不了他了，誰願意這時冒頭顯得自己和一個即將下台或調離的人關係密切？所以根本沒人去通知他。

直到關廠長下了令，才見廠辦宣傳秘書小陸健步如飛地向辦公樓奔去。

可憐徐廠長還不知道發生的一切，播音室是他負責財務時改造的，那時剛剛和鍾情勾搭上，正是情熱無比的時候，一方面是為了討好情人，一方面也是為了有個隱秘的地方方便偷情，這播音室簡直是按照專業錄音房的標準改造的，隔音效果極好。

這回可真是作繭自縛了。

房間裏，兩個人還在打情罵俏，郭胖子走到張勝身邊，幸災樂禍地說：「比看錄影刺激啊。」

張勝木然，如果換個男主角，他也會聽得興高采烈，可徐廠長與他這段時間來往密切，就算是利益關係，也有些感情，聽了只感到無奈。

關廠長站在食堂裏的一張桌前，身體做著劇烈的動作，渾身充滿了爆炸性的力量。他說話喜歡佐以強烈的動作，於是那張飯桌便在響亮的「鳥語」聲中砰砰作響了。

這場面，頗像港片裏的總督察在教訓屬下，只是沒有人一直喊著「Yes, sir」來捧場罷了。

旁邊的翻譯聽著廠長的話，不斷翻譯給對面的徐海生聽。關捷勝說的是粵語，聲調又快又急，她居然翻譯得非常麻利：「關先生說，你這樣做非常沒有職業道德，不符合一個領導者的素質。你可以找女人，但是你不該和同事發生這種有悖道德的戀情，那非常不道德……」

徐海生坐在對面，架著二郎腿，嘴裏咬著一支香煙，抬頭瞟了關廠長一眼，似笑非笑地吸了一口，很輕佻地吐了個煙圈過去，問那翻譯：「就這些？他沒罵人吧？」

關廠長厭惡地一揮手，把飄到眼前的煙圈揮散，大聲又吼了一句粵語，聽那語氣，極像是句罵人話。

徐海生眉毛一挑，輕輕地敲著桌子，問那個女翻譯：「這孫子又說什麼了？我怎麼一句也聽不明白。」

關廠長一聽「這孫子」，立即瞪起眼睛吼道：「我是你的頂頭上司，你對我要保持基本的禮貌和尊重，這是一個下屬必須遵守的！」

他說的竟然是字正腔圓的北京片子，徐海生噗哧一聲樂了：「操！你這孫子會說普通話啊？你會說還弄個女翻譯裝什麼大瓣蒜吶？」

關廠長還要說什麼，徐海生霍地一下站起來，向前一俯身，隔著飯桌探過身去，一把揪住了關捷勝的西裝領子，把他半個身子都扯了過來，關捷勝兩條大腿被桌沿硌得生疼，徐海生對著他那張臉咆哮起來：「靠你大爺！你個灰孫子！」

他罵完了一把放開關捷勝，關捷勝被他的態度弄得愣住了，傻呵呵地站在那兒。

徐海生把煙頭往桌上一撚，整了整衣領，搖頭歎氣地道：「我原來覺著每天對著單位裏這群白癡講話，純屬對牛彈琴。今天我才知道，原來最可怕的不是對牛彈琴，而是一頭會說鳥語的牛對著你彈琴！」

他大搖大擺地走到食堂門邊，很瀟灑地一擺手，淡淡地道：「告訴他，老子不幹了，炒他魷魚！」說完一腳踹開了食堂的大門。

廠區裏許多員工正在看熱鬧，一見他出來，立即停止了說笑盯著他看。徐海生目不斜視，走出大門招來一輛計程車揚長而去。

關廠長掏出潔白的手絹，擦了擦一臉的唾沫星子，追出食堂，見徐海生已經離開，氣得指著門外又是一番嘰嘰喳喳的，旁邊幾個副廠長連忙勸慰不止。

關廠長憤憤地轉過身，嘴裏仍在不斷斥責徐海生毫無素質，他目光一掃，忽地看到人群中的鄭小璐，眼睛頓時一亮，又仔細地盯著她看了幾眼，這才板起臉朝辦公樓走去。

張勝見了徐海生離去的場面，也替他覺得難堪，請老白幾人吃了午餐之後，他對小璐說：「你先回去上班吧，我晚上再來接你。」

鄭小璐甜甜地應了一聲，轉身進了廠區，廠子裏仍熱鬧非凡，許多人站在一塊兒議論紛紛，拿那廣播中傳出的隻言片語意淫著兩人的交合動作。

張勝送走了小璐，立即攔了輛車趕往徐廠長家……

第八章 邁向總裁之路

他身上沒有一件超過二十塊錢的衣服，
但他是那種已經不需要任何昂貴的服飾來彰顯身分的人物，
就像香港電影裏演的一群西裝革履的大人物，
中間突然出現一個穿著青袍長褂、手裏托著水煙袋的老頭兒，
人們不但不會有時空錯亂的感覺，反而會馬上知道，
這一群人中，他才是大佬中的大佬。

張勝趕到徐海生家，不料卻撲了個空，徐海生根本沒回家，張勝猶豫了一下，放棄了打電話給他的想法，直接回了自己家。

晚上，張勝趕來接小璐下班，行不多遠便問道：「小璐，下午徐廠長回過廠子嗎？」

小璐說：「沒有，聽食堂的師傅說，徐廠長被香港新來的關廠長叫去後，關廠長拍著桌子對他吼了半天，最後徐廠長火了，反罵了他一頓，然後就摔門走了，說是隨便廠方處置，他不幹了。」

張勝咧咧嘴，想笑沒笑出來：「說得也是，如果換我出了這檔子事，我也沒臉在廠裏待下去了，何必聽他那驢叫喚呢？」

小璐一聽，忽地停下了腳步，一雙眼睛危險地瞇起來：「如果換成……你？」

張勝馬上陪笑說：「女主角當然是你！」

小璐臉蛋兒騰地一下紅了，羞得扭頭就走：「討厭，就知道占人家便宜！」

張勝嬉皮笑臉地追了上去：「這是佔便宜麼？這是做丈夫的權利，我要是娶個老婆只能看不能動，不是虧大了？」

小璐一笑，急忙又掩住嘴，橫他一眼，似嗔還喜地道：「臭美，誰說要嫁你啦！」

如今已是三月桃花開，路邊就是一棵棵桃樹，小璐自花枝下回頭，那神韻風情，真比開得正豔的桃花還要美上三分。

張勝看得怦然心動，情不自禁地握住她柔軟的小手，低聲說：「嫁！一定要嫁！有了你，就是我這輩子最大的福氣！」

情人的情話是這世上最有效的化妝品，小璐的頰上頓時就像抹了兩暈最動人的胭脂，眼睛裏放著光，既羞且喜地瞟了他一眼，滿心甜蜜地接受了他的恭維。

兩個人牽著手默默地走著，一種心心相印的感覺充溢在張勝的心頭，他真想就這樣一直走下去。幸福之中的小璐卻幽幽地歎了口氣，說：

「真不知道鍾情姐怎麼會和徐廠長……不知誰打電話告訴鍾情姐的先生了，她先生開著車來接她，臉色鐵青。在廠裏他沒動手，可看那樣子，回了家鍾情姐一定會挨打的。唉，鐘姐平時挺精明的一個人，怎麼會這麼糊塗。」

說著，她忽然又嗔怪地瞪了張勝一眼，說：「你們男人呀，哼，不管什麼樣的，其實心裏都想做韋小寶！」

張勝立即接口道：「那你就是小雙兒！」

雙兒溫柔可愛，誰不喜歡？鄭小璐臉上果然露出了甜美的笑容，但笑臉隨即一收，嬌嗔道：「那……誰是最漂亮的阿珂？」

張勝很遺憾地歎了口氣，說：

「如果現在是在清朝，我又恰恰是韋小寶，保不齊還真要弄個七美在堂，不過最喜歡的一定是雙兒。現在這世道，只能一夫一妻了，所以……」

鄭小璐緊張地盯著他，問道：「所以怎麼樣？」

「所以……魚與熊掌不可兼得，就算真的有個阿珂，我還是喜歡我的小雙兒！」

鄭小璐轉嗔作喜，輕聲道：「討厭！」

張勝嘿嘿笑著說：「哄得老婆開心了，來，大功告成，親個嘴兒。」

鄭小璐俏皮地瞪了他一眼，抬起一隻手，張勝嘟起的嘴正好吻在她嬌嫩的掌心上。鄭小璐怕癢地一縮手，哼了一聲道：「誰說我開心啦？你什麼比喻呀？人家是熊掌嗎？」

張勝舔舔嘴唇，歎口氣道：「我可不就是剛剛吻了一隻熊掌嗎？嗯……味道還挺香的。」

鄭小璐不依，嘻嘻笑著追著他，兩個人打鬧著跑開了。

張勝送小璐回到宿舍樓下就離開了。那些女工的嘴巴都厲害得很，小璐臉嫩，受不得她們的取笑戲謔，所以張勝不好上樓讓她們看見。待小璐上了樓，他想了想，又向徐廠長家趕去。這事裝糊塗也不是辦法，依著兩人的交情，他也得去看看。

張勝準備了一套說辭本想安慰徐海生一番，不料一見徐海生，那到了嘴邊的詞兒全都咽了回去。徐海生神情自若，哪像自己剛被裁員那陣子垂頭喪氣的。

「徐哥，今天……」

張勝還沒說完，徐海生就哈哈一笑，擺手道：

「噯，不提它，不提它。大三元這座小廟，現在還裝不下我徐某人呢，此處不留爺，自有留爺處，我早就想走，只是一直沒找到機會罷了。」

他這番話可不像是被迫離職故意說的場面話，張勝看得出來他的確是一身輕鬆，眉眼之間還帶著喜氣。

「你來看我，我就承情了，找點什麼做不能發財？對了，按你的打算地要出手還得幾年，你最近找到什麼事做沒有？這兩年準備就這麼混著？」

張勝笑道：「那怎麼會呢？就算不為了錢，我也要找點事做的，如果不做點事，就和社會脫節了，前些日子我去一些廠子應聘電工，不過這種部門的需求不大，結果沒找到。」

徐海生抓抓頭髮，搖頭笑道：「沒志氣，沒志氣，你才二十出頭，年輕人，要有點兒闖勁，當個電工就滿足了？」

張勝笑笑說：「那也不是，我也有別的打算，這些天閑著沒事我就大街小巷地走，正琢磨著呢。我準備把我名下的地再出售幾畝，然後在市電大對面開個刻字複印社，上電大的學生大部分都是成年人，有經濟基礎。複印個資料、卷紙什麼的捨得花錢，如果在那兒開家複印社，收入應該很穩定。」

徐海生沉沉一笑，說：「嗯，在那地方開複印社，那是一定賠不了的。不過……你不覺得像我們這一次做的這種生意既驚險又刺激、獲利又大，只有幹這種買賣才能發大財嗎？人無橫財不富，小打小鬧太沒勁了。」

張勝苦笑道：「徐哥，我哪有您那本事呀，這一次要不是無意中得到了這次機遇，我還不是坐在家裏發愁。現在再讓我繼續幹，我也沒有門路呀。」

徐海生咬著煙，齜牙笑道：「說得也是，我正在投資證券業，可惜你沒本錢，這個行當可是資產再分配、貧富大洗牌的地方，是個創造奇蹟的地方。」

張勝一聽股票矍然變色，雙手連擺道：「不不不，那一行我可不做，就是有錢也不幹，我還是喜歡按部就班地生活。」

徐海生靠回沙發沉思片刻，忽又啞然一笑：「按部就班？你呀，守著金山拾柴，沒出息，真是沒出息！」

張勝疑道：「守著金山拾柴？你的意思是？問題是那地現在動不了呀！」

徐海生敲著沙發輕笑道：「誰說動不了？要看你準備怎麼動，這三百多畝地運作好了，那就是一台隨取隨用的提款機，一座取之不竭的金山！」

張勝身子向前一傾，問道：「徐哥，你仔細說說，怎麼個運作法？」

徐海生定定地看著他，目光隱隱閃爍，不知在打什麼主意。

張勝被他古怪的目光看得心裏有點發毛，他不自在地打量打量自己，窘道：「徐哥，你……你這麼看著我做什麼？」

徐海生摩挲著下巴，忽然很詭異地笑了笑：「我在想，你要是成為一家企業的董事長，會是什麼樣子？」

張勝大吃一驚，失聲道：「董事長？」

徐海生問道：「怎麼樣？有沒有興趣做？」

張勝怔然道：「我現在哪有錢做生意？再說……我哪有那個本事？」

徐海生淡淡地道：「沒有人天生就會做什麼，誰不是後學的？朱元璋一個放牛娃，做皇帝做得也蠻不錯。現在滿街拎著大哥大咋咋呼呼的大老闆們，原來都是些什麼人？有幾個是從大學裏出來的？一個泥腿子喊得出『王侯將相，寧有種乎？』你連做個老闆的野心都不敢有？」

張勝按捺住激動的心情，說道：「徐哥，就算你說得在理，可我拿什麼開廠？」

徐海生目光一閃，說道：「土地！」

張勝疑惑地說：「徐哥還是認為我該把地賣了，然後用賣地的錢來開廠子做生意？這地用不了幾年，肯定還要再翻幾番，而做生意卻未必賺得了這麼多，與其冒那個險，何如囤地增值？」

徐海生指著他哈哈大笑：「你小子，就跟你和我下棋時一樣，永遠都是未慮勝，先慮敗，畏首畏尾，不思進取！這樣的人，怎麼能夠成功？你忘了你這塊地是怎麼來的了？一無所有，借錢買地，賣地還錢，多麼成功的運作！現在你有地在手，要玩借雞生蛋更是易如反掌，要不要大哥我點撥你幾招？」

張勝忙點頭道：「你說！」

徐海生習慣性地又點起一支煙，吞雲吐霧地說：

「你只看到了土地升值的商機，於是思維就被禁錮在這兒，只想著有朝一日用這硬通貨去換些可以直接流通的紙幣，卻沒想過直接以它為資本，讓它利滾利、錢生錢。賺死錢是最笨的，能盤活一切可用資本來賺錢，才是一個成功的商人！」

這時，徐海生已經決定讓張勝參與到他正在謀劃的大事中來，他對張勝不全是利用，但也不全是提攜。他沒有要害張勝的意思，不過是想利用他掌握的資源。

但這種參與是有限度的，以張勝現有的歷練，讓他騙個貸款、冒險買地，已經是不得已而為之了，要是知道自己空手套白狼的種種招數，不把他嚇跑才怪，所以徐海生最終讓張勝看到的，註定只能是冰山之一角。

徐海生見張勝聽得入神，繼續解釋道：

「受你囤地增值的想法提示，我仔細考慮過了，其實要想獲取最大利益，我們根本不需要出讓土地，要想獲得暴利，我們就直接註冊一個公司，自己幹！」

張勝插嘴道：「啟動資金從哪兒來？如何能有賺無賠呢？」這些名詞他還是和徐海生交往後學來的，現在說起來倒也頭頭是道。

徐海生聽了不禁啞然失笑，說道：

「我先回答你第一個問題，有關啟動資金的來源。啟動資金的來源，就著落在我們的土地上。現在，橋西區已經是開發區了，政府各項政策都在向開發區傾斜，銀行必然放鬆貸款條件以扶持新區發展。」

「因此，我們可以用地皮做抵押，獲得第一筆啟動資金。也就是說，我們連一畝地都不必賣，全部拿去抵押，抵押貸款到位以後，一部分用來還貸，餘款用來建造廠房。這個過程就是貸款買地、以地抵押還貸款，我們已經到手的土地沒有絲毫損失。」

「目前蓋廠房都是工程方先墊付大頭，所以我們只需先預付一小筆資金就可以啟動，這樣，等廠房蓋完，我們就可以用廠房做抵押，再度進行貸款，獲得第二筆啟動資金。這筆錢用來支付工程餘款，同時簽訂合同讓工程方繼續開發第二片地塊，仍然只付頭期款，大頭由建築公司墊付。」

「這時我們手頭的資金就相當充裕了，蓋好的廠房用來出租或出售，隨時還能產收大筆收入。這一大片地我們自用是消化不了的，大部分地皮都可以這樣運作，留下一小片地方可以設立一家企業，然後用廠房抵押貸款來購買機器設備，機器設備再抵押貸款，後款還前款，資金就可以源源不絕。」

徐海生打了個響指，眉頭一挑道：「借雞生蛋，以蛋生雞！啟動資金問題就能完美解決！」

張勝聽得目瞪口呆，同時也聽得怦然心動，他從來沒有聽說過這樣的融資手段，可是他知道，徐海生說的這一切，完全可以實現。

他跑過銀行，知道銀行最容易審批的就是抵押貸款，有抵押物的貸款在目前國家經濟高度騰飛、貨幣投放相對寬鬆、信貸額度不斷上調的大環境下，再加上政府對開發區企業的扶持和政策傾斜，這種運作即便在正常情形下也有八成的可行性，何況徐海生在銀行界還有許多朋友，更是沒有問題。

但張勝心裏總覺得有點不妥，到底是哪裏不妥又說不上來，忍不住問道：「真要是開工廠，那可是個技術活兒，我什麼都不懂，能行麼？」

徐海生噴出一口煙圈，悠然道：「誰說我們一定要開工廠了？」

張勝不解道：「徐哥，你又是建廠房，又是買機器的，不是要開工廠是做什麼？」

徐海生蹺著二郎腿，指尖輕叩著沙發扶手，瞇成縫的眼睛裏透出一道精光：

「只是地皮的增值，那是遠遠不夠的。我們要把這塊地皮變成一個聚寶盆，讓資本如滾雪球般越滾越大，充分利用好這塊地皮的每一分價值。」

「我們真正需要付出的，只是第一期廠房的啟動資金，通過合理運作，後續建廠資金會源源而來，而每批修建好的廠房隨著時間推移都在不斷增值，或租或賣，進退自如。至於機器設備，實在無用時可以高價抵押給銀行，但流動資金在我們手上，在這個商機無限的時代，那可就是無盡錢潮滾滾來呀。」

張勝聽得似懂非懂，目眩神迷，心裏暗暗湧起的雀躍與衝動，把剛剛浮起的一點不安拋置到爪哇國去了。

徐海生見不能甩掉張勝吃獨食，便乾脆開公司一塊幹。他提議用修好的廠房向銀行抵押貸款，採用後款還前款的方式，房子越修越多，資金也越滾越大，同時還利用時間差拖欠工程款，目的就是把這塊地變成他的提款機。

因為徐海生正在利用國有企業轉型的機會夥同一些人搞兼併重組，大量侵吞國有資產，運作上急需大量錢款，所以他唯一的目的就是把地變成錢，同時又得保證土地的最大收益，所以才會不停地修廠房、貸款、再修再貸。這個過程，把錢先搞到後再生錢，而不是坐等土地升值。至於開公司，一是為了穩住張勝，二來以公司的名義也方便操作和進退。所謂狡兔三窟，徐海生做事從來不會一味蠻幹。

張勝缺乏經商經驗，徐海生自信能完全控制公司，所以公司讓張勝來當法人代表，其實也是徐海生這種專搞投機的老練商人規避風險的一種手段，有利他拿大頭，有風險有張勝來頂缸，也算是一舉數得。

這種事在上世紀九十年代初期並不少見，當時有些投機分子開皮包公司，就有人找大字不識的老農當董事長兼法人代表，這樣的董事長毫無主見，自然任由他們擺佈，一旦出了事，傀儡就成了棄子，去替他們頂缸。從法律上，拿這些真正的蛀蟲卻毫無辦法。

但是這種舉動同時也是在玩火，因為在法律上這個傀儡承擔了全部責任，相應也擁有法律所賦予的全部權力，所以如果不能有效地控制他，偷雞不成蝕把米，被傀儡反噬也不是不可能。

但是在徐海生眼中，這種事是絕不可能發生的，張勝再怎麼成長、進步，也不可能跳出他的手掌心，況且三五年之後，找個適宜的時機把土地廠房一出手，兩人一拍兩散，那時他已借這東風賺了個盆滿缽滿，至於公司的空架子，誰愛要誰要去。兩個人在人生這盤棋上的對弈，合則兩利，分則輸贏早已是定局。

張勝興奮得有點臉發紅，眸子裏閃動著對財富與成功的嚮往沒有逃過徐海生的眼睛，徐海生微微一笑，接著道：

「你的第二個問題，如何做到有賺無賠。我告訴你，沒有辦法！那樣想的人是最沒有出息的人，一點風險都不想承擔、不敢承擔！」

張勝被說得面紅耳赤，但徐海生毫不留情，繼續說道：

「那樣的人成不了大事，也沒有人願意和他共謀大事！你要做一件事，只需要想著怎麼樣獲取最有利的條件，為自己營造最有利的環境，而不是先要別人向你承諾你絕不會有什麼損失，然後才去做！」

張勝站起來，滿臉漲紅，肅然道：

「徐哥，你不用說了，你說得對，我是謹小慎微慣了，這個毛病從今天起就不再屬於我了！你說，要怎樣創造最有利的條件？我想請你指點一下。」

徐海生滿意地點點頭：

「我領你進門，但是許多東西要靠你自悟。當然，你也不必妄自菲薄，所謂天縱英才純屬扯淡，古往今來的大人物們，全都年輕過、幼稚過，犯過令人好笑的毛病，只是他們一旦成功，就沒有人會再想起他們當初的青澀罷了。想當初，我剛進社會的時候也是愣頭青一個，還不如你現在穩重成熟呢，坐，坐下說。」

張勝重新坐下來，徐海生微蹙著眉想了想，說：

「我也是剛剛有這個想法，一些思路還不太成熟，不過可以和你說說，要儘量規避風險，首先，你不能一個人幹，畢竟你沒有從商開工廠的經驗，需要有人扶持才成。」

張勝插嘴道：「我沒有經驗，但是有你徐哥，再說，咱們那塊地，你占著大頭，就算真的開工廠，這董事長也該由你來當才是。」

徐海生立即擺手道：

「不不不，那可不成。勝子，知道我為什麼離開大三元一點不在乎嗎？我和一些朋友目前在資本市場上有一些運作，以前我一直苦於無法抽身，現在終於給了我離開的理由，我就要把主要精力放在這方面。獨自管理一個企業，我可沒有足夠的精力，不過你放心，這廠子我也占了一半，不會袖手旁觀的。」

張勝點點頭，說：「那麼……這塊地皮具體該怎麼操作呢？」

徐海生頷首道：「首先，我們要設立一家公司，公司名字要響亮大氣，又要帶點高新開發的氣息。新成立的公司缺少信譽度和市場人脈，我們可以拉一家大企業參股，不為別的，要的就是他們的商譽。」

「哈哈，拉大旗、做虎皮，這和某些人結婚時鄭重其事地念某某明星的賀電是一樣的，就是要儘量抬高這家公司的影響力，做生意可不能一味地老實。」

「第二，國家的優惠政策要充分利用，註冊資金越高，我們能獲得的優惠政策也就越多。現在有專門代辦驗資的公司，驗資通過後再抽回資金，只收取一定費用，我們的註冊資金不足，可以找一家這樣的公司幫忙。」

「第三，如果辦成中外合資企業，則在稅率等方面還有很大的優惠，我老婆現在是外籍華人，我可以讓她在境外註冊一家公司，再以這家公司的名義投資入股，只要外資額度占到總股本的百分之二十五以上，我們就可以順利成為一家合資公司了。」

「第四，現在你作為公司的法人代表，一要搞好自我形象包裝，二要多結識一些商界大佬，逐步在商界站穩腳跟。數年後的橋西，焉知不會升起一顆名叫張勝的商界新星？」

一席話說得張勝熱血賁張，恨不能馬上付諸實踐。徐海生饒有興味地看著張勝，眼神中有一種一切盡在把握的得意。

公事說完了，徐海生順手打開電視機，一看到那新聞畫面，就笑了：

「來來來，你看看，新聞裏那個穿藍西裝的是寶元集團的張總，這是你進入商界必須要認識的一個人，我打算拉的合資入股人就是他！」

張勝抬頭一看，播放的是省內新聞，只聽播音員說：

「由我省著名民營企業家張寶元先生投資建設的首家五星級大酒店寶元大酒店及精品商場項目在省城市中心最繁華地段奠基。」

「該項目總投資三億七千萬元，總建築面積十一萬平方米，項目主體建築高二十一層，建成後擁有各式客房四百五十套，並配有各式餐廳、會議室、游泳池等設施，是集酒店、商務、休閒、娛樂、辦公、公寓等功能於一體的高檔商務辦公酒店……」

據報導，有些領導也參與了奠基儀式，有幾個省市領導看著的確面熟，前些日子整天關注本省和本市的新聞，張勝沒少看報看電視，所以認得。中間那個穿藍西裝的是個看起來六十歲上下的老人，顴骨很高，臉龐黑紅，皺紋濃密，頭髮烏黑，估計是染過。他對著鏡頭笑得燦爛，發黃的門牙有點凸，身材高大且微微有點駝背，藍西服裏面是件皺巴巴的T恤衫，下邊的褲子有點肥，而且是黑色的，不是配套的西裝褲，鏡頭一晃，張勝還看見他穿了雙千層底的黑面子布鞋。

這個打扮如此怪異的老農，就是傳說中身家超過七億元的寶元集團董事長張二蛋。張勝以前只是從鋪天蓋地的廣告中聽說過這個人，一直沒有認真注意過，現在自己即將步入商界，對這位耳熟能詳的商界前輩倒真想好好看看。正在這時，門外忽然傳來拍門聲。

徐廠長門上安了門鈴，這人卻不去按，是用巴掌砰砰地拍著，聲音忽大忽小，聽著像淘氣的小孩子在搗亂。

徐海生不禁惱怒道：「這是誰呀？」

張勝搶先站了起來，說：「我去看看！」

他走過去剛剛拉開房門，一個人就倒進了懷裏，張勝嚇了一跳，剛想把那人推開，忽然發覺那人一頭凌亂的長髮，竟然是個女人。

他急忙把那人放正了，果然是一個女人，臉上青一塊紫一塊的，嘴腫起老高，還沾著血絲，一隻眼睛烏青，只留下一條縫，眼球也充了血，看著真是嚇人。

徐海生也走過來，問道：「什麼人吶？」

張勝隱約覺得這女人面熟，仔細看了半天才吃驚地說：「是鍾情？徐哥，是鍾姐。」

「什麼？」徐海生急忙湊過來一看，駭然道：「鍾情，你……這是怎麼了？」

鍾情哽咽著，淚水漣漣地道：「海……海生，我……只能來投奔你了，楊……楊戈快把我打死了……」

徐海生眼中閃過一絲厲色，勃然大怒道：「他媽的，下手這麼狠！」

張勝眼見鍾情那麼妖嬈動人的一個美人被揍得成了豬頭，看得人觸目驚心，忙說：「徐哥，現在不忙生氣，得趕快送鍾姐去醫院，這傷勢太嚴重了。」

「哦哦，是是，等等，我換衣服！」

徐海生恍然大悟，趕緊換了外衣，取了車鑰匙和張勝一左一右攙了鍾情下樓，這時很多人用的還是黑磚頭似的大哥大，不過徐海生特喜歡新鮮事物，大哥大自然也早換成數位機了。

他摸出銀灰色外殼的西門子S3，先打了一個電話，聽內容是打給醫院熟人的，車子開到市三院，雨搭下已經站著好幾個白大褂，推著一輛搶救車等在那裏。二人下了車，把人抬上手術車，便急急地推進了醫院。

徐海生看來在這裏很有影響力，他和一位笑容可掬的副院長說了說，這邊正進行救治處理，那邊已經把高檔病房安排好了。張勝一見這裏幫不上什麼忙，被打的又是徐海生的情婦，自己在這兒人家也不方便，便向徐海生告辭。

本以為出了這檔子事，徐海生這兩天一定沒空去拜訪張二蛋，不想徐海生還挺上心，臨走時特意囑咐張勝，明天上午九點半會來接他，一塊兒去守備營寶元集團總部。

次日一早，徐海生開著一輛黑色賓士，果然來了。看到這輛車，張勝不期然地想上次在看守所看到的黑色賓士，心裏不由一動，但想了想，還是忍住沒問。

路上張勝問了鍾情的傷勢，徐海生苦笑一聲，搖搖頭說：

「那個瘦皮猴，沒想到竟下得了這麼重的手，鍾情怕得休養半個月以上才行，我已經安排人護理了。」

張勝心道：「自己老婆和你私通，丟了這麼大的人，他怎麼可能忍著？只是……把一個女人打成那樣，也真是太不像話了。你可以離婚，這樣打人算什麼？」

徐海生悶哼一聲道：

「打電話的也不知是誰，他媽的壓根就沒安好心，電話打到稅務局，直接跟接電話的人說的，鬧得整個稅務局都知道了，瘦皮猴臉上掛不住，想瞞都瞞不下來。算了，別提這事了，想想就煩。」

張勝見他悻悻然的，便不再言語。

守備營距市裏並不遠，再加上路修得非常好，一個小時的車程就到了地方。這裏原本是個名不見經傳的小鎮子，現在因為出了一個張二蛋而名聞全省。

這位農民企業家的名字雖然極俗氣，但他的身分可不一般。寶元集團董事長張二蛋是市政協委員、縣人大代表、著名農民企業家，是他，憑一己之力造就了整個守備營鎮的繁榮昌盛。

這位張董事長農民出身，小學文化，曾因流氓罪被判刑十年，其實說是流氓罪，按現在的標準卻不夠判刑的。起因是張二蛋和一個比他小十多歲的寡婦勾搭上了，也不怎麼背著那寡婦的女兒。

十四五歲的小丫頭，正是情竇初開的時候，總是耳濡目染這種事情，漸漸動了春心，一次趁母親不在，就主動勾引張二蛋。小女孩雖不漂亮，可是年輕啊，張二蛋稀裏糊塗就和這女孩上了床。

世上沒有不透風的牆，這事後來終於露了風聲，那寡婦惱羞成怒，便反咬一口，去派出所告他要流氓，張二蛋倒也始終沒說出和這寡婦有一腿，那寡婦也不敢逼得太狠，沒說他強姦，只說是調戲她的閨女。

但那時流氓罪也夠重的，張二蛋就這麼進了監獄。他於八十年代初刑滿釋放，出獄後靠拉板車糊口。

正常情況下，他這一輩子大概也就這麼度過了，可是他被人生幽了一默之後，大概老天爺也覺得虧欠了他，於是在他渾渾噩噩度日的時候，忽然給他送來了一份機遇……

張二蛋還在蹬板車的年代，大部分中國人都不喜歡借貸，覺得貸款就是欠債，大家都老實地過日子，除了有個病呀災的，連借錢的事都不幹，農村信用社追著人貸款都沒人敢要，一個信貸員為了完成放貸任務，硬拉著張二蛋去小酒館喝酒，趁他喝得顛三倒四，勸他應承下來貸款五百元。

張二蛋酒醒了，後悔也晚了，他這人有一個好處，那就是一諾千金，答應了人家就不反悔。於是，款子貸下來了，張二蛋覺得這錢直咬手，總得找點事把利息給人家賺回來呀，於是就一邊罵那個信貸員喪盡天良欺負他這個窮老百姓，一邊用這貸來的五百元錢硬著頭皮開了個生產被單被罩的小廠。

他肯吃苦，沒日沒夜地幹活，然後用三輪車推著產品到城裏的招待所、旅館去推銷，想不到這家小廠居然開成功了，賺了第一筆錢。張二蛋的腦袋瓜子就此開了竅，以這筆錢又開了麵粉加工廠，再度獲得成功，然後是磚瓦廠……張二蛋的生意越做越大，一個拉板車的勞改犯就此發家，直至今日成為坐擁七億元資產的超級富豪，名下產業無數，創造了一個屬於農民的傳奇。

張二蛋為人脾氣倔，以前叫這名，發了跡也不肯改，只不過這名字太土了，沒人公開這麼叫，媒體上通常以集團公司的名字代替，稱他張寶元。

一進鎮子，你就可以感覺到這裏的繁華，這個鎮子到處都是幢幢小樓，同普通的鄉鎮截然不同。家電市場、鞋帽市場、副食品批發城、麵粉廠、機械廠，這些大都是寶元集團的下屬企業。

在掛滿琳琅滿目招牌的長街上，還有一家長滿雜草的磚廠。這家磚廠早就停工了，但它是當年張二蛋發家的根基之一，所以和那家小小的被單被罩廠都保留了下來，作為紀念。

到了鎮子東側，一座氣派的大門出現在眼前，兩旁的立柱是兩雙手的造型，手中托著一隻金球，立柱上掛著一排排招牌，有塊橫著的金字招牌上寫著「重合同、守信用企業」的金色大字。

院中噴泉假山、綠草茵茵，寬闊的廣場對面，是一座乳白色的樓群建築，高十一層，建築採用不規則的多邊形，這在當時清一色四四方方樓群建築中可謂獨樹一幟。樓頂是圓塔式建築，既莊重又豪華。

這裏，就是張二蛋的經濟帝國，寶元企業集團股份有限公司的總部，寶元大廈。

車子剛開進大門，就看見一輛黑色牌照的凱迪拉克迎面駛了出來。

「你看，這就是利用合資企業免關稅的優惠政策購買的，寶元集團花了三分之一的價錢就買進來了，不過它的密封性能太好了，張二蛋坐著老暈車，後來又買了輛林肯，也是三開門的，這輛車就由公司總部作接待用車了。」說到這兒，徐海生轉頭對張勝笑了笑，說：「等我們的合資公司成立了，也給你配輛賓士。」

張勝驚訝得「啊」了一聲。

「什麼叫包裝？人無我有，人有我奇。沒有個大奔撐門面，誰會高看你三分？」說著，徐海生順手從車後拿起一個精緻的包裝盒遞給張勝，「這是我上次托人從香港帶回的摩托羅拉九九〇〇，還沒用呢，便宜你小子了。」

張勝手腳無措地還想推辭，被徐海生一瞪眼，只好乖乖地收下了。

摩托羅拉在手，張勝的心中有種眩暈的感覺，財富的大門正在緩緩向他開啟，他除了目眩神迷，心中更多的卻是惶惑。有時候富貴繁華來得太快，會讓人有失真的感覺。

徐海生對張勝的反應視而不見，繼續笑著：

「張二蛋喜歡大車，覺得威風氣派，個頭兒小點的車再好他也不要。哈哈，說起來還有一件有趣的事，他原來的家在一條巷子裏，巷子太窄，這麼大的車開進去調不了頭，每回都是開著進去，倒著出來，一進一出差不多得折騰大半個小時，後來他實在不耐煩了，才在鎮上重新蓋了別墅。」

張勝總覺得他的語氣和笑容裏帶著些調侃和輕視，顯然這位農民企業家雖說家資億萬，但他農民化的思維和做派，沒有讓徐海生產生應有的敬意。

大樓前修得十分漂亮，居然還有一個人工湖、湖上有山水亭和漢白玉的小橋，倒柳垂楊，輕拂水面，企業的實力可見一斑。

徐海生把車在樓側停好，帶著張勝走進大廈，只見裏邊十分豪華氣派，暗紅色的大理石地面照得人影清晰可鑒，登上二樓開始，牆壁上開始懸掛著一副副彩色大照片，鏡框莊重大方，相片的內容都是各級領導來廠參觀、視察的內容。毫無例外的，畫面都是張總陪同視察或熱情握手的畫面，相片下面都注明了年月和領導的姓名、官銜。

張勝打量著華美的吊燈、金色的歐式樓梯扶手、名貴的草木鮮花，疑惑地說：「張總在十一層？我看這裝修建造的規格不一般吶，怎麼沒個電梯？」

徐海生嘴角一歪，似笑非笑地說：「秦始皇巡狩天下時，你說是放下窗簾讓那御輦日夜疾馳呢，還是打開窗子，巡視著萬里江山徐徐而行呢？」

張勝聽了啞然，看來這位農民企業家的怪癖還著實不少。

大樓裏很寂靜，偶爾有進出的工作人員見到徐海生也沒有什麼特殊表情，看來他和張總關係雖挺密切，集團的工作人員對他卻不怎麼熟悉。

第十層樓整層樓都是一間豪華的大會客室，十一樓是董事長的辦公室。他們上到十一樓時已經有些氣喘了，一上去就是鋪著豪華地毯的地面，一張高檔辦公桌，後邊坐了一個一身職業裝的年輕女孩，看起來二十四五歲年紀，模樣一般，臉上、鼻子上還有一些雀斑，但是氣質不錯。

一見二人上樓，那女孩便站起身，臉上掛著職業性的微笑，客氣地問：「請問二位有預約嗎？」

徐海生一揚手，說：「喔，早上打過電話的，我姓徐，要見見張總。」

那個女秘書顯然是受過董事長的吩咐，一聽他的姓氏，臉上的笑容變得親切了，忙說：「請跟我來。」

走到一間辦公室門前，她推開門說：「董事長正在公司裏巡察，馬上就回來，二位請先坐一下。」

說著推開房門，向他們做了一個請的姿勢，待二人走進去，又殷勤地為他們沏上茶水，這才微笑著退了下去。

這間辦公室好大，窗戶是整面的落地玻璃，那一面玻璃牆寬足有二十米，最盡頭一張巨大的辦公桌，陽光照在半張辦公桌上，映起一片光芒，桌上插著三面小旗，中間一面是國旗，其餘兩面花花綠綠的就不知是什麼了。

前邊的廳中央，擺著一圈進口沙發，一面牆上掛著巨幅油畫和書櫃，另一面是蒼翠欲滴的各種植物，栽種的植物中間隱現出三道門，顯然還通向不同的房間。如此奢華、現代的頂級辦公間，不由令人對它的主人充滿了遐想。

徐海生看看手錶說：「唔，我們來得是早了點兒，先喝口茶等一等吧。這位老總每天早上五點半起床，洗漱完畢就繞著他的廠子巡視一圈，從他開工廠那天起就是如此，從來都是風雨無阻。不過他現在下轄的企業太多了，只是就近轉轉幾個主要下屬企業，也得耗費相當長的時間。」

張勝意外地道：「這位寶元老總如此敬業？」

徐海生似笑非笑地打量他一眼，問道：「在你印象中，這些民營老闆該是什麼樣兒？」

張勝臉一紅，沒有說話。

徐海生笑笑說：「你不要相信影視劇裏的那種描述，民營企業家不是那樣子的，至少大多數並不是。人們往往只看到企業家坐好車、上大飯店，但是卻看不到他們創業的艱難、工作的勞累。」

「就拿這位張總來說，每天到晚上十一點以後才能休息，午飯只吃十五分鐘，這還包括從辦公室到食堂的往返時間。他資產數億元，但沒有一個早上能睡懶覺，從來沒有星期天，能發財的人都很打拚的。」

「當然，第一批能站起來的這些人，底子多少都是不太乾淨的，那也是環境使然，大多是不得已而為之。至於發了財之後，有人開始享受生活，洋車樓房和美女，那也是天公地道，算不得素質低下，更和他是不是民營企業家無關，換作其他人，做到他們今天這位置，又有幾個不受金錢的誘惑？不會像他們一樣享樂？」

「在我看來，大多數民營企業家受人詬病的不是他們享樂的事，只盯著這些事的人根本就是紅眼病，他們真正的弱點是……」

他剛說到這兒，房門開了，一個爽朗的笑聲傳了進來：「小徐子，你可有日子沒來啦！」

隨著笑聲，這個經濟帝國的主人，著名農民企業家張二蛋先生健步如飛地走了進來，身後的房門被他順手一帶，喀嚓一聲便隨之關上了。

一件對襟布扣的白褂子、一條肥大的黑色功夫褲、腳下一雙手工做的千層底布鞋，張二蛋很開心地笑著向他們迎上來。

徐海生連忙從沙發上彈起來，雙手做握手狀，熱情地迎上去，說：「張總，您好！」

張二蛋的大手揚起來，從徐海生的兩手之間穿過去，揚過頭頂，又重重地拍下來，一掌落在他的肩頭：「哈哈，快坐吧，別整那沒用的。」

徐海生被拍得肩膀一歪，齜牙咧嘴地苦笑一聲，一見張二蛋第二巴掌又要拍下來，他急忙往回一縮，老老實實地坐回了沙發。

張勝忍著笑打量著張二蛋，這位傳奇性的民營企業家穿著對襟布扣的白褂子，裏邊露出一件發黃的背心，背心上還印著「挖渠突擊隊標兵」幾個暗紅色的大字，如果他的脖子上再搭條白毛巾，簡直就是一位六十年代的老農打扮。

可是這樣的打扮，穿在這位董事長的身上，置身於這處豪華現代的辦公室裏，卻給人一種很特別的感覺。

他身上沒有一件超過二十塊錢的衣服，但他是那種已經不需要任何昂貴的服飾來彰顯身分的人物，就像香港電影裏演的一群西裝革履的大人物中間突然出現一個穿著青袍長褂、手裏托著水煙袋的老頭兒，人們不但不會有一種時空錯亂的感覺，反而會馬上知道，這一群人中，他才是大佬中的大佬。

徐海生笑道：「張總日理萬機，我怎敢常來打擾啊？哈哈，這位就是我跟你提過的張勝，他在橋西有幾百畝土地，而且都地處中心地段，聽說張總有意進駐橋西，我這不就把人給你帶來了。」

張二蛋在對面沙發上隨意地坐了，上下打量著張勝笑道：「嗯，小夥子很年輕嘛？你也姓張，那我們五百年前是一家了。不過，你可比我當年強多了啊，小小年紀就已經是個小地主了，呵呵。」

張勝忙欠身笑道：「呵呵，張總說笑了，我這小生後輩，哪敢與張總當年相提並論呀？聽說張總想在橋西辦實業，我這不就毛遂自薦來了？只是不知道張總想辦什麼樣的實業？」

張二蛋嘿嘿一笑道：「你小子消息倒是靈通呀，我才有這麼個打算，你倒已經找上門來了，是不是小徐子走漏的風聲呀？」

徐海生笑而不答。

張二蛋接著說道：「我是有這個打算建個中型冷庫，不過建在哪兒，還只是考察階段，橋西緊臨市區，地理位置是不錯，但各項配套設施還不完善，也並不算最佳選址。」

張勝一聽，忙答道：「就目前看，橋西的配套設施是不夠完善，但我最近都待在橋西，從我所瞭解的情況看，市政府自設立開發區起，就加大了對橋西的投入，目前總體規劃已經完成，配套設施已經開始動工。橋西往北五百米就是城南火車站，往東二百米是全市最大的屠宰場，周圍是本市蔬菜主產地，城南公路從橋西橫穿而過……」

張勝這段日子都泡在橋西，對橋西的地理優勢是瞭若指掌，這時候娓娓道來，如數家珍：「我市現有成規模的水產批發市場只有三個，全部集中在市內，因此發展規模受到限制，水產品的儲藏、運輸也受到限制。現在酒店和家庭越來越側重對水產品的消費，需求量越來越大，市裏地皮有限，很難滿足水產商擴張經營的需要，因此這家近城郊的大型水產批發市場一旦建立成功，風險並不是很大。」

「正常來講，批發市場建立的頭兩年一般都是不賺錢的，甚至還要倒貼，直至吸引了大量買賣商戶的光顧，有了人氣才能形成越來越穩定、越來越豐渥的收入。不過開發區稅收、管理等政策的優惠、再加上市民對水產品需求的不斷擴大，現在開設的話可謂占盡天時地利，必定事半而功倍。」

他說到這兒，謙虛地笑笑，說：「不過，不管做什麼生意，說著容易，真要把它做大做好，可不是肯吃苦就一定辦得到的。張總是我省傑出的民營企業家，辦企業的經驗豐富、目光長遠，我想和您合資，有您的指點，我想一定能夠成功。」

張二蛋嘿嘿一笑，抓抓頭皮道：「嗯，這想法不錯，你考慮的是對的，有了好的條件和地塊，沒有好的經驗方法，也未必就能成功。這幾年五金城、傢俱城一個趕著一個建，建完了招不來商，租不出房，有的一片蕭條，還有一些廠房都沒蓋完就成了爛尾樓，所以說天時地利之外，還得有人和，缺少人脈和影響不成啊，你小子調查的功夫做得足，有點像我當年啊，做過幾年生意了？」

徐海生剛想插嘴，張勝已真誠地說：「張總，我沒什麼經商經驗，我是風翔機械技校畢業的，學的電機維修，畢業後……被市三星印刷廠招收做了電工，去年被裁員，開了個小飯店，結果還賠了。」

張二蛋把手一揮，大聲道：「好啊，你這孩子誠實，一是一，二是二，我就喜歡這樣的。我張二蛋最討厭那種來了就吹牛皮，地球上除了他沒能人的，那樣的人吹出個驢叫喚來我也不待見。」

他踢掉鞋子，盤膝坐上沙發，點上一支煙，說道：「現在就是這個樣子，分配就是瞎胡搞嘛，學外科的扔下手術刀去學殺豬，學企業管理的跑去火葬場幹殯葬……嗯，扯遠了，你那地，我改天找人去看看，要是合適的話，我就買一塊……」

張勝看了徐海生一眼，徐海生笑吟吟地道：「張總，小張的意思是……」

張二蛋馬上一擺手說：「噯，不用你講，張勝，你來說！」

張勝說道：「張總，您誤會了，我不是想賣給你幾畝地，其實我今天來的目的，是想請您參股我的公司……」

張二蛋聞言笑容一收，瞇起眼睛上下打量張勝一番，才緩緩道：「參股你的公司？你的公司在哪兒？有什麼值得我參股的？說說看！」

這張二蛋自一進屋，給人的感覺就是個很普通的農民，但是這時正經談起生意，立即煥發出一股精明勁和屬於成功商人特有的自信，張勝感到一種無形的壓力，讓他緊張得都要說不出話來了。

他緩緩地吐出一口氣，鎮定了一下情緒，這才說道：「張總，是這樣，我想通過關係聯繫一家外資企業搞塊合資的牌子，以最小的代價成立一家公司。啟動資金我準備以土地為抵押，通過貸款來解決。有了資金，就在地塊上修建標準廠房，現在開發區的土地隨風漲，廠房價值也必然水漲船高，到時候或租或賣，都能創造巨額利潤。請張總參股，主要是想借助張總的影響力。一家有實力、有背景的企業，才會在招商引資的時候，佔據更多的優勢，吸引足夠的客源。」

張二蛋嘿嘿一笑，目光閃過一絲狡黠：「喔？你們的資金能夠自行解決？唔……創業不易，這是利用我的人脈和影響給你鋪路了？那麼……我是吃乾股嘍？」

吃乾股在現代中國是不允許的，不過上有政策，下有對策，因為工業產權、非專利技術等無形資產可以作為出資股本，因此就有人以沒有實際利用價值的一些無形資產來評估入賬，變相吃乾股。

張勝和徐海生想拉張二蛋入股，圖的就是他的名聲和在政商各界的影響力，說它是無形資產也不為過，許多花了錢辦不成的事，或者要浪費一兩年時光，蓋上幾十個章才可能辦成的事，這位寶元集團老總打個電話也許就能解決。

但是張二蛋財大氣粗，二人可沒打算讓他吃乾股。如果能爭取他出資，無論出多少，總是一件好事。

所以張勝耐心解釋道：

「張總說笑了，您是我省工商業界的名人，寶元集團家大業大，哪一項投資少於幾百幾千萬了？在我們這小小的公司裏吃點乾股，傳出去不是惹人笑話。請您出馬是仰仗您的威名，這壞您名聲的事，晚輩可不敢做。」

張二蛋豁然大笑起來：

「你這小子，很會說話啊。哦……建標準廠房出售出租，是個好主意。不過……現在橋西還沒有企業進駐吧？道路也不好走，目前不是良機，有點操之過急了，反正地是你自己的，不必急在一時，我看不如等橋西的各項基礎設施健全之後再做打算，如何？」

徐海生聽他的意思是想一毛不拔，便笑道：

「張總，提攜晚輩，也是您這樣德高望重的老前輩該盡的義務嘛，小張是想讓您參百分之十的股份，這點小錢還放在您眼裏嗎？您老拔根汗毛都夠別人吃一輩子了，說到建廠時機，商機得搶嘛，如果被人占了先，豈不被動了？」

一聽徐海生的話，張二蛋便搖頭笑道：

「小徐子，這不是嫌多嫌少的問題，我是覺得入區企業大多還只是意向階段，現在就開始投資建廠房是不是早了些呢？」

張勝一直在緊張地思索著說服張二蛋的辦法，他想起徐海生說過，寶元企業在許多領域都有投資，而且他還說過張二蛋的一些趣聞，比如張二蛋買車專好買大的、建樓不設電梯，就是為了有一種帝王般的感覺。這些大大小小的方面，無不體現著張二蛋的性格特徵：這個人做企業喜歡求大求全，好大喜功，自己大可以從這方面入手。

於是張勝立即接口道：「張總，常言說錦上添花不叫美，雪中送炭才叫真。省裏在省城附近建設的開發區，這是第一個，政府方面必然高度重視，一定希望把它做大做強。那麼越是先入區的企業，必然會受到政府越多的歡迎和給予的方便。所以最早進駐的企業，在各個環節一定會得到相應的照顧，這是其一；再者，張總您是我省著名民營企業家，威望甚隆，如果您帶頭響應政府號召，參與開發區建設，並有幸成為第一家在開發區參資入股辦企業的人，您想，對您個人和寶元企業是不是也是一筆巨大的財富呢？」

張二蛋聽了神色不由一動，張勝對症下藥，這番話正對他的胃口，立即打動了他的心。徐海生對張勝投以欣賞的一瞥：這小子，一點就通，果然是塊材料啊。

張勝繼續奉迎道：「張總做的是大買賣，我是難望項背的，厚顏請您出面，就是指望著能在您這棵大樹底下乘涼。」

張二蛋聽得漸漸露出了愉悅之色，張勝順勢道：「要說，以您老的威望，就憑寶元企業的金字招牌和您個人的名望，那是無價的，占多少股都不算多，不過晚輩是小打小鬧的買賣，頂多註冊個三五百萬的資本，在您眼裏是一盤小菜，可對我來說，那已經是天大的一筆款子，您要是白占去百分之十的股份，那我也沒剩下多少了。」

「張總，這件事，說到底不過是我求個小利，您圖個好名，百分之十的利潤哪放在您老的眼裏呀，您說是不是？不過有這筆投入，您老再多關照著點兒，這企業每年的股利分紅就當是晚輩受您扶持，孝敬您老的『大紅包』了。如果您老願意參股，我將來修建的整個工業園區的名稱，都可以冠以寶元的大名，我也沾沾您的福氣，您看怎麼樣？」

這一說，張二蛋眼底頓露喜色，他這人從骨子裏就好大喜功，恨不得各行各業都有他的產業，然而即便以他的實力和擴張速度，也不可能佔領所有領域。張勝邀他入資，是借他的名，而註冊名字帶上寶元兩字，又送他一個名，正稱他的心意，這一來他也不太計較能夠得到多少實際利益了。

徐海生察言觀色，笑道：「是啊，這正是合則兩利的好事嘛。至於基建設施不健全，其實也不用那麼擔心，公司還沒有開起來嘛，等到廠房建成，基礎設施應該就同步建好了，而且張老弟的那塊地皮正貼著城南公路，運輸本來就不成問題的。」

張二蛋呵呵地笑起來：「嗯，看你們一唱一和的，如果這樣嘛……那好吧，我就意思一下，投入一百萬，跟你們合作開工廠。不過，地皮是你出的，我可不再額外增資了。」

「那是，那是！就衝張總的這張招牌，那可是無形資產呀，多少企業想送乾股給張總還請不來呢，況且張總這是投資參股我這公司，張總這樣提攜小輩，小輩們只能是感激不盡了。」張勝連連點頭應承道。

張二蛋趿鞋下地，說道：「沒有意見？行，那……就這麼著，事兒就這麼定了，小張提出的建水產批發市場的主意是不錯，不過目前投入還是操之過急了，我認為還是先建冷庫，水產批發市場作為後續投入可以待機而動。」他笑著說：「我的外甥也是城裏人，跑到我這兒找營生。我讓他跟你去看看地塊，選個合適的地建冷庫，需要用到我張二蛋為你出頭的事，就讓他代我去跑。」

他說完了，扯著嗓子就喊：「陸秘書，陸兒啊，小陸……這扯不扯，弄個門還隔啥音吶。」

張二蛋走回辦公桌旁按了按鈴，對著小喇叭大聲說：「我說陸兒啊，你進來一下！」

張二蛋吩咐完了，對張勝說：「楚文樓是我外甥，年紀比你大不了多少，你們年輕人有啥事也說得到一塊兒去。」

這時房門一開，那個戴眼鏡的女孩出現在門口，張二蛋未等她說話，便道：「你馬上給財務部打個電話，讓楚文樓上來一趟！」

徐海生吸著煙，微笑著拍拍張勝的肩膀，說：

「看到張總辦事的風格和魄力了吧？你跟她下去接一下吧，這位楚兄弟看來就是今後張總這邊負責和你接洽的聯絡員了，彼此要好生相處。」

張勝一聽，便起身道：「張總，我去迎一下吧！」

張二蛋點頭道：「好好好，去吧，去吧，你們書都讀得多，不過畢竟還是年輕，光讀書是不夠的，要把學問做活了才能成才，今後你們互相幫襯一下。」

房門一關，張二蛋又坐回沙發上，徐海生奇怪地問道：

「張總也有意想在橋西辦實業？我怎麼事先都沒聽你通氣兒呢？」

張二蛋擺手道：

「嗨！樹大招風唄。出來混，就是互相給面子的事，是市裏領導找到我，說我是什麼民營企業的傑出代表，應該率先支持開發區的建設。正好前一陣子省裏一位領導來視察時建議我建個冷庫，做做水產和儲藏方面的生意。」

「不過，這投入可不小，光是建冷庫基地就得五百萬，還得耗鉅資購地，嘿嘿，你這位小兄弟來找我，正是願者上鉤、一拍即合。這一來，我花錢不多，省市兩位得罪不起的大領導就都奉承到了。」

「對了，小徐啊，現在我手上投資在建的大型專案有好幾個，資金比較吃緊，我要的那三千萬，你籌措得怎麼樣了？」

徐海生道：「張總，我那邊運作最難的地方就在於要涉及方方面面的關係，需要平衡方方面面的利益，現在幾條線鋪開了都在做，這個時候如果抽資，就會造成一系列的失敗。」

張二蛋撓撓頭皮，說道：

「唉，都怪我太相信那些老毛子了，價值兩千多萬的肉製品只收了百分之十的訂金就打過去了，到現在他們也不付餘款，我已經派了幾撥人過去催賬，只要來幾車皮木頭、還有幾輛伏爾加。現在新建的皮草加工廠、煉鐵廠、水產養殖公司，都需要大筆的後續投入，難吶。」

徐海生皺起眉頭說：

「現在外邊拖欠的貨款不止俄羅斯那一筆吧？賬要不回來，資金緊張，就該收縮規模，暫時不要建設新廠嘛，怎麼這又……」

張二蛋擺手道：「不成不成，這幾個項目都是省市領導倡議的嘛，怎麼好停下來呢？」

徐海生苦笑一聲，也默默地搖了搖頭。

第九章
派頭的講究之道

張勝緩慢地轉著身子，仔細照了半天鏡子，總覺得自己像個盲人，於是抬手摘下了那副幾乎遮住了半張臉的黑色大墨鏡。

這一來，那雙澄澈的眸子令他的氣質陡然一變，張揚、邪氣的裝扮，卻是一副靦腆、純樸的氣質，兩種感覺很完美地組合在一起，那種味道說不出的特別。

陸秘書在辦公桌前打了個電話，然後對張勝笑道：「張先生，楚經理不在辦公室，我到樓下找找吧。」

張勝為了以示誠意，便道：「麻煩你了，我陪你一起去吧，正好見見楚經理。」

兩個人往樓下走，張勝問道：「楚經理現在在什麼部門供職啊？」

臉上有點雀斑的陸秘書說：「楚經理剛來，原來是市第五糧油供應站的會計，離職後到了寶元企業，現在在財務部做一個部門的副經理。」

陸秘書帶著張勝到財務部找了一圈，不見楚文樓的蹤影，於是問了他的大哥大號碼，結果一連打了幾次都占線，聽說他就在側樓，二人便下樓去找。

兩人出了主樓，剛剛向左側走出不遠，便見一個男人舉著部大哥大緊貼在耳朵上，整個頭歪向一側，一邊聲音高亢地喊著，一邊向這裏走過來。

陸秘書立即揚聲道：「楚經理，老爺子叫你上樓一趟。」

那人向她點點頭，脖子一挺一挺地繼續嚷：

「喂！老K啊，我是楚文樓啊……對對對對，我說……你能不能幫我訂張機票啊，怎麼也得五折起吧？對……我丈母娘要去深圳看我小姨子，對對對對……什麼？搞不到這麼便宜的機票？那算了，我還是讓她坐火車吧！」

這人就是今後很可能跟自己長期合作的夥伴？

張勝認真打量起來：

楚文樓二十八九歲年紀，身高不到一米六五，不說是張勝，就是站在身段苗條的陸秘書面前，都顯得像個煤氣罐兒。他上身穿著棕色西裝，下身牛仔褲，腳上一雙耐克旅遊鞋。一條鮮豔的紅色領帶半掩在襯衫裏。他打完電話握著「大哥大」走過來，胳膊半端著。

「陸秘書，老爺子找我什麼事啊？」楚文樓笑瞇瞇地道。

這個人身材臃腫，其貌不揚，一雙金魚眼，嘴岔子很闊，俗稱的嘴大吃八方的那種。脖子又粗又短，幾乎找不到，肚腩高高挺起，看其形象，既像蛤蟆精，又像大老闆。

陸秘書指著張勝說：「楚經理，這位是老爺子的客人張先生。」

「喔……你好，你好！」楚文樓急忙邁著外八字的步子迎上來，緊緊握住了張勝的手，連連搖晃，狀極親熱。

「楚經理你好，鄙姓張，張勝。」

「你好，你好，你到寶元集團是……」

「哦，我有筆生意要與寶元集團合作，張總想指定楚兄做我的合作夥伴，我特意下來見見你呀。」

楚文樓一聽大喜，張二蛋的七大姑八大姨比他近的親戚多得是，人人都在企業任職，他剛剛從城裏過來，一直圖謀不到更好的差使，所以蹲在財務部掛了個副經理的銜領空餉，沒有什麼實權，這下總算見了亮。這人既然能和寶元企業談生意，想必還是有一定實力的，自己能代表寶元跟他們合作，那可算是走出冷宮了。

楚文樓天生一雙短粗胖的羅圈腿，平時最怕爬樓見老爺子，這一下氣力陡生，和張勝一口氣爬上十一樓，居然面不改色，有說有笑。

張二蛋對二人又做了正式介紹，說了自己的投資意向，要楚文樓跟著去橋西考察，驗證各種證明文件，待合作意向簽訂後，由他作為寶元企業投資代表，與張勝合作辦企業。

張二蛋做事向來風風火火，一筆生意決定去做了就決不瞻前顧後，三言兩語就交代明白。四人寒暄幾句之後，由徐海生開車帶著楚文樓和張勝前往橋西，徐海生是見人說人話、見鬼說鬼話的主兒，楚文樓也是一個油滑的社會人，彼此有心結納之下，車行一路，三人已是十分熟稔了。

實地看過了張勝名下的地皮之後，這時已經到午飯時間，徐海生作東，拉了兩人到了附近的一家飯店。

徐海生躊躇滿志地說：

「張總的第一筆款子一打進來，我們先找工程隊進駐施工，先蓋一處辦公大樓，同時抓緊時間註冊公司，張勝答應張總企業名稱要冠以寶元的名字，我看……咱們這家企業就叫寶元匯金實業開發股份有限公司，怎麼樣？」

楚文樓一聽雙手一拍，諂笑道：「好名字，好名字，又大氣，又響亮，又喜慶，就衝這公司的名字，我們不發財都難啊。」

這時，楚文樓的大哥大響了，他拿起電話，習慣性地歪著肩膀，調門兒自然地提高起來：

「喂？啊！凝兒啊，我回市裏了，沒在廠子裏，對對對對，一會兒我就回家去，對對對對……咱媽的機票？別他媽提了，老K一天到晚盡胡說，真讓他辦事就不成了……」

也不知是信號太弱還是嫌酒店裏太吵，楚文樓舉著電話往外走，站在外面窗子旁抑揚頓挫地大聲喊起了話，看那情形，好像是和老婆說著買機票的事。

徐海生瞥了他一眼，趁機對張勝道：

「張二蛋在各屆影響很大，省市各級官員都很熟悉，把他拉進來，我們運作中很多難題都能迎刃而解，所以這個人一定得拉住，他把楚文樓這個搞財會的表外甥派來，對你的廠子顯然還是有點不放心的。你不妨大方一點，回頭先許諾讓楚文樓就任公司財務部經理，示之以誠，讓他放心，這樣張二蛋才會放心劃款注資，賣力幫我們跑手續。」

張勝點頭道：

「我明白的，徐哥，這叫疑人不用，是吧？既然合作了，要是對人家還總是防著避著……誰也不傻，你不掏心，別人也就不會對你以誠相待了。徐哥，公司要成立了，這新公司不管怎麼說，你都是占著大頭的，不掛個職務說不過去，況且，我還真需要你幫我掌舵把關。」

徐海生笑笑說：

「我占著股份嘛，給我個常務董事就行了。具體的事還得你來辦才成。對了，當初咱們簽的地皮轉讓合同，用途是農用地，現在要改變用途，得跟開發區管委會打交道，還得去區上補足契稅。雖說咱們這塊地要是真的拿來種菜，那才叫開發區頭痛，不過去辦手續難免少不了有點麻煩，尤其是……聽說賈古文那老小子投機鑽營，跑到開發區管委會做了一個副主任，要是讓他知道了，肯定找咱們的麻煩。你不要露面，這些事兒就讓楚文樓打著寶元企業的招牌去辦就好。」

張勝聽說賈古文也跑到開發區任職，不由嚇了一跳，聽了徐海生的主意，連忙點頭稱是。賈古文對他們再怎麼有看法，也不敢刁難張二蛋的，張二蛋是省市各級領導眼中的寵兒，要是他在省市領導接見時順口發幾句牢騷，那這條老甲魚就要吃癟了。

徐海生說完，笑吟吟地舉起了杯：「來，大事已定，咱們哥倆喝一個！」

張勝也興奮地舉起了杯，「噹」地一碰，一杯白酒一飲而盡。

烈酒下肚，他的心都熱了起來……

飯後，徐海生接到個電話，與張勝二人寒暄幾句就匆匆離開了。臨行前，他從包裏拿出一個信封遞給張勝，半開玩笑地說：

「你平時不修邊幅也就罷了，現在可是我們公司的法人代表，不能掉了公司的價。這裏是一萬塊錢，今天我以公司常務董事的名義要求你，為了公司形象，你必須對自己包裝一下。」

楚文樓笑嘻嘻地插話道：

「徐哥這話在理，形象就是身分的象徵，現在的企業老總，哪個不是一身名牌？像我們張總，衣著雖不講究，出入也是名車代步，說句不怕見外的話，第一眼看到張總你，我還以為是寶元新招聘的小職員呢。」

張勝本想推辭的，聽了這話只好收下了信封。以前他從沒有想過自己的著裝問題，上次狠心置辦了套一千多的西裝，都讓他肉痛了半天。而現在他所有的積蓄已經消耗在買地應酬中，要讓他拿出錢來置辦點高檔服飾，就他目前的經濟狀況還真辦不到。

楚文樓因為想著以後需要與張勝共同謀事的地方還多，而且雖是寶元外派人員，終究要在人家手下做事，有心與他結交，便笑道：「這樣吧，反正我下午也沒事，我的審美眼光還是不錯的，我陪張總去包裝包裝吧！」

說罷拉著張勝便走，一踏進當地最有名的九龍商城，楚文樓就興沖沖地帶著張勝按照自己設想的大老闆標準開始採購打扮起來……

張勝推開更衣室的門，遲疑地走出來，忸怩道：「楚哥，這打扮……不……不合適吧？」

楚文樓雙眼一眯，兩隻胖手一拍，讚歎道：

「好！這才像樣！你呀，天生的衣服架子，這麼一穿，得迷死多少女人呀？有點自信成不成？這才像個大老闆！」

「會……會嗎？」張勝期期艾艾地說著，轉身看向更衣門上的鏡子。

一身筆挺的黑色西裝，裏邊卻是豔麗的大紅襯衫，襯衫開著三個扣子，楚文樓說這叫粗獷，敞開的領口內露出一截黃燦燦的金項鏈，看起來足有手指粗。細皮帶，橫穿了一個手機套，裏邊掛著沉甸甸的手機，把那一段褲腰墜得有點下沉，手指上戴了兩個碩大的金鎦子，腳上一雙發亮的尖頭皮鞋。頭上戴著一頂微歪的禮帽，嘴角微微上翹，那張英俊的臉上帶著一點邪邪的笑意，說他打扮俗氣吧，偏偏因為人品的出眾，帶著種特別的魅惑力，本來在一旁捂著嘴竊笑的服務員，也不禁露出了欣賞的目光。

張勝緩慢地轉著身子，仔細照了半天鏡子，總覺得自己像個盲人，於是抬手摘下了那副幾乎遮住了半張臉的黑色大墨鏡。這一來，那雙澄澈的眸子令他的氣質陡然一變，張揚、邪氣的裝扮，卻是一副靦腆、純樸的氣質，兩種感覺很完美地組合在一起，那種味道說不出的特別。

「很好，這才像個成功的企業界人士，你說對不對？」

楚文樓對自己的設計非常滿意，一邊打量著張勝，一邊洋洋自得地問旁邊的服務員。

那女孩很會說話，她含蓄地說：「嗯，這位同志的相貌、氣質非常好，這套打扮穿在他的身上……有種很特別的味道。」

張勝的臉有點紅，本性不喜歡張揚的他對這種打扮有點抵觸，不過楚文樓和售貨員都說這麼打扮出色，他便有點高興起來。

他真想馬上穿著這樣鮮亮的衣服去見小璐，女為已悅者容，男人何嘗不是？

「喏，雪茄，ZIPPO火機，好了，這下齊全了！」

楚文樓把新買的這些東西一一放進他的口袋，張勝頭一回打扮成這個樣子，心裏還是有點不好意思，忙道：「好了，楚哥，我們走吧。」

「好，我們走，嗳，帽子戴好，墨鏡、墨鏡，別拿著呀你，戴上！」

「楚哥，這墨鏡鏡片好像顏色太深了……」

「你不懂，眼睛是心靈的窗戶，深一點好，就是為了不讓人看清，這樣談生意時，別人很難猜出你的想法，我們就容易掌握主動。」

「問題是……楚哥，這樓裏有點暗，我好像看不清道……」

「戴上，戴上，我牽著你，出了大廈就好了……」

鄭小璐鎖好她的自行車，腳步輕快地向宿舍樓走去。

今天回來得很晚，不過她卻很開心，因為今天她被調到廠辦當行政助理了，回來晚就是因為要交接工作，才耽誤了些時間。

交接工作的時候張勝來過電話，問她幾點下班，當著被接替的同事，她不好把這個好消息告訴張勝，便只對他說今天加班，時間還無法確定。她知道張勝正在郊區忙著他的新廠，這些日子沒空來接她下班，準備找個合適的時間再把這喜訊告訴他，讓他也來分享自己的歡喜。

這些日子張勝工作太忙，有點冷落了她，但小璐心裏一點也沒有埋怨。她認為做一個好女人，頭一條就是男人闖事業的時候，女人應該本分點，就算不能給他什麼助力，至少也不能去糾纏他，分散他的精力。

可是有了喜悅的事，她真的想第一時間讓張勝知道。想著張勝為她開心的樣子，小璐臉上溢出了甜甜的笑。

門洞裏很黑，估計是廊燈又壞了，小璐蹙了蹙眉，正想快步走進樓去，一個黑影忽然從樓裏閃了出來，正堵在樓洞口。

高高的個子，還歪戴著一頂禮帽，就像電影裏的黑社會，小璐不禁嚇了一跳。她腳步一頓，等了片刻，那人卻沒走出來，好像就是站在那兒等著她似的。鄭小璐的心不禁急跳起來，她左右看看，不見有路人經過，心裏更慌了，眼見那人動也不動，小璐悄悄攥緊車鑰匙，壯著膽子問道：「你……你堵著門洞幹啥？快讓開！」

「嘿嘿嘿嘿……」那人笑起來，笑得小璐心驚膽戰。

然後，那人慢慢地探手入懷，小璐立即緊張地舉起了鑰匙，鑰匙尖對著他，靠著這把可憐的武器給自己增添幾分搏鬥的勇氣。

那人摸出來的東西比她的鑰匙可長了不少，難道是匕首？小璐心裏一緊，只聽「啪」的一聲，火光亮起來，原來是一支雪茄。火光映紅了那個人的臉，那人低著頭，禮帽遮住了大半張臉，臉上還架著一副流裏流氣的蛤蟆鏡，嘴使勁地裹著雪茄，臉頰微微有點內陷。黃澄澄的金鎦子，長長的雪茄，尖尖的下巴，上翹的嘴角，詭異的笑容……他不流氓誰流氓？

鄭小璐渾身一震，渾身的汗毛刷地一下豎了起來。

「啊！啊……抓流氓，打壞蛋啊……」

魔音穿腦般的高分貝尖叫震撼著張勝的耳膜，在樓道裏迴蕩起來。張勝哭笑不得，他打扮得一身光鮮，本想給心愛的女友一個驚喜，沒想到她居然認不出自己，還錯把自己當流氓了。他急忙丟了雪茄，撲上來一把攬住她的腰去捂她的嘴，口中低叫道：「別喊！別喊！是我！」

鄭小璐攥著鑰匙正想去劃他的臉，忽地聽到他的聲音，那只小拳頭不由僵在空中：「勝子，是你？」

張勝摘下墨鏡，苦笑道：「可不是我嗎？你連我都認不出來了？」

鄭小璐餘悸未息，輕拍著胸口瞪了他一眼，嗔道：

「誰讓你打扮成這副鬼樣子跑出來嚇人啦？我還以為是流氓呢！」

張勝很鬱悶地道：「流氓？這造型不像許文強嗎？」

鄭小璐白了他一眼，哼道：「許文強不就是流氓？」

就在這時，只聽樓道裏也傳出一聲尖厲的大叫：「快來人吶，鄭璐出事了！」

張勝沒想到驚動了別人，連忙回頭解釋道：「沒事，沒事，純屬誤會……」

樓道裏黑漆漆的什麼也看不清，但是聲音卻在二樓喊得響亮：「鄭璐，你怎麼了？快來人吶！」

「鄭璐？是鄭璐姐，快走！」小璐一拉張勝，急急地跑進了樓，張勝這才想起本廠還有個叫鄭璐的女工也住在這幢宿舍樓。

二人連忙向叫喊的地方跑去，各個房間的女工聞聲都跑了出來，張勝闖進一間屋子，見幾個女工圍在那兒，當下也顧不得說什麼，急忙分開眾人闖進去，中間地上躺著一個人，這是個年輕的女孩，長得有些秀氣，身材略顯肥胖。

旁邊的女工驚慌失措地說：

「不知道她怎麼了，在二層鋪上看著信，忽然就又哭又叫的，然後一頭從上邊栽下來，嚇死我了。」

另外有女工便叫：「鄭璐，鄭璐，哎呀，這麼暈迷不醒的，是不是摔傷了腦子？」

有個年歲較大的女工一眼看見張勝，不由喜道：

「張勝，你怎麼在這兒？太好了，我們都是女人，力氣小，快幫我們把她送醫院去。」

這種事當然不能撒手不管，張勝便抱起鄭璐往外走，小璐便也跟著下了樓，會同鄭璐同室的一名女工搭了輛車一起去醫院。

還沒到醫院鄭璐就醒了，醒來後仍是又哭又叫的，到了醫院一檢查，腦袋摔了一下，但不是太嚴重，不過醫生把張勝和她同室的女工叫到一邊，問清了他們的身分和病者的關係後，很嚴肅地說：「這位同志的傷勢並不要緊，不過在精神方面似乎有點問題。」

那女工驚訝地說：「不會吧？鄭璐平時挺文靜的，沒見她神經方面有啥問題呀。」

醫生扶了扶眼鏡，糾正說：

「是精神，不是神經。平時平靜，不代表精神方面就沒有疾病，有時候，一些特殊事情的刺激就會成為誘因，誘發精神方面的疾病發作。這位女同志……希望你們能和她的父母溝通一下，最好帶她去做精神類專科醫院做個細緻的檢查。」

那女工連連點頭，等醫生離開了，嘀咕道：「這扯不扯，不就是對方要分手嗎？不會真急成神經……哦，精神病吧。」

鄭璐傷得不重，能走能動，只是精神不太好，一直時哭時笑的向她同室的姐妹訴說男朋友原來對她怎麼好，怎麼海誓山盟絕不分手，現在卻絕情絕義。

張勝不便聽這些女孩的私房話，便攔了輛計程車讓那女工載她回去，自己和小璐則利用這難得的機會去附近的小公園散步。

張勝坐在長條椅上，輕輕攬著小璐柔軟苗條的腰肢說著話，小璐偎在他懷裏，很愜意地閉著眼睛，享受著他的溫柔。

「對了，勝子，告訴你一個好消息！」小璐忽然想起一件事，忽地坐直身子，喜滋滋地說：「我現在被調到廠部當行政助理了，工資漲了好多！」

「真的？」張勝一愣。

鄭小璐歪著頭看著他，問道：「怎麼，不替我感到高興？」

張勝笑了：「高興，當然高興，你……喜歡這份工作？」

鄭小璐奇怪地道：

「這還用問麼？誰不想有份好工作？當廠辦行政助理和以前當檢字員哪個好？我當然開心啦，你問得好奇怪。」

張勝攬著她的腰，耳鬢廝磨著，溫柔地說：

「我不是不高興，只是……我的廠子馬上就要正式開業了，我還想讓你去我那裏幫忙呢。」

鄭小璐笑道：「你搞的是房地產、冷庫和水產批發，我去做什麼？」

張勝道：「當然是幫我管賬，一家企業最重要的就是財權，這點道理我還是懂得，沒個絕對信得過的人幫我看著金庫，我怎麼放心？」

鄭小璐搖搖頭，很認真地說：

「勝子，我不懂財會，去了幫不了你什麼忙。而且，我不贊成你任用私人，不管什麼企業，但凡任人唯親的，就沒個好。對了，你這一說我還想起來件事，昨天我去看望伯父伯母，恰好你表姑帶著你的兩個表哥上門來，聽那意思，想讓伯父跟你說說，讓他們都到你廠裏上班。」

「他們是你的親戚，照理說，我不該跟你搬弄是非，可我希望你能成就一番事業，不能毀在這些家長里短的事上。你的兩個表哥，一看就是不肯踏實幹活的人，去了只會給你惹麻煩，到時，你管他們就傷感情，不管這廠子就沒法辦。我估摸著等廠子開起來，親戚朋友少不了用這種事來煩你，你可得有點心理準備。」

張勝皺眉道：

「你不說我也知道，這兩個活祖宗我可不敢用。我二表哥吳慮整天不務正業，從小就是偷奸耍滑的主兒；大表哥吳悠就更別提了，原本在政法委開車開得好好的，多難得的工作，可他一點不珍惜，結交些不三不四的朋友，不安心工作。有一年冬天，下著大雪，政法委書記打電話讓他去接，他把車借給朋友玩來不及開回來，就讓書記自己搭車上班，你說這像話嗎？後來車子撞了，又私下修好，壓根兒沒告訴單位，直到單位檢查才發現一些零件換了。」

「接連出了幾次事，政法委待不下去了，表姑夫托關係走後門好不容易把他調到了司法局，嘿！這位大爺，去的當晚就開著局長的小車帶女朋友逛街，結果車子沒鎖被人偷走了，氣得表姑夫大病一場，他的正經工作也徹底丟了。你說他在機關單位都幹成這副德性，到了我這個表弟開的廠子裏，還不給我攪和了？表姑夫這不是坑我嗎？」

鄭小璐點頭道：

「嗯，這是品行不端的，就算肯老實幹活的，你說都是你的親戚朋友，去了你好意思就讓他當工人被外人指揮著幹活？他們心裏能平衡嗎？別人能盡心管嗎？給個一官半職吧，可他們是那塊料嗎？如果沒那個能力，還不是好心辦壞事？」

張勝默默地點頭，說：「嗯，你說得有理。」

鄭小璐掠著髮絲說：

「正因為如此，你那裏我更不能去，一來，我學的東西不適合去你的廠子工作，二來，你要是不用他們，我卻去了，你還不被親戚朋友戳脊樑骨？」

張勝刮了一下她的鼻頭，感慨地說：「我現在真是有點得意忘形了，多虧你提醒我，娶妻當娶鄭小璐，你呀，真是我的賢內助！」

鄭小璐扮個鬼臉笑道：「人家什麼時候成了你的賢內助了，我是大三元彩印廠的廠助好不好？在那兒我有工資領的，你又不發工資給我。」

張勝涎臉笑道：「你還需要發工資嗎，我的還不就是你的？」

張勝「嘿嘿」一笑，靜靜地抱著她。

風徐徐而來，帶著花的馨香。過了許久，張勝用風一般溫柔的聲音說：「明天一早我就得回去，這些天籌備的事很多，恐怕不能回城，你會不會想我？」

「想你幹嗎？離得那麼近，我又不是不知道你在忙正事，我專心工作，在這兒等著你就是了。」

「星期天也不去看我？」

鄭小璐從鼻子裏哼了一聲，說：

「星期天你要是有空自然會回城的，你要是沒空，我去了不是浪費你的時間？有那空兒我不如去陪陪伯父伯母呢。」

張勝氣不過，說道：「怎麼？對自己這麼有信心呀，就不怕我在外邊學壞？」

鄭小璐瞪了他一眼，說道：「你敢！你要是敢學壞我就告訴伯父伯母，讓他們打斷你的腿！」

張勝嘿嘿一笑，灼熱的眼神盯著她柔美的臉蛋，目光閃閃發亮。鄭小璐被他盯得發慌，她剛想逃開，張勝就俯身下去，一口吻上了她的嘴唇，讓她連抗議的聲音都發不出來。

吻著吻著，張勝的手就不老實地滑下去，在她渾圓結實的臀上捏了一把，可惜鄭小璐穿的是牛仔褲，布料厚厚的，這麼扭身坐著又繃得緊，無法體會那裏的柔軟彈性，那手便又向她的胸部偷襲上來。

鄭小璐被吻得心蕩神迷，可是張勝的動作她還是感覺得到的，張勝的手剛剛移到她的乳房輪廓，還沒來得及體味它的曼妙，小璐就用舌尖使勁頂出他的舌頭，然後飛快地跳了起來。

她紅著臉說：「我們回去吧，明天一早你還得趕去橋西，這些日子太操勞了，回家好好休息一下。」

鄭小璐穿著白色T恤、藍色牛仔褲，長髮隨意地束在腦後，透過樹影的燈光斑斕地灑在她的身上，她的美和俏就像燈前的花影，迷離醉人。

張勝看得心癢癢的，可惜，小璐雖容他說些親熱話和情侶間適度的愛撫，卻始終不肯做過度親熱的舉動，不止在這靜謐的小公園裏不肯，就是兩人在張勝家裏插上房門說悄悄話的時候也不肯。

張勝知道她個性既靦腆又敏感，內心深處總是缺乏安全感，在名分沒有得到法律的承認和保證之前，她總有種不確定感，因此也不願逼迫她，當下只得裝作很不情願地站起來。

鄭小璐立刻討好地挽住他的手臂，張勝哼了一聲，不甘心地在她的小翹臀上狠狠拍了一巴掌，惹來小璐一聲痛呼，這才心滿意足地攬住了她的纖腰……

接下來的半個月裏，張勝每日與財務經理楚文樓一起跑工商、稅務、銀行，忙得腳底冒煙。有了張二蛋這塊金字招牌，果然諸事順利。

辦理營業執照時，徐海生找了一家專門幫助別人註冊驗資金的公司，這家公司財力雄厚，收取了百分之三的好處費後，馬上劃款入賬，驗資完畢又動用關係悄然將款項劃回。

土地抵押貸款也順利到位，還了前款，大約還能有兩百多萬的流動資金，張二蛋的一百萬投資款也到賬了，張勝便開始張羅著修建辦公大樓，投建標準廠房。

關於辦公大樓，張勝本想請市工程設計院的人進行工程設計後再行修建的，可徐海生不同意，認為辦公樓不過是面上光鮮的事，公司初期運營需要耗用資金的地方很多，犯不著如此大費周折，於是最終決定修一樓一底，這樣節省下來的錢還能裝修豪華些。

招聘的工程隊進駐工地後立即熱火朝天地工作起來，反正那是一片空地，日夜可以施工，不需擔心擾民問題，辦公大樓蓋得快捷無比。張勝這些天忙得整個人都瘦了一圈，不過眼看著自己心中的藍圖一天天勾畫成現實，他的心裏還是美滋滋的。

在股權分配上，張二蛋出資一百萬元，占了百分之十的股份，張勝占了百分之四十的股份。徐海生通過妻子的海外關係，以妻子在海外的註冊公司出資入股的方式占了百分之三十的股份，正式落在他個人名下的股份只有百分之二十。

一切順遂，一個半月後，張勝拿到了寶元匯金實業開發股份有限公司的營業執照，正式成為這家新成立的股份公司的董事長。這時，辦公大樓主體工程已經完成，收尾工作加上裝修再有一個多月就能全部完成，屆時公司就可以正式掛牌營業了。

鍾情住院近一個月傷勢才痊癒，這段日子她的老公楊戈打聽到她住的醫院，便跟到醫院去糾纏，楊戈倒不是不想離婚，而是心中氣不過，所以存心折騰她。可憐鍾情本來豔若桃李的一個俏女子，連傷帶氣、日夜難眠，待到傷癒出院，氣色已經跟鬼差不多了。

其實鍾情和楊戈的感情一直就不好，楊戈是開車的，早幾年的時候司機是很吃香的職業，稅務局的司機那更不必說了，領導或辦事人員去哪兒他不得跟著，到哪裏查賬人家大包小裹的往車裏塞東西時不給他捎一份兒？

鍾情家境一般，年少虛榮，覺得這樣的老公才拿得出手，就栽在了他的糖衣炮彈之下。這種愛的基礎本就勉強，楊戈的習氣又不正，常在外邊搞七捻三的，鍾情對他就更談不上什麼感情了。

徐海生雖說四十出頭，比楊戈大了十多歲，可無論身材相貌、談吐氣度，哪是那個猥瑣的瘦皮猴兒能比得了的？他是一個事業有成的成熟男人，又會哄女人，兩人在一個辦公樓，一來二去就搞起了辦公室戀情。

雖說徐海生有妻有子，不過鍾情可是真心喜歡他，把他當成了自己的親漢子。如今姦情暴露，她有家難歸，娘家也沒臉回去，走投無路之下，只好來投奔他。

這一來徐海生可犯了難，他看鍾情風騷嫵媚，這才刻意勾引，不過是想找個玩物而已，平時如何甜言蜜語都無所謂，他也捨得花錢送鍾情些珍貴的首飾化妝品，可讓他把這女人一直留在身邊他可不幹。吃雞蛋就得養隻雞？蠢人才那麼幹。

鍾情抽泣著說完了自己目前的處境，徐海生耷拉著眼皮道：

「你難，我也不易啊，我現在也失業了，自己還不知道該怎麼生活呢？再說我們沒名沒分的，把你留在我家裏，算怎麼回事？」

徐海生的話讓鍾情徹底絕望了，她萬萬沒想到徐海生對她竟然沒有一點真情實意，根本是把她當成一件泄慾工具，她哀聲道：

「姓徐的，你當初勾引我的時候是怎麼說的？我怎麼就被你的甜言蜜語給迷了心！」

徐海生抬起眼皮瞟了鍾情一眼，漠然道：

「情……鍾情啊，我們都是成年人，應該為自己做的事負責，他要離婚，那你就回娘家嘛，就憑你這模樣，上什麼地方找不到一份工作？這件事讓我也很煩，我看我們兩個以後不要再聯絡了。」

鍾情踉蹌退了兩步，悲憤地道：

「我活該，我犯賤！找個男人，圖他條件好；再找個男人，圖他體貼人；我怎麼就看不透你們的心呢！」

徐海生怫然道：「這叫什麼話？你被打傷，我送你去住院，前後花了七八千塊，已經是仁至義盡了，還想要我怎麼樣？男歡女愛，是你情我願的事，我強迫過你嗎？」

鍾情臉色蒼白地道：「沒有，你沒有強迫我，是我瞎了眼，是我自作自受！你根本就是一個人面獸心的畜生！」

徐海生笑了，他撫了撫整齊的頭髮，譏誚道：

「佛曰：人生為己，天經地義，人不為己，天誅地滅。我也只是為自己打算而已，算什麼人面獸心？披著人皮的人，有幾個不為自己打算的？你找我，難道是為了公義？還不是為了你自己？」

鍾情臉上兩行熱淚簌簌而下，她慘笑著點點頭，忽然轉身便跑，跑到陽台上推開窗子就要跳出去，徐海生一見嚇了一跳，急忙衝過去抓住了她，臉色鐵青地道：

「他媽的，你要幹什麼？」

鍾情失魂落魄地道：「我不活了還不成？」

徐海生一把將她推開，惡狠狠地咒罵道：「要死滾到外邊去死，不要從我家跳樓，臨死還要噁心人！」

這麼絕情的話把鍾情的心徹底擊碎了，她的眼睛裏了無生氣，茫然地爬起來，喃喃道：

「好，我換個地方去死，我走，我走……」

眼見她像喝醉酒似的踉踉蹌蹌走到門邊，徐海生心中隱隱有些不安，他忽然想到一個打發鍾情的去處，忙道：

「你等等……這樣吧，我給你聯繫一份工作，保證你老公找不到你，再幫你請個律師處理離婚的事。我能幫你的只有這麼多了，希望你以後不要再來打擾我。」

鍾情的臉抽搐了幾下，低低地說：「你放心，我不會見你了，永遠也不會！」

徐海生鬆了口氣，說：「好！你回去吧，我還要聯繫幾個朋友談事情，過幾天送你去一家企業上班。」

鍾情冷笑一聲，說：

「不敢勞您的駕，也不想靠你的關係，我來找你，只是因為把你當成我的男人。沒有你，我一樣能活下去，我會自己找工作，自己養活自己，不用您操心了。」

說完，她摔門而去。徐海生笑笑，不以為然地坐回沙發抄起電話……

第十章

小辣椒護士

張勝嘴裏說著話，手上一使勁，一下子把那醬包撕開來，炸醬一下子甩出去，濺在了秦若蘭的胸口。

其實濺在她胸口的炸醬並不多，不過一件雪白的護士裝哪怕濺上一點髒物都嫌礙眼，何況星星點點的？

張勝一見，頓時呆若木雞。

秦若蘭的一雙杏眼瞪得溜圓，氣得俏臉漲紅，她狠狠地瞪了張勝半晌，才一字一頓地道：

「給、我、舔、乾、淨！」

寶元匯金公司在建造辦公樓的同時，在臨近環城公路的地塊劃出來大約十三畝的土地開始建造批發市場。

按照張二蛋最初的設想，現在就建水產品批發市場時機尚不成熟，但這人做事喜大喜全，現在不需要自己投資買地了，省下了一大筆預算，至於目前就建批發市場時機是否合適，他就不那麼在乎了，地皮占著反正也不是他的資產，儘快大興土木搞建設，這事反映上去，省裏市裏那兩位領導才會覺得自己重視他們的意見。

水產品批發市場的規劃十分宏大，市場建成後共有固定商鋪二十八個區，流動商鋪八個區、配備建設了水產品運輸專線、三個製冷保鮮倉庫，此外還有大型停車場、市場管理辦公室等設施。

目前，楚文樓這位財務部長又兼會計、出納於一身，眼看著市場就要啟動，訂購的機器設備也要運達安裝了，張勝便和楚文樓找徐海生商量，考慮招聘工作人員。

三人敲定了招聘人員的條件，張勝高興地說：「行，那就這麼定了，明天咱們就去人才市場！」

徐海生搖頭道：「不不不，不去人才市場，在報上打廣告，連打三天的大幅招聘廣告。」

張勝一怔：「徐哥，那又是一筆錢吶，何不到人才市場呢？」

徐海生笑道：「這個廣告，既是彰顯咱們的實力，同時也等於給咱們在報上又打了一次招商廣告啊。除了應聘者，你想想那些大大小小的水產商能看不到嗎？一舉兩得的事為什麼不做？」

張勝恍然大悟，楚文樓豎起大拇指，擺出一副諂媚的笑臉湊趣道：「高！實在是高！」

徐海生和張勝看了他滑稽的樣子，放聲大笑。

翌日，張勝和楚文樓趕到日報社洽談招工廣告事宜，第一個條件就是申明廣告必須打在頭版。市報廣告部羅主任打量眼前這兩位黑社會大哥似的人物，一時摸不清他們的來路，沉吟片刻才道：「兩位先生，我們是市級報紙，半版的廣告費價格是三千五百元，但是在頭版打廣告，費用要高得多，每版需要六千元。」

張勝伸出食指，扶了扶鼻樑上的墨鏡，楚文樓立即搶著道：

「價錢不是問題，我們董事長要的就是這個派頭，否則何必來打廣告，直接去人才中心招聘不就成了？我們就要頭版，不是頭版還不做了，要連打三天，這是支票！」

楚文樓說著，已掏出支票填好數字遞了過去。

市報廣告部主任接過支票驗看了一下，笑吟吟地道：「那好，請把招聘廣告詞給我，我們來安排一下，明天開始登出。」

廣告詞大量介紹了這家水產批發市場的規模、配備、交通和地理位置，相對於城裏寸土寸金的地面，更著重強調了在這裏投資租鋪的種種優勢。最後是招聘名單，看那規模，招聘人員得上百人。

一個成熟的水產市場，所需工作人員也不過五六十人，張勝的公司剛成立，根本不需要這麼多人員，故意打出大量招人的廣告，不過是給有心人造成一種財大氣粗的印象而已。

二人走出報社，楚文樓笑問道：「董事長還回廠子嗎？」

張勝剛要說話，手機忽然響起來，他摸出電話，裏邊立即傳出一個幽魂似的聲音，淒淒慘慘地道：「喂……勝……勝子啊，我是你郭哥……」

張勝奇道：「郭胖子！你怎麼啦？又被嫂子收拾了？」

「哪……有啊……哥哥我……去澡堂子泡澡，讓人給……打啦……哎喲喲，我這老腰啊……兄弟啊，我不行了，你快來看看我吧。」

「喂喂，你在哪兒呢？」

「我在……友誼路派出所，哎喲喲……」

電話裏陡然傳出另外一個聲音，大聲怒吼道：「你他媽的少裝死！」

聲音剛落，電話就咔嚓一聲掛斷了。

張勝收起電話，忙對楚文樓道：「老楚，先送我去友誼路派出所。」

楚文樓從寶元調來，張二蛋給他配了一輛七成新的捷達，此次到報社兩人乘的就是這車。當下兩人上車，急急忙忙趕往友誼路派出所。

進了派出所，兩人四下張望，不知該到哪兒去找郭胖子。這派出所是丁字型的建築，中間一個門臉，進去後是一條橫著的走廊，兩側都是房間，因為是老樓，顯得有點陰暗。

張勝見一個員警走過，連忙攔住問道：「同志，請問有個洗澡時被人揍了一頓的胖子，他在哪兒呢？」

那個員警看了他一眼，往斜對面一間屋子一指，張勝忙道了謝，和楚文樓向那兒趕去。這間屋子在走廊的內側，後邊又被一幢樓擋住，連夕照都照不到，所以總是黑沉沉的。門斜開著，進屋一看，燈也沒開，裏邊靠窗一個辦公桌，靠門的左側一張床，床上只有一個草墊子，上邊躺著一個人，正在哎喲哎喲地叫喚。

旁邊還站著一個傻大黑粗的男人，張勝估計是和郭胖子打架的人，也顧不上看他，急忙便對床上喊：「胖子！郭胖子，你怎麼樣啦？」

他一扶那人肩膀，卻是個近六十歲的老頭兒，張勝不由愣在那兒。這時，身後一個顫巍巍的聲音道：「勝子啊……哥在這兒吶！哎喲，我不行了，腰痛，腎一定是被踹壞了。」

張勝一扭頭，原來門後邊還有一張床，上邊躺著一個胖子，哎喲哎喲地叫喚著，正是郭胖子。

張勝連忙趕過去，一瞧郭胖子那形象，一隻眼睛腫得跟雞蛋似的，另一隻眼睛也是一圈烏黑，嘴唇腫得像掛著個香腸，一見面便慘兮兮地拉住他，眼淚汪汪地道：「兄弟啊，你可來了，多虧你前幾天把手機號碼給我了，要不然我都想不起來找誰。」

「你他媽的現在不裝死啦？」那黑膚大漢怒吼一聲。郭胖子的聲音馬上便像立刻就要斷掉的鋼絲似的顫悠起來：「兄弟……啊……我身體……不好，有心病啊。我要被人打死啦，可憐了我那胖兒子……可惜了我那漂亮老婆……」

張勝連忙道：「行了行了，你快說說，到底是怎麼了？」

這時，一個員警走到門口喊了一嗓子：「嚴虎弟，扶著老爺子過來做個筆錄！」

那黝黑皮膚的大漢一聽，連忙扶起他二叔，老頭兒顫顫悠悠的，好像氣力稍大就要斷氣似的，兩個人一離開，郭胖子就像屁股上裝了彈簧，嗖地一下就坐了起來，急急地道：「我說勝子，哥認識的能人可就你一個，不管怎麼說，你現在也是要當大老闆的人了，你得幫我！」

對方是個老頭兒，可渾身上下看不到一點傷，而郭胖子卻被打得其慘無比，說他欺侮人，張勝實難相信，他忙道：「你快說說，到底怎麼了？」

郭胖子道：

「我去澡堂子泡澡啊，你知道的，我洗完了澡喜歡坐那兒抽根煙歇歇氣再出來。我打開放衣服的櫃兒，拿出煙正在那兒抽，那個姓嚴的就扶著那老頭兒進來了。當時澡堂子滿了，他見我要穿衣服，就招呼我快點兒。我就說，我得吸支煙，不就洗個澡嘛，急個什麼勁兒？那姓嚴的小子就把我好一頓打。」

「澡堂老闆叫來了員警，那死老頭子見了馬上就裝作被我打了，還說他有腦血栓後遺症。一個老頭兒被我欺侮，這不到了派出所了嗎？我見他裝死，怕事情對我不利，所以也得裝得半死不活的。奶奶的，我本來就有心臟病嘛，誰怕誰啊？」

張勝苦笑道：「就你現在這形象，還用裝嗎？」

楚文樓賊眉鼠眼地跟著那姓嚴的叔侄倆出去逛了一圈兒，這時剛剛回來，鬼鬼祟祟地道：

「張總，我剛才跟出去聽到點情況，那個姓嚴的小子好像認識這個派出所的副所長，剛剛打電話找人呢，那個副所長出去辦事不在，不過回了個電話，我聽做筆錄那小子的口風，這案子怕不那麼好斷了。」

郭胖子瞇著腫成一條縫的眼睛，嘬著香腸嘴道：「被打的可是我呀，澡堂子裏的人全都看見了，我還沒說呢勝子，我小腿好像骨折了，疼得厲害！」

這時，一個員警走了進來，後邊跟著嚴虎弟和他二叔。員警看看郭胖子和張勝，說：「事情我們已經瞭解了，雙方不過是在澡堂裏因為口角爭執，進而發展到動了拳腳，性質不是很嚴重，何況雙方都有人受傷，我們現在居中調停一下，你們雙方當事人願不願意私下和解？」

「和解？」張勝惱了，「員警同志，對方的確是個老頭兒，可是動手打人的可是五大三粗的一個漢子，我這朋友的眼睛被打得跟熊貓似的，你們都看在眼裏，他們這麼打人可不成，我們不接受調解！」

那個員警一聽臉色冷了下來：

「那好吧，案子我們已經登記了。既然你們不願和解，這就去市公安醫院做檢查吧，同時找個地方照張二吋標準照片，把傷處拍攝下來。相關的鑒定和相片交回來後，我們再做進一步的調查並拿出處理結果。」

很顯然，員警是聽說對方認識副所長，有意偏袒。張勝壓著火，對楚文樓一擺手，說：「來，咱們把郭哥架起來，別碰了他的腿，去公安醫院！」

嚴虎弟一聽，冷笑道：「二叔，我攙著你，咱們也去檢查。」

張勝把郭胖子架上楚文樓的車，嚴虎弟招了輛出租，兩輛車先後離開了派出所。

「勝子，他們認識派出所所長，咱這官司打得贏嗎？」郭胖子可憐巴巴地道，「要檢查治傷又得花一大筆錢，要不……我回家養養算了。」

張勝怒道：「胖子，人窮志不能短！這官司無論如何得打！檢查、治病、打官司，錢我墊著，這官司一定要打，一定得打贏，這些錢都得讓他們掏出來。」

楚文樓開著車，手指上夾著一支煙，悠閒地笑道：「郭哥，別擔心，咱哥們兒不欺人，可也不能容人欺負了。我剛才聽那小子說話，就知道這案子不那麼好斷了，不管他，先去檢查住院治傷吧，官司的事你不用擔心。張總，回頭給寶元打個電話就行，這個區分局艾局長的小舅子就在咱們寶元上班，讓老爺子給他打聲招呼。不鬥法鬥人緣？那就鬥唄，看看是局長大還是所長大！」

張勝一聽心中大定，點點頭道：「嗯，回頭我給老爺子打個電話。」

郭胖子一聽大喜：「怎麼著？你還認識公安局長？哈哈哈……哎喲，好，好好！勝子啊，你是真出息了，哥替你高興，也羨慕你啊。」

張勝笑笑，說：「胖子，咱們哥們兒別說那些沒用的。你好好養傷，案子我幫你打，等你養好了傷來給我幫忙。」

郭胖子一聽，腫成一道縫的小眼睛裏放出一縷驚喜的光：「真的？勝子！聽說你表哥你都不用，所以我一直不好意思跟你說，你……你真的肯用我？我什麼都不挑的，什麼工作都成。」

張勝笑道：「當然是真的，做個保安隊長怎麼樣？帶上一幫小兄弟，就不怕有人欺負你了。你是電工出身，巡邏、保安，電機、電路上的事你也用心幫我看著點，可不是白養活你，怎麼樣？」

郭胖子有了工作，以後不用在老婆面前低聲下氣了，美得鼻涕冒泡，他不斷地點頭應聲，連身上的痛楚都不覺得了。

三人在路上找了家照相館，先給郭胖子照了幾張慘不忍睹的照片，然後才趕往公安醫院，到了那裏張勝掛號、交款，推著郭胖子樓上樓下做檢查，始終不曾看見嚴虎弟和他二叔。這兩人根本沒有傷，怎麼可能來檢查驗傷？

郭胖子傷得不輕，頭部血腫，眼球血腫，左右瞳孔不對等、視力下降，口唇損傷影響面容、發音和進食，對他初步鑒定為輕傷乙級，要馬上住院治療。

張勝把他安頓住了院，已經過了晚飯時間了，便歉意地對一直跟著忙前忙後的楚文樓道：「楚哥，不好意思，你跟著忙活這麼久，到現在累你連口飯都沒吃上。」

楚文樓笑道：「區區小事，你客氣什麼？現在郭哥已經安排住院了，要是沒什麼事，我就先回家去。」

張勝忙道：「好，你先回去吧。我還得陪陪這胖子，就不送你了。」

送走了楚文樓，郭胖子吊著一條腿，躺在床上跟木乃伊似的，對張勝可憐巴巴地道：「勝子，哥肚子餓了。」

張勝又好氣又好笑：「你這人，傷成這德性，倒還不忘了吃！」

他看看錶，說：「那你先躺著，我去給你買碗餛飩吧。」

「噯……」

張勝停住腳，問道：「又怎麼了？」

郭胖子羞羞答答地道：「那啥……，得兩碗！」

張勝翻了翻白眼，說：「我在外面吃就好。」

郭胖子羞羞答答地道：「不是，我是說……我得吃兩碗。」

張勝一臉挫敗地揉揉鼻子，轉身走出了病房。

醫院對面的胡同裏小飯店、花店、食雜店還有喪葬用品店開了許多，張勝到了一家小吃店要了碗餛飩，一邊吃著一邊給金豆嫂子打了個電話。

趙金豆聽說老公被人打傷住院，氣得在電話裏罵了他半天廢物，臨了卻擔心地問他的傷勢和住院的地方。

張勝知道金豆嫂子不容易，郭胖子失業後全靠她維持這個家，她兒子的學習也得顧著，便道：「嫂子，今晚我在這兒陪他，我和他多年的哥們兒了，你放心操持家裏吧，明天再抽空過來好了。」

張勝和郭胖子這一對難兄難弟，平素交情就不錯，趙金豆對他自無不放心，何況家裏這一攤子也確實走不開，只好答應了，想著明天停業一天，一早送兒子上學了再來看他。

張勝收了電話，舀起一個餛飩剛想吃，忽地覺得有什麼東西在拱自己的腿，張勝往桌子底下一看，原來是一條淺粉色的胖胖小狗，滿臉堆著皺皺的褶子，兩個黑眼圈的眼睛，四肢短粗，渾身無毛，連鼻子都是粉紅的，猛一看就似豬鼻子。

張勝不認得鬥牛犬，他抬了抬腿，輕輕轟道：「去，去！」

那條小胖狗以為他在和自己玩耍，一口叼住了他的褲腿。張勝這套衣服置辦下來花了不少錢，他又是那種比較節儉的人，見了很是心疼，忙喊道：「喂喂，這是誰家的豬啊，快點弄走！」

旁邊一個埋頭吃餛飩的女孩抬起頭來，很沉著地說：「這、是、我、家、的、狗！」

張勝有點發窘，馬上說：

「啊哈哈……原來是你的狗啊，長得好可愛啊！哈哈哈……」

女孩二十出頭的樣子，長得不是十分漂亮，不過卻很有鄰家女孩的氣質，圓圓的臉蛋像紅蘋果似的，讓人看了有親一口的衝動。那靈動的眼神斜睇了張勝一眼，對他把自己的狗說得如此不堪，有些不悅。

「這個……不像豬，呵呵，其實一點都不像！」張勝乾笑道。

「哼！」女孩翹了翹小嘴，從兜裏摸出一張紙巾慢條斯理地擦擦嘴，站起來，板著俏臉道：「小豬豬，走囉！」

那隻黑眼圈的賤狗立即連滾帶爬地撲到她的腿上，女孩個子不高，估計也就一米六，可是骨架纖細，身材很勻稱。

她穿著件印著英文字母的T恤長衫，同樣寬鬆有些邋遢的褲子，褲腿鬆垮垮的，腳上一雙厚底鞋，屁股後邊跟著一隻像豬似的小賤狗，特別可愛。

張勝待她推門出去了，這才鬆了口氣，安心地吃起餛飩來，他吃完了，又要了兩碗打包，提著餛飩，施施然地走回醫院去。

郭胖子仰躺在床上，一條腿吊著，還是一副半死不活的形象，可是一見他進來，立刻興奮地道：「勝子，你可回來了。」

張勝笑道：「你是餓死鬼托生的呀？才這麼一會兒就饞成這副模樣？」

郭胖子急忙擺手道：

「不是不是，不是說這個，我剛剛看到我的夜班護士了，哇！那叫一個可愛！我從來想像不出，有的女孩弄塊白布裁成衣服往身上一穿，怎麼就那麼吸引人。太可愛了，太可愛了，漂亮死了。」

張勝鄙夷地瞟了他一眼，道：「嫂子長得也不賴啊，你想看，讓嫂子穿給你看，去日本買進口的，日本的護士服什麼款式的都有！」

郭胖子淫蕩地笑起來：「本來我是沒想法的，不過今天看了那個清純、可愛的小護士，我倒真想讓老婆也穿給我看了，嘿嘿嘿，最好裏邊什麼也別穿。」

他這一說，張勝頓時也露出一副淫蕩的表情：「記得照幾張照片，讓兄弟也開開眼。」

張勝話音剛落，門口便傳來一聲冷哼，聽聲音是個年輕女孩，張勝回頭看看，卻不見有人，不由奇道：「誰呀？」

郭胖子瞪了他一眼，只是他的眼睛腫得厲害，這一瞪，也只是血腫的眼皮稍稍蠕動了一下而已：「少打岔，想看讓你家小璐穿給你看去！再不然你也住院來陪我啊，嘿嘿，那樣你就能天天看到那個可愛的白衣天使了。」

張勝翻了翻白眼道：「我又沒被人打成豬頭，住院做什麼？」

郭胖子道：「這個簡單，你對著這堵牆唱：『穿牆進去，我穿牆進去……』然後使勁向前衝，等你醒過來，你就會看見白色的天花板、白色的床單，還有穿白衣的可愛小護士了。」

張勝搖搖頭，把餛飩遞過去，說道：「你呀，還能耍貧嘴，看來傷得還是不重！」

這家醫院或許不太景氣，三個人的病房，只有郭胖子一個病人，這一來張勝要陪護就方便多了，只是那兩張床沒有病患，所以沒有枕頭和被子。

張勝一身名牌，郭胖子的衣服則皺皺巴巴不成樣子，張勝就脫了外套，然後把郭胖子的衣服卷成枕頭，和他躺在床上聊天，講自己的理想和創業的故事，越說越是興奮。

由於有些檢查明天才能出結果，郭胖子明天還要複檢，目前只是用了外傷藥，做了包紮，不需要太多的關照。一晚上張勝也沒見到郭胖子說的那個可愛的小護士，快十二點的時候，兩人才沉沉睡去。

此時已經是秋天了，醒著的時候不覺得怎麼，可是睡著了這寒氣就漸漸重了。第二天一早張勝起來去上廁所的時候，覺得喉頭哽得有些發硬，估計是有點感冒了。

由於郭胖子上午還要做檢查，所以張勝對自己的不適沒太在意。他從廁所出來回病房的時候，發現斜對面的護士值班室的門開著，一個小護士正站在裏邊。

她身材嬌小，身上穿一件潔白合體的護士服，側背對著門口，可是光看背影，那纖細合度的腰身就透著一種別樣的美感，很有味道。

莫非這就是郭胖子讚不絕口的那個純潔無暇的白衣小天使？

張勝注意地看了幾眼，這個值班的小護士夜裏應該是偷懶睡了一覺，頭髮稍嫌凌亂，俏臉因之帶著些美人慵起的美感。

她梳攏好了頭髮，用鬆緊帶纏好，然後從桌上拿起一頂燕帽戴在頭上，一轉身，腳步輕盈地走了出來。

「你看什麼看？」小護士凶巴巴的，一雙眼睛又大又亮，看來張勝的偷窺並沒瞞過她的眼睛。

這女孩圓圓的臉蛋，明眸皓齒，甜美可人，再穿上純白無瑕的護士裝，更像一位天堂裏來的小仙女。張勝忽然覺得有點眼熟，卻想不起在哪裏見過這麼清純可愛的小護士。

小護士細細的眉毛蹙得緊緊的，上下一打量張勝，眉頭更緊了，也不知為什麼一見了他就不耐煩。其實張勝的模樣挺耐看的，尤其是一身成功人士的打扮，除了西裝上衣的老闆金筆，還有頸間那條粗得嚇人的金鏈子看著有點俗氣，也沒什麼討人厭的地方。

眼看女孩凶巴巴的，張勝摸摸鼻子道：「我……沒看什麼呀，就是想問問……我朋友什麼時候做複檢。」

小護士白了他一眼，鄙夷道：「藉口！別以為我不知道你在偷窺！變態狂！」

張勝失笑道：「喂，怎麼說話呢你？我偷窺你什麼了？你脫衣服了嗎？你在洗澡嗎？看看你能掉塊肉呀？」

小護士皺了皺鼻子，說：「被你這種人看著噁心！」

這時，長廊盡頭女護士長站在那兒喊：「若蘭，你過來一下！」

這時，張勝才注意到小護士的胸牌上有她的名字、職務和科室，她的名字叫秦若蘭，這個姑娘也算質若幽蘭？明明是個小辣椒嘛！

不料張勝這一盯著看，小護士又誤會了。男人看女人，目光高一點那叫欣賞，目光低一點那就是流氓了，他盯著人家雖然嬌小卻不乏挺拔的胸脯兒瞧，小護士氣不過，便用很不引人注意的動作在他發亮的皮鞋上狠狠踩了一腳，這才把胸一挺，一扶頭上的燕帽，小皮靴咔咔作響地去了。

張勝無奈地笑了笑，推開病房的門回了屋。

不知為什麼，這個女孩好像對他很有成見，不過她雖無理，給人的感覺卻像個喜歡淘氣的小妹妹，讓你無法真的和她生氣。

男人欣賞女人，水準是大不一樣的。

水準最低的男人，看女人的臉蛋；稍有層次的男人，欣賞女人的胸部；上檔次的男人欣賞女人的臀部；品女人造詣最高的男人，則是欣賞女人的整體印象和氣質。至於看見女人就想到床的男人，純屬業餘，根本不入段。

這個女孩的氣質和形象、形體、相貌的完美搭配，讓她充滿了甜美的親和力，讓人油然生起一種寵溺的感覺。大概平時被人寵慣了，所以她的脾氣才特別嬌縱。

「胖子，昨天沒來得及訂餐，早上還得出去買，你老人家早上吃點什麼？」

「來碗炸醬麵吧！」

郭胖子說完，頓了頓又說：「勝子，我知道你現在是忙人，這麼麻煩你，哥心裏真是過意不去。」

張勝瞪了他一眼道：「說見外的話是不是？閉上你的臭嘴，我去買吃的。」

他走到門口，忽又回過頭來，笑道：「對了，胖子，我看到你誇的宛如天使下凡的那個護士了，是不是身材嬌小，不笑都帶著三分甜意的那個女孩？」

郭胖子一聽，兩眼放光道：「是不是很美？」

張勝搖搖頭，故作深沉地道：「她這種女孩，遠之則遜，近之則不恭，真難為你，還當成天使，我看就是個小魔女！」

他說完了，見郭胖子朝他擠眉弄眼的，心中頓覺不妙，扭頭一看，那個小護士一手推著門，正站在自己背後，小臉蛋氣鼓鼓的。

一見他回頭，那個叫秦若蘭的小護士下巴一挑，冷冷地道：「九點鐘下樓做檢查！」說完一轉身，小屁股搖搖擺擺地又去了。

郭胖子幸災樂禍地笑起來：「哈哈，勝子，我看你今天有點背啊，就說了這麼一句，還被人家小美人兒聽到了，哈哈哈……」

張勝沒好氣地白了他一眼，下樓買食物去了。

走在清晨的街頭，張勝覺得頭有點發熱，身子也隱隱有些軟弱無力，這些日子操勞開公司，沒早沒晚地到處奔波，其實體力早已透支了，只是憑著一股意念在支撐，這點小病，把他的乏勁兒全勾起來了。

張勝沒有什麼食欲，到了小吃部要了碗豆漿喝，然後又到特色麵食部點了份炸醬麵，提在手裏悠蕩著懶洋洋地回到了醫院。

「喏，吃吧！」張勝把裝著麵條的飯盒放在桌上，又把裝著香菜、榨菜和炸醬的塑膠包往床頭櫃上一扔。

郭胖子打開飯盒，想把佐料包打開，可那佐料包上黏了些油，特別滑手，郭胖子又被包紮得像個木乃伊似的，忙活了半天，佐料包沒打開，反倒弄成了死扣。

張勝見了，有氣無力地下了床，說：「我來吧！」

他正解著佐料包，小護士秦若蘭板著臉走進來，先瞪了張勝一眼，然後對郭胖子說：

「你得進行幾項複檢，今天感覺好點了嗎？你的腿腫得不輕，我在門口放了輛輪椅，一會兒……讓你朋友推著，先到一樓拍個片子。你吃東西快一點，過一陣兒病人就多了，到時候……」

張勝不知道這個俊俏的小護士為什麼橫看豎看就是看不上自己，有些女孩是一身打扮一個樣兒，他愣是沒看出來這個素潔護士裝、頭戴燕帽的小護士，就是昨晚在飯館裏領著一條鬥牛犬的小姑娘。

女孩兒家心眼小，兩個人那時就結下了樑子，結果他回來和郭胖子又大談性感護士裝，那些意淫的話都被秦若蘭聽在耳中。今早見他在房外瞄著自己看，哪還能往好裏想？結果後來又聽見他背後說自己壞話，對他能有好印象才怪。

這時聽到秦若蘭說話，張勝有心改善一下自己的形象，連忙接過話說：「秦護士，你放心，馬上就好，馬上就好。」

他嘴裏說著話，手上一使勁，一下子把那醬包撕開來，炸醬一下子甩出去，濺在了秦若蘭的胸口。

其實濺在她胸口的炸醬並不多，不過一件雪白的護士裝哪怕濺上一點髒物都嫌礙眼，何況星星點點的？張勝一見，頓時呆若木雞。

秦若蘭的一雙杏眼瞪得溜圓，氣得俏臉漲紅，她狠狠地瞪了張勝半晌，才一字一頓地道：「給、我、舔、乾、淨！」

秦若蘭平素和自己養的小狗狗說話慣了，渾然不覺這句話有多曖昧，郭胖子聽得想笑，又不敢笑出聲來，一張胖臉憋得肥肉亂顫。

張勝手足無措地說：「沒事，沒事，就一丁點兒！」

他被女孩激怒的表情弄得慌了神，再加上傷風症狀越來越重，腦袋昏昏沉沉的，這句話說完，見女孩瞪著他不說話，忙昏頭昏腦伸出手去，在人家的胸脯上拍弄了幾下，陪笑道：「你看，這樣就看不出來了。」

秦若蘭也傻了，她傻傻地低著頭看著張勝的大手在自己從沒被男人碰過的胸脯上拍了幾下，又眼看著他拿開手，居然一點反應都沒有。

郭胖子目睹此情此景，腫脹的雙眼立即爆發了醫學史上的一個奇蹟，那肥厚的眼皮居然睜得開開的，露出兩隻紅彤彤的眼睛，驚愕地看著張勝。

「你……你……」秦若蘭這時才反應過來，她指著張勝，素手亂顫，氣得一句話都說不完整了。

「我……我……」張勝忽然醒過神來，半晌，忽然又說了一句不搭調的話：「對不起，

對不起，我……我買一件賠給你。」

秦若蘭氣極而笑：「是不是還要日本進口的？」

張勝傻眼了：「啊？你怎麼知道？不是，不是，不是買日本進口的，我的意思是……

啊，昨晚偷聽我們說話的是你？」

秦若蘭氣得直翻白眼兒：「你是什麼東西呀？我還要偷聽你說話？」

「若蘭，發生什麼事了？」正從門口經過的護士長發覺房中情形有異，停下腳步問道。

「啊，沒什麼事。」秦若蘭扭過頭，使出變臉神功，甜甜地笑道：「護士長，你去忙吧，我正在安排這個病號一會兒做檢查的事。」

「哦！」護士長點點頭，半信半疑地看了她一眼，走了。

秦若蘭回過身來，臉上還是那副人畜無害的甜美笑臉：「流氓，你是不是喜歡我呀？」

「我……我沒有……」

「是嗎？真的沒有？那你這是做什麼呀？」

秦若蘭說一句，向前逼一步，張勝就像要被人強暴的小媳婦兒似的，一步步向後退，一直退到窗台旁，抵住了暖氣片。

秦若蘭天真爛漫地笑：「這有什麼不好承認的？喜歡女人沒什麼不好呀，好色的男人才容易成功。一個男人如果不好色，做什麼都很難成功的，睪丸是男人生命的發電機嘛。」

張勝和郭胖子兩個大男人馬上被秦若蘭這句話給整沒電了，小丫頭片子，真敢說啊。

秦若蘭說完，刷地笑臉一收，咬著牙根狠狠地道：「男人可以風流，但是不可以下流，你要是再敢這麼齷齪，看我不毒死你！」

張勝苦著臉道：「你……你是五毒教的啊？護士小姐，我真的不是故意的。」

秦若蘭小手一揮，蠻橫地道：「你給我好自為之！在公安醫院還敢耍流氓，反了你了！」

她上下看看張勝那一身名牌和金鏈子、金筆、金錙子，不屑地冷哼一聲：「有幾個臭錢就了不起嗎！」說完一轉身，風風火火地去了。

郭胖子把下巴埋在被單底下，瞪著一雙賊眼滴溜亂轉地看了半天，待小護士一出去，立即伸出脖子來，興致勃勃地問：「勝子，彈性足嗎？」

「滾你的！吃你的麵條去！」

「那……醬呢？」

張勝又羞又惱地道：「還提醬呢？我長這麼大，就沒調戲過女孩子，今天讓她訓得跟孫子似的，我欠她的啊？還不是因為你？愛吃不吃！」

郭胖子一臉的肥肉抽搐了兩下，忍著笑小聲道：「我忽然好想吃饅頭，還是山東嗆麵的，筋道！」

張勝沒好氣地道：「等著，中午飯就吃饅頭！我放點耗子藥毒死你！」

一早上，趙金豆還沒到，張勝就推著郭胖子樓上樓下跑，做各種檢查，CT、彩超、驗血、驗尿……這幢樓是老式的醫院大樓，樓梯中間專門修了可以推車而行的斜坡，橫著刻了許多波浪紋以加大阻力，但郭胖子體型過於沉重，往下推時得用力拽著，往上推時得用力頂著。

張勝感冒症狀越來嚴重，心慌氣短，體力越來越弱，身上直出虛汗。當他推著郭胖子從五樓下來時，台階上不知誰吐了一口痰，張勝推著輪椅沒注意，腳下一滑，他只來得及踩下輪椅的剎車，因為怕把輪椅撞翻了，自己往旁邊閃了一下，一溜跟頭兒地摔了下去。

張勝一直摔到四五樓之間的緩步台上才止住了摔勢。他睜開眼睛，只覺眼前一片漆黑，還以為自己摔壞了眼睛，一陣恐慌剛剛湧上心頭，忽然眼前一亮，然後一個凶巴巴的女孩斥責道：「鑽我腿底下看什麼？喲，又是你這個流氓？真下本錢，這種招都使啊？說！看到什麼了？」

張勝一見那個護士，不由暗暗叫苦，這真是冤家路窄，怎麼偏偏又是那個刁鑽野蠻的秦若蘭？

「勝子，你怎麼樣啦？」郭胖子坐在輪椅上擔心地叫。

張勝沒空答理他，只是向居高臨下怒視著他的小護士軟弱地辯解著：「我什麼都沒看到。」

秦若蘭哼了一聲說：「廢話！我穿著牛仔褲呢！」

張勝：「……」

秦若蘭歪著頭看看他，忽然笑吟吟地蹲了下來，手托著下巴，柔聲細語地道：

「呀，你的頭流血了耶！」

張勝有氣無力地在頭上摸了一把，果然一手是血。

秦若蘭點頭直笑，用脆生生甜絲絲的聲調兒說：

「歡迎您入住公安醫院，本院是市屬二級甲等醫院，設備優良，服務周到。救死扶傷，是我的天職，您放心吧，我一定會……好好、照顧、你的，老闆！」

請續看《獵財筆記》之二 金錢槓桿

獵財筆記 之一 冒險一搏

作者：月關
發行人：陳曉林
出版所：風雲時代出版股份有限公司
地址：105台北市民生東路五段178號7樓之3
風雲書網：http://www.eastbooks.com.tw
官方部落格：http://eastbooks.pixnet.net/blog
Facebook：http://www.facebook.com/h7560949
信箱：h7560949@ms15.hinet.net
郵撥帳號：12043291
服務專線：(02)27560949
傳真專線：(02)27653799
執行主編：劉宇青
美術編輯：許惠芳

法律顧問：永然法律事務所 李永然律師
北辰著作權事務所 蕭雄淋律師

版權授權：蔡雷平
初版日期：2015年1月
初版二刷：2015年1月20日
ISBN：978-986-352-112-9

總 經 銷：成信文化事業股份有限公司
地　　址：新北市新店區中正路四維巷二弄2號4樓
電　　話：(02)2219-2080

行政院新聞局局版台業字第3595號 營利事業統一編號22759935

定價：280元　特價：199元

國家圖書館出版品預行編目資料

獵財筆記／月關著. -- 初版-- 臺北市：風雲時代，
2014.12 -- 冊；公分

ISBN 978-986-352-112-9（第1冊；平裝）

857.7　　103021581